阅读之前 没有真相

午夜文库

岛田庄司作品集

日本推理小说家。1948年10月12日生于广岛县福山市。1980年以《占星术杀人魔法》出道，之后陆续发表《斜屋犯罪》《异邦骑士》《奇想，天动》《北方夕鹤2/3杀人事件》等作品，均以场景宏大、诡计离奇著称。作品主要有"占星师侦探御手洗洁"和"热血刑警吉敷竹史"两大系列，其中御手洗洁系列作品累计销量已近六百万册，代表作《占星术杀人魔法》更是先后获得日本《周刊文春》评选"百大推理小说"第3位、英国《卫报》评选"世界十大密室推理"第2位等殊荣。

作家生涯不断开拓创新，对新人的提携也始终不遗余力，绫辻行人、法月纶太郎、歌野晶午、西泽保彦、麻耶雄嵩等推理名家，出道伊始都曾受到其帮助。先后创立的"福山推理文学新人奖""岛田庄司推理小说奖"，更是成为挖掘推理实力新人的重要阵地。

近年来，在为推理文学的全球交流、推广活动奔波的同时，依然笔耕不缀，先后出版《星笼之海》《屋顶上的小丑》《鸟居密室》等作品。

岛田庄司作品年表

御手洗洁系列

1981　《占星术杀人魔法》
1982　《斜屋犯罪》
1987　《御手洗洁的问候》
　　　　数字锁
　　　　狂奔的死者
　　　　紫电改研究保存会
　　　　希腊之犬
1988　《异邦骑士》
1990　《御手洗洁的舞蹈》
　　　　戴高筒帽的伊卡洛斯
　　　　某骑士物语
　　　　舞蹈病
　　　　近况报告
　　　　《黑暗坡的食人树》
1991　《水晶金字塔》
1992　《眩晕》
1993　《异位》
1996　《龙卧亭杀人事件》
1998　《御手洗洁的旋律》
　　　　IGE
　　　　SIVAD SELIM
　　　　波士顿幽灵绘画事件
　　　　别了，我曾经的思念
1999　《P的密室》
　　　　铃兰事件
　　　　P的密室
　　　　《最后的晚餐》
　　　　里美上京
　　　　大根奇闻
　　　　最后的晚餐
2001　《好莱坞之证》
　　　　《俄罗斯幽灵军舰之谜》
2002　《魔神的游戏》
　　　　《圣·尼古拉斯的钻石靴》

岛田庄司作品集年表

	西尔维馆的圣诞节
	圣·尼古拉斯的钻石靴
2003	《上高地的开膛手杰克》
	上高地的开膛手杰克
	山手的幽灵
	《螺丝人》
2004	《龙卧亭幻想》
2005	《摩天楼的怪人》
2006	《溺水的人鱼》
	溺水的人鱼
	美人鱼兵器
	耳朵发光的孩子
	海与毒药
	《UFO 大道》
	UFO 大道
	折伞的女人
	《最后的一球》
2007	《利比达寓言》
	利比达寓言
	克罗地亚人的手
2011	《进进堂,世界一周》
	进进堂咖啡 1974
	谢菲尔德的奇迹
	归桥与悲愿花
	追忆中的喀什
2013	《星笼之海》
2016	《屋顶上的小丑》
	《御手洗洁的追忆》
	御手洗洁,那个时代的梦幻
	天使的名字
	从石冈先生的创作笔记说起
	给石冈的信
	石冈先生,长长的访谈
	西尔维
	MITARAI CAFÉ
2018	《鸟居密室》

屋顶上的小丑

（日）岛田庄司 著
吕灵芝 译

新 星 出 版 社　NEW STAR PRESS

目录

1	苦行者
14	屋顶的诅咒
101	圣诞老人
112	屋顶的诅咒
124	苦行者
134	屋顶的诅咒
147	苦行者
158	圣诞老人
173	外星人
215	马车道
318	屋顶的诅咒
328	苦行者
331	马车道

苦行者

1

四楼的窗外,细雨像白烟般在空气中飘落。时间才刚到下午,T见市上空却一片阴暗,罩在随风摇荡的雾一般模糊的细雨中。

雨雾的另一面,隐约可见如今已成古董的T见市名胜——噗力高奶糖的大广告牌。田边信一郎透过雨幕,凝视着死命攀附在旧楼外墙上的时代遗物。处处剥落的红白油漆宛如鱼鳞般支离破碎,正逐渐随风散落。油漆被风带走后,广告牌上就会多出一块布满红铁锈的光秃底板,让所有看到它的人心中一沉。因为这块既老又旧的东西,至今仍像幽灵一般,孤零零地站在城市的中心。

这种可动式的广告牌早就不再流行,已经从市面上绝迹了。广告这种东西,只要有商品名的标识就足够了。可是这玩意儿上面却一个字都没有,只有一个奔跑的青年。放到现在完全就是一个庞大而让人疑惑不解的玩具。

不仅外表和机关无比夸张,制作广告牌的人还在这张画里融入了人生的大道理。不断奔跑的国民啊,你们每一个人的专注努力都在支撑国家崛起——虽说无甚自觉,他也是在这种教诲的陪伴下成长起来的。因为轻信了这种教诲,他的上司被杀,连他自己都差点儿死了。想到以前竟然存在过所有人都狂热信奉这些煽动之词的悲剧时代，实在让他难以置信。

不过，今天是他最后一次凝视那块恼人的古董。因为他要离开这里了。原本是因为喜欢那块广告牌才搬了进来，可是在这里生活了两年，他渐渐开始憎恨那块广告牌，甚至觉得那块破旧的玩意儿好像在时刻诅咒着自己。从少年时代直至今日，他的成长背景中从未缺失过这块广告牌。

他在大学经济史讲义上学到了中国一块叫"望子"的广告牌的历史。那块已经矗立了四十年以上的大广告，恐怕也被卷入了那道洪流。在商都大阪经常能看到会动的巨大螃蟹和辣椒、金平糖的大型广告。它们所蕴含的那种感觉，如今已经彻底被掩埋，因此必定都成了一堆除了历史价值外再无任何用处的古董。

信一郎从小就特别喜欢噗力高奶糖，每天吃个不停，都快把牙科诊所当成第二个家了。那是因为这种奶糖一定会有小礼物。他之所以不停地吃，就是为了得到那些东西。

装奶糖的盒子上还附带着一个装有小玩具的盒子，打开盒子就能找到跟小指头尖尖差不多大的玩具。卡车、出租车、火车、游艇、垒球棒、优胜奖杯、收银机和乐器，还有咖啡杯、望远镜、照相机这类东西。过去的女孩子们都用那些来玩家家酒。

虽然只是一些傻乎乎的小零碎，对小孩子来说却是至宝，他太喜欢收集那些东西，只要买零食就一定会买噗力高奶糖。他还会把收集到的小玩具放在母亲给的化妆盒里，将其当成宝贝藏在家中，甚至还画了藏宝图。可是当时班上会做那种事的，只剩下信一郎一个人了。

细想一番，其实这个生产噗力高奶糖的公司正是随着社会变迁而一同兴亡的见证。别人可能不这么想，但在这种零食的伴随下长大的孩子却深有感触。那种印象至今都没有变过。

过去，日本一名化学家发现了能够让饭菜味道更鲜美的化学物质，还成立了一家化学调味品公司，在同一时期，一种不记得名字的营养素实现化学合成，添加了那种物质的奶糖开始销售。好吃又营养的噗力高奶糖在各种媒体上不厌其烦地宣传那句口号。虽然时代早已不同，信一郎却还是知道这些的。

就这样，随着科学的进步，国民的饮食生活越来越丰富，品类也一点一点地充实起来，那就是曾经真实存在于日本的时代。而那种零食，就是诞生在那个时代的，所谓"国民的营养点心"。

那些面向孩子的漫画杂志上，总能看到一颗奶糖可以提供让孩子奔跑四百米的热量这种宣传。然后，"一颗四百米"就成了这种奶糖的广告语。

毕竟那是饮食生活十分贫乏的时代，那种说法并没有任何依据，说白了就是单纯的造势，到信一郎的时代，早已没有孩子相信那样的广告词。可是信一郎却对其深信不疑，真的吃一颗糖跑一回，甚至感觉那与不吃奶糖时完全不一样。

这种奶糖还把"一颗四百米"做成了绘画印刷在包装盒上。画上描绘着身穿白色跑步服的青年向前飞奔冲过终点线的瞬间，那与仁丹的商标和可尔必思的黑人画一道，成了昭和日本的时代象征。挂在T见市百货大楼中段的这块巨大广告牌，就是将奶糖商品名去掉后直接放大而成的。

可是T见市的广告牌与曾经风靡整个日本的普通噗力高奶糖广告牌不同，因为那座陈旧的大楼，正是噗力高奶糖值得纪念的原点之地。

二战结束后不久，创业者大日向卓三从一间小小的零食店白手起家，在一座小房子里默默制作着噗力高奶糖，而附赠小玩具的创意让他的商品广受好评，他很快就买下了周围的土地建起一座大型楼房，并将一楼布置成了零售店铺。这里如今已是车站前人群熙攘的闹市区，而在当时还只是一片又一片的空地，只有小孩子会来这里打棒球。

噗力高奶糖瞬间席卷日本，噗力高公司马上就成了具备全国规模的点心制造商。于是大日向社长亲自发出指示，装在T见市总店大楼上的广告牌必须是史无前例的，让全日本的孩子惊喜异常的，具有划时代意义的巨作。

田边信一郎对噗力高的狂热正中了大日向社长的下怀。信一郎从小就很喜欢这块大招牌，他是在附近的川崎市长大的，每到日落时分就会专门乘上电车来看它。大家打完棒球，玩腻了侦探游戏，都转身回家的时候，唯有信一郎会走向车站。因为当时噗力高的热潮已经退去，早就没有孩子会像他那样了。

这块广告牌有个机关，日落点灯之时，那个奔跑青年的表情会发生变化。那个冲过终点的青年脸上会变出普通的表情、痛苦的表情和笑容。因为变脸这一创意在过去史无前例，让当时的孩子们很是狂热了一番。

这个机关的创意来自热衷收藏江户玩具的创业者大日向卓三本人。田边信一郎至今都忘不了为大日向那个创意而兴奋不已的孩童时代。如今这个广告牌已经又破又旧，表情变换的装置永远停止了运行，霓虹灯再也不会点亮，这让他更加怀念起无忧无虑的童年。相比之下，自己现在的生活却显得如此淡漠而悲凉。

如果动用现代技术，完全可以将脸部做成屏幕播放视频，可是过去却只能用齿轮机关来完成广告面部表情的变化。这种齿轮机关本身在如今的视角看来是十分讨喜的。

青年的脸上开了一个方形的洞，那三种表情每隔一段时间就会变换一次，刚开始是普通表情，仿佛正在中距离赛跑途中的痛苦表情排在第二位，最后是冲过终点的灿烂笑容。一换到那个表情，青年胸口那条断开的终点线也会点亮白色的霓虹灯光。

三种表情被描绘在旋转式玻璃鼓上，筒状的玻璃鼓中间部分被放入了光源，所以每到太阳西斜，霓虹灯点亮的时刻，这里面的灯也会亮起来，照出奔跑者的脸。因此，无论从楼下的路旁还是遥远的大楼，都能清楚看到青年明亮的面庞。

玻璃鼓在马达的带动下不断旋转，因此只要广告牌被通上电，普通表情、痛苦表情和笑脸就会一直像走马灯一样变换。在噗力高热潮最盛之时，那块广告牌只要一变脸，底下围观的孩子们就会齐声欢呼。

这块广告牌刚竖立起来时，还处在连东京和横滨都没什么娱乐的时代，这也使它立刻受到了广泛好评，俨然成了神奈川的标志。甚至有人将其捧为应用了最新科学技术的街角艺术品，伴随着"战争"已经过去的声音，一跃成为全国热议的话题。它出现在各地的新闻画面中，出现在各种周刊和漫画杂志的内页里，还有人专程从东京赶过来参观。附近的小学生们甚至在教师的带领下集体前来观看。据说那是因为广告牌的动作包含了很好的教育意义。

广告牌大热时，日落前就会有一大群孩子早早等在楼下的路旁。甚至在热潮退去的信一郎时代，到广告牌楼下去偶尔也能见到一两个同好。每逢那种时候，戴着手表的人便是全场人气之星，当时还是小学生的信一郎因为父亲一时兴起，得到了他的一块旧手表，所以也体验了几把当明星的乐趣。这个时代的回忆之所以如此甜美，可能就因为这个吧。

一时，广告牌成了这座除了肃杀的工厂烟囱以外别无看点的近郊小镇的观光名胜，噗力高的大日向俨然成了小镇的大恩人。喜爱孩子的他仿佛成了孩子们的神，频频在漫画杂志的人生解惑栏目中登场，讲述让孩子们拥有梦想的重要性，以及孝顺父母的必要性。噗力高奶糖的营业额不知终点地一路飙升，人们纷纷认定那块广告牌就是大日向社长的人生观，蕴含了各种深邃的人生真谛。而从广告牌上抹去商品名，则体现了社长的崇高意志。

随着企业规模扩大，T见市总店大楼内的工厂逐渐显得过于狭小，于是噗力高便在大阪郊外买了一大片土地建设大规模加工厂，噗力高公司就这样离开了关东。T见市的这座总部大楼沦为普通销售点，可是这样一来，又让大楼显得过于巨大了。

时间慢慢推移，时代也在慢慢变化，奶糖开始从孩子们憧憬的宝座上滑落下来。附带小玩具的噗力高奶糖不再能满足这个渐渐富饶起来的国家的孩子们，开始被打上穷酸土气的标签。噗力高的主力商品也早已转向高级点心和食材，它发祥地的这座大楼被出售，变成了当地的百货大楼。

然而，安装在大楼一角的那块"一颗四百米"的著名大广告牌却没有拿下来，一直不断工作着，始终充当着见证了日本经济高速成长的噗力高公司的思想象征。田边信一郎就在这热潮的末期成了噗力高奶糖的狂热爱好者。迟来的粉丝信一郎之所以会对小玩具和广告牌如此狂热，有可能是因为家中并不富裕，从小就得不到许多玩具吧。

噗力高公司开始把重点从奶糖转移到包裹了巧克力的棒状饼干和整板的巧克力上，与此同时，还大量推出了半成品咖喱和意面产品。作为廉价食材，这块产业如今反倒变得更为重要了。因为时代已经对点心有了更高级的需求。

日益明亮而现代化的日本人的厨房，其真实情况却十分拮据。大阪工厂除点心以外，廉价半成品食材的产量越来越多，方便快捷的噗力高食品开始支撑表面上越来越富裕的日本人的厨房，充分保持了噗力高日本食材之王的印象。紧接着，泡沫经济来临了。在这一时期，悲剧无情地袭向经营者。

社长大日向卓三属于战中派，坚持着奇怪的右翼立场。随着公司产品在亚洲各国获得成功，相关不动产事业也乘着泡沫经济的浪潮，在地价不断暴涨的势头下获得了高收益，让噗力高一跃成为日本顶尖企业之一。噗力高成了名牌，大日向卓三也住进了带泳池的豪宅，时常在广告中登场，经常接受媒体采访。他建造了玩具收藏品的展览馆，还着手准备创立噗力高玩具厂。这个随着不断成功成为时代性人物的大日向社长，却开始做出要重新建立大东亚共荣圈这种不合时宜的发言，断言和平宪法是奴隶宪法，展现出了前朝遗老的骄纵。

从小零售店白手起家的老经营者们常有这种毛病，而他身边又没有优秀的参谋。另外，当时并不存在来自邻国的军事威胁，因此左翼学者和一般民众对他越来越反感，加之此人缺乏教养且词汇量不丰富，渐渐开始受到大量批判。甚至有评论家揶揄道，噗力高的老不死是日本食品里的有害添加物。可能受周围这种气氛的影响，大日向的孙子被绑架了。

那个时代，日本虽然富裕起来了，可是没能乘上经济高速成长快车的贫困阶层中，却出现了许多犯罪分子。大日向社长公开宣布自己相信优秀的日本警察，拒绝支付赎金，而警方也很快开始了公开调查，但很不幸，一切努力都没有奏效，孩子最终变成了一具悲惨的遗体。

紧接着又出现了散播噗力高所有产品都被投毒谣言的愉快

犯，他利用媒体展开了针对噗力高的游击式威胁。世间立刻为这一剧场型犯罪一片哗然，噗力高产品的营业额骤然下降。部分嫉妒分子自然是对这一情况暗自叫好。

两起针对噗力高的案件都追查不到凶手下落，使得调查如入迷宫。与此同时，噗力高奶糖那穷酸的玩具已经彻底遭到了饱食时代儿童们的冷遇。他们平日里玩耍的都是更昂贵的玩具，同时卡路里摄取过量也渐渐成了问题，那句"一颗四百米"的广告词已经变得意义不明了。附带小玩具的奶糖被打入冷宫，最终停止了生产。以此为契机，噗力高的点心和食材类产品的营业额都齐刷刷地跌落下来，就这样，大日向卓三的光辉始于奶糖，亦终于奶糖。

失意的老社长突然病倒，很快就去世了，玩具生产的策划也就此中断。因为儿子的死而精神抑郁的二代社长缺乏新商品创意，又没有足够的经营能力。最终，经营团队没能找出阻止衰退的办法，曾经把噗力高旗下食品视作危险并对其敬而远之的日本消费者迟迟没能打消心中的恐惧，在这场食品的长跑竞赛中，噗力高接连被后起的点心厂商超越，远远比不上他们的名气了。

噗力高的点心和食品老土穷酸的印象渐渐固定下来，以奶糖为代表的一众噗力高点心早已从零食店和便利店的货架上消失，唯有那残留在发祥地逐渐腐朽的大广告牌，还在向人们诉说着往日的荣光。

已经成人的田边信一郎从大四开始搬进了这座T见车站前的四层小公寓，他之所以选择这里，是因为窗户正对着那块让人怀念的大招牌。本来作为一间单身公寓，这里的房租高得离谱，但能从早到晚看到那块小时候不惜坐电车也要跑过来看的"一颗四百米"大广告牌，他还是没能抵挡住诱惑。虽然房租要花掉他将近两张万元大钞，但广告牌的存在却让他咬牙接受了。可是说不定正因为这个，换句话说，这块广告牌成了信一郎后来遭遇的那些痛苦的元凶。

无论是作为噗力高奶糖小玩具的粉丝，还是T见市"一颗四百米"广告牌的粉丝，少年田边都是最后的迟来者。那时，奶糖和玩具都渐渐失去了孩子们的青睐。虽然他狂热时并未察觉，但在成人后还是发现了这个事实。现在回想起来，他升上初中时，街上的零食店已经看不到噗力高奶糖的影子了。

信一郎身为迟到的粉丝，最终目睹了噗力高从王座跌落的整个过程，同时也用自己的人生去陪伴了那场跌落。信一郎大学后期的历史正如噗力高公司那般，一路向下坠落。同样，把父亲给的手表戴在左手腕上，与陌生的同伴一同等待广告牌点亮的那个时代，对噗力高和信一郎来说，都是最为荣耀的一刻。

窗外的广告牌笼罩在烟雨中，仿佛在不断向四楼窗前的信一郎发送意味深长的信息。那块夸张的看板渐渐腐朽，油漆剥落，在熟知它昔日荣耀的人眼中，变得有如死鱼的鳞片般惨不忍睹。剥落成薄片的油漆不分昼夜在风中飘摇，霓虹灯管的配线和面部表情变化的动力装置也早已被锈蚀，青年的脸，已经很久没有变化了。

然而他被固定下来的表情却与奶糖外盒上并不一样，不知为何显得异常苦闷。那并非普通的表情，也非冲过终点的笑容。对这个中距离竞跑的青年来说最为严苛的时间被永远冻结了。那早已不是"一颗四百米"，而是被迫永远奔走在那看不见终点的漫长跑道上，如同罪人一般，让人联想到希腊神话里西绪福斯的惨剧。

在他还会专程来看广告牌的孩童时期，每当那个痛苦的表情出现，他心里就会强烈希望青年早点换上冲过终点的笑容。然而他已经等了十年，那个表情依旧没有变化。青年将永远背负着罪孽的苦楚。

苦行并非仅仅加诸广告牌上的青年。它还正确投影出了噗力高食品的现状，同时也迫使行走在T见市街道上的所有市民来分担那种痛苦。更重要的是，它让每天都能透过窗户看到广告牌的田边信一郎分担了那种苦闷。自从信一郎搬进来之后，就陷入了拮据而窘迫的生活，他渐渐开始把一切都怪罪到那块日渐凋零的广告牌上了。

在J大读书时，他自诩文学青年，又加入了轻松悠闲的落语研究会，时不时到浅草和新宿的寄席①去看看表演，闲散度日。他既没有努力学习，也没有积极展开就职活动，自然没能通过任何一流企业的入职考试，最后只能加入了所有人众口一词斥为蛇蝎、唯恐避之不及的Y家电公司。在这家丝毫不受欢迎的公司上了一年班，毫不夸张而且毫无幽默感地说，那简直是地狱。简直就是那块广告牌上的青年！

一个并非他顶头上司，而是还要往上一层、负责统管的部长深信自己是能人，还长着一副体育健将的身材，他强迫员工每天早会都在卖场站队，大声唱和："使劲卖！再使劲卖！"

他得了流感时也不被允许休假，只能头昏脑涨地勉强坐到自己座位上，却听到那位部长豪放地大笑道："田边，你这是智慧热吗？哇哈哈！"

不仅如此，他说完还四处瞪视，强迫周围的人跟他一起笑。其中还有一些对这个一点儿都不好玩的笑话发出真正笑声的马屁精，这让信一郎对那些非人的恶意感到了绝望，逐渐开始不再信

---

① 寄席：表演落语的小剧场。

任人类，陷入了职场的信任危机。

部长总以学生时代当过橄榄球队前锋为骄傲，在田边的业绩不理想时，就把他带到走廊上甩耳光。迟到了被一脚踹腰，或是当着众人的面大加斥责，甚至取笑。而且那还是在他被强迫连续加班，身体不适且只睡了四个小时觉的早晨。

当时过劳死的企业战士正成为社会性话题，与之相关的电影电视如同雨后春笋般涌现出来。其实仔细想想，叹力高的那块广告牌正是企业战士的先驱。劳动省设定了一条"过劳死界限"，将每个月的加班时间限制在八十个小时以内。结果部长就大声对他们宣布"老子为了你们会严格遵守这个八十小时国家规定"，并强迫所有人都加班整整八十个小时。

不用说，这根本就不是国家明令所有人必须加班八十个小时，而是无论如何都不能让加班时间超过这个数字。当然，他那八十个小时的加班工资是一分钱都拿不到的。尽管以前动辄超过一百小时，相比之下应该算轻松了不少，但要在那咄咄逼人的骂声中连续加班八十个小时，对他的精神也是一种沉重的负担。

比那还要痛苦的，是强制分配到自己头上的业绩要求。信一郎入职Y家电时正值经济最景气的时期，也是一般性认为生活家电已经完成了全日本普及的时期，完成业绩要求自然成了难于登天的事情。如果这是每个家庭都憧憬不已，让主妇们为了虚荣互相攀比的新产品出现的时期则尚好，可是那种东西如今早已完成了普及，还要完成上一个时代设定的业绩标准，就完全是不可能的任务了，而这个难题最终影响到的，是信一郎的顶头上司。

他是个性格认真而细致的男人，然而部长不分昼夜的苛责和暴力迫使他某一天用自己的工资伪造了虚假业绩，然后在家中上吊自杀了。

可是部长得知此事后依旧没有任何改变，反倒对部下信一郎破口大骂，说"都是你的错，如果你好好工作就不会有这种事了"。还说他当初进公司的时候，要求比这还要严格。虽然他连续好几天都不断重复那些借口，但事实是，他口中的那个时代新产品更多，家电的需求量也更大。

深夜，信一郎回到自己的单身宿舍里，喝着睡前的薄酒。他望向窗外，看到了始终竖立在那里，夸张地标榜"一颗四百米"的、行将腐朽的广告牌。那块青年咬牙奔跑的广告牌没有给信一郎带来半点安慰，反倒让他感觉每天都被按着脑袋生存，沉重的压力几乎要令他精神扭曲。

他无论如何都冒不出"连他都这么努力，自己也该再努力一点"的想法。因为那块广告牌上的青年，似乎与那个讨厌的部长重叠在了一起。部长经常自我夸耀，说大学时打过橄榄球，高中时参加过田径部。一想到他的语气，信一郎就想冲动地砸碎那块广告牌。就算砸不碎，至少也要毁掉那张苦闷的脸。他愿意用自己的一切来交换。

他开始表现出实际的生理症状，晚上睡不着，低烧不退。不仅如此，他的记忆力也开始衰退，双手不受控制地颤抖，连账本都记不好了。慢慢地他开始认为，如果每天都要面对这些，还不如死了更轻松，并且一点点察觉到，他的顶头上司早已被逼到了这种境地。

顶头上司明显是被部长害死的。可是包括警察在内，没有任何人怀疑这一点。那些在酒席上谈论这件事的人都异口同声地说，所有工作都是这个样子的。田边深刻感觉到，再这样下去自己也会被害死。因为照这样下去，那个死去的上司的职责迟早有一天会被推到自己头上来。如果只是一介小职员，他顶多也就挨几下耳光而已，一旦成为现场主任，完不成目标就只能自杀了。如果不想变成那样，就只能拼命工作让自己过劳死，就算侥幸没有过劳死，也会因为极端厌恶职场而患上抑郁症。他感到四面楚歌，这个职场已经没有了出路。

开什么玩笑，为了活命只能逃离这个地狱，想到这里，信一郎向部长递交了辞呈。结果被大吼一声蠢货，紧接着又被咒骂"为什么你们这些年轻人这么脆弱，如果所有人都像你这样轻易认输辞职，这个公司会变成什么样，根本开不下去了"。做完这番说教后，部长最终也没有同意他辞职。

后来经过反复思索，故意失败、被咒骂了无数次之后，信一郎总算让公司主动辞退了自己，成功逃脱了那个地狱。可是上头却以给公司带来了损失为理由而拒绝支付退职金，使他立刻陷入了窘迫的生活中。尽管如此他还是认为，这样总比死了好。

后来他重新拾起了大学时染上的麻将赌博的坏毛病，不仅没找到工作，还欠了一屁股债。原本觉得自己住的单身公寓过于狭小，如今没了收入来源，却让他将这里当作了天堂。他靠打零工维生，卖掉了所有藏书，连电视机和音响都卖给了朋友和当铺，过上了一天只吃一餐的生活。尽管如此，终结的时刻还是到来了。如果房租再便宜点，或者有个女朋友，说不定还能多支撑一段时间，只是他实在给不起如此高昂的租金，不得不离开的日子来得比他想象中还要快。

终于到了不得不搬家的日子，信一郎站在空荡荡的房间床边，凝视着那块"一颗四百米"的广告牌。那个青年依旧忍受着长途奔跑的苦闷。

"都是你的错。"

信一郎看着他，低声骂了一句。

屋顶的诅咒

1

在U银行工作的岩木俊子比平时早起了一些,与下个月就要跟她结婚的田边信一郎走在T见市的拱廊街上。现在已经是十二月,周围却听不到圣诞歌曲的旋律,因为现在还太早,没到店铺开门的时间。

她穿着一件黑灰色格子大衣,脖子上裹着白色围巾,头上还戴了一顶黑色毛线帽,所以在十二月的清晨也并不觉得很冷。两人走进拱廊街后,空气比外面更暖和了一些。

逆着到T见车站乘坐京急线赶往东京上班的人群走了一会儿,他们来到一家德国面包店,发现那里已经开门了。这家店二楼有个小小的餐厅。

"啊——林德已经开门了!"

俊子指着店铺说。

"德国人都很早起吗?"

"可能哦。"

信一郎点点头说。

"哎,我们进去吃早餐吧?"

俊子说着,紧紧搂住了信一郎的手臂。

"嗯,走吧。"

信一郎说。

他们在一楼买了面包和红茶走上二楼，正好窗边的吧台座位还空着。两人并排坐下，吃着蝴蝶脆饼，一边聊天一边眺望拱廊街上的人群，这是俊子最喜欢的时光。对她来说，那是研究女性路人的装扮，并思考如何应用在自己身上的时间。

距离俊子银行的上班时间还有一个小时，而信一郎工作的不动产中介还有一个半小时才正式上班，这让他们两人都能在上班前慢悠悠地闲聊一会儿。

"里面挺热闹啊！"

信一郎坐下来，边脱外套边说。

"看来很多人都在这里吃早餐。"

"等我们在一起后，我会做的。"

俊子呼吸急促地说。

"早饭？"

"嗯。因为太浪费了。你也知道吧？我做饭可好吃了。能做出好多种类的早餐，所以你就放心吧。"

俊子说。

"那可真是太让我放心了。"

信一郎说。

"交给我吧，其实我可期待婚后给你做早餐了，都等不及啦。"

"那我们以后就不用来林德了吧。"

"可以午餐来呀。"

俊子说。

"不过听到俊子要拿二百万出来我真是吓了一跳。托你的福，我们能租到好点的公寓了。没想到俊子攒了这么多钱，难道银行工资特别高吗?"

"我那是临时收入。"

"二百万临时收入?"

"哎呀,你就别管了,说来话长。我只要能跟信一郎结婚,什么事情都愿意做。我愿意抛下一切。因为我终于能圆梦了呀。"

"为什么?"

"什么为什么,结婚不就是女孩子的梦想吗?"

俊子说。

"俊子喜欢我哪里?"

"当然是脸呀。阿信是个大帅哥。"

"帅哥啊……"

信一郎说着,点了好几下头。

"你以前肯定经常被女孩子这样说吧?"

"嗯……偶尔吧。头脑呢?"

"啊?"

"你不喜欢我的聪明才智吗?"

"我可不会要求过高,有一样就够啦。"

"啊,是吗?"

"信一郎喜欢我什么?"

"钱。"

俊子狠狠砸了一下信一郎的后背。

"好痛啊,开玩笑而已嘛。"

"那你到底喜欢我什么?"

"大阪腔。"

"大阪腔?"

俊子陷入了沉思。

"我喜欢说话有意思的女人。跟俊子说话特别有意思,很容易就忘记时间了。"

"我怎么感觉最近总听到那种话啊。"

"是吧?电视上的女明星是不是总这么说?如果结婚,希望丈夫是个演员,这样家里就能一直欢声笑语了。"

"你是电视明星吗?"

然后她又严肃地说。

"不过啊,我这人还真没什么长处,那也没办法了。毕竟我腿又粗,脸又圆。干脆像宫川大助和花子那样到吉本兴业出道算了。"

"那我也辞掉房产中介的工作跟你一起出道吧。"

"那可不行。信一郎绝对会出轨,被那些除了脸别无长处的小妖精抢走的。"

"啊,对啊。原来如此,比如喵子啊,什么什么法子之类的……"

"你怎么自己承认啦。我是不是目光特别尖锐?那可是野性的直觉,绝对不会看错。"

"我以前就很喜欢上方落语①,因为受到了我老爹的影响。小时候家里到处都是录音和录像。"

"哦……居然不是贝多芬,而是落语录音呀。"

"然后上大学就毫不犹豫地加入了落语研究会。我还挺受欢迎呢,粉丝一大把。"

"都是女孩子吧?"

"嗯……于是我找工作就失败了,后来四处流落,那可真是

---

①上方落语:是指以京都和大阪为中心的落语文化。

名副其实的落难。"

"真的呀……"

"都怪我跑寄席太积极了。"

"不过那些企业也真够死板的。有个会表演落语的员工多好呀！"

"是吧？比如忘年会的时候，我在三井物产面试的时候也那样说啦。可是面试官却说他家不缺表演落语的。"

"也对，不可能为了忘年会有人表演就一直付你工资嘛。"

"太不解风情了。于是我现在就沦落到了这个穷乡僻壤的不动产中介公司。"

"哎呀，那我可真是太走运了。"

"为啥？"

"要是阿信进了三井物产或者摩根士丹利，肯定就轮不到我啦。"

"你说啥？我吗？"

"对呀。"

"搞半天，原来我是面向主妇开发的人气商品？供不应求根本轮不到城郊小杂货店进货的新研发洗涤剂？"

"那我不就是城郊的小杂货店啦？"

"啊，对啊，确实有那种店呢。开在澡堂子旁边，只有一个老奶奶打理的小杂货店。平时只有从澡堂子里出来的老爷爷去买烟或者婴儿食品，除此以外就门可罗雀。"

"快别说了，听着怪难受的。"

"是吗？"

"让我忍不住感同身受。那个人没有老公吗？"

"比她早死了。"

"为啥要买婴儿食品?"

"老爷爷自己吃的,因为牙齿都掉光了。"

"那是你自创的落语吗?"

"猜对啦,俊子的直觉真敏锐。"

"算了,城郊的杂货店也无所谓了。因为我钓到帅哥了呀,心满意足啦。我会加油的!这不,激情都燃烧起来了,你等着瞧好了!"

"嗯,拜托你手下留情哦。"

"交给我吧,绝不会再让你下馆子的。我要单凭自己的手艺让你心满意足!"

"你挺上心的啊!"

随后,两人继续吃着蝴蝶脆饼,喝着红茶和咖啡,俯视楼下的人群。

"我的天,怎么这么多人哪。他们都是去坐电车的吗?"

"是啊,真的像军队一样。明明周围的店还关着门呢。"

"那些人都是去车站的,这就是所谓早高峰啊。这么多人全都要到东京去上班呢。"

"是啊,都要到浜松町啊银座那些地方去。"

"银座吗……那不是去玩儿的地方嘛。坐人挤人的电车肯定特别痛苦吧。大战咸猪手什么的。"

"你说什么呢,没看底下走的都是男人吗,没有女人。"

"正因为是男人,才叫大战咸猪手啊。"

"阿信为啥要大战咸猪手啊。"

"就是那啥,一个美女近在眼前,穿着迷你裙紧贴着你,想忍住不摸上去可是很难的啊。"

"哈啊?你胡扯什么呢。摸来做什么,又不能带回家去,还会犯法呢。"

"也对啊……"

信一郎深以为然。

"这就是男人的劣根性啊。"

"蠢得要死！那可是要被警察抓的。太没脑子了。搞不好还会被周刊添油加醋，让你一辈子跳进东京湾都洗不清。"

"也对啊……"

信一郎再一次深以为然。

"我们走吧，都见不到几个女的，真没意思。"

俊子说。

"为啥？"

"男人的衣服有啥好看的，又学不到什么东西。快把你那杯喝了，我要走了。"

"好啊，你先走吧。我再坐一会儿。下午五点半到站前的迈阿密碰头吧？"

"你让我一个人走？那样太寂寞了，一起走嘛。"

俊子说。

2

U银行一楼，出纳柜台后的办公区域，住田系长拿起账簿对身后的岩木俊子说：

"喂，岩木君，你账簿上的字不好认啊。"

"啊？真的吗？"

俊子从眼前的账簿中抬起头，故意装傻道。

"你瞧你这字，都分不清到底是明子还是敏子。"

系长说着站了起来。

"是吗？您怕不是老花眼了吧？"

"少废话。你以后慢点写，写端正点，别写连笔字。本来字就不怎么好看了。"

"我知道啦。"

"整天毛毛躁躁的。"

"哈啊！"

"这些数字也有很多错漏。不过也难怪，快办婚礼了吧。"

听了系长的话，俊子深深点了一下头。

"没错，我这人特别毛毛躁躁，您说得对。"

"你也就在这种时候说话老实了。心不在焉了吧。"

"对，心不在焉了。"

"麻烦你上点心，撑到五点钟。"

系长叹着气说。

"那可难办啊，系长。"

"什么？"

"家里的老姑娘总算能嫁出去了，我老爸都高兴哭了。毕竟结婚可是这个老姑娘一辈子的梦想。相亲履历十余次，甩掉的男人不计其数。"

"那可真是难为你了。你父母也算是放下了心头重担吧。"

"可不是嘛。所以账簿上的一点点小差错，您就睁只眼闭只眼啦。"

"喂，那可不行啊。"

"我现在就好像暑假新年一起过，兴奋得不行呢。"

"我猜也是，你一定特别高兴吧。跟你结婚那人是谁啊？"

"你想看看是谁这么不长眼吗？"

"嗯,虽然我倒是不会说得那么直白,但是……"
住田系长说。
"但是什么?"
"快让我看看。"
"果然是想看嘛。"
"是哪儿的人。话说,确实是男人吧?"
"那是当然。"
"有工作?"
"没错,就在这附近上班。"
"这附近?"
"他在户越大道边上的富士不动产当后勤。"
"唔,很有男人味吗?"
"系长也知道我是个颜控吧。"
"啊,你是说过喜欢汤姆·克鲁斯来着。"
"对。"
"不过你男人不可能长得像汤姆·克鲁斯吧?"
"这你就错了,真的很像。"
"喂,你骗人的吧。"
"是真的。"
"真有这种好事?"
"不然我给你看照片?"
"好啊好啊,快让我看看。"

系长说着走到俊子身边。俊子从长钱包中飞快地抽出恋人的照片,顶在头上。系长定睛一看,大吃一惊。

"喂,这是真的吗?这位仁兄到底是谁?"
"都说了,是男朋友啊。"

"朋友的男朋友吗,你哥哥吗……"

"是我男朋友啦。"

"告诉你,说谎话迟早会被拆穿的,趁早不要装了。"

"我才没说谎。"

"真的……是这人吗?他有病吧?"

"别说那种不吉利的话好吗,人家可健康了。"

"那智商肯定……"

"有一百三十呢。"

"看来世上是有真神的啊,岩木君,你可要珍惜哦。"

"会珍惜的。"

然而系长依旧难以接受,又小声嘀咕。

"这男的该不会眼神不好吧……"

"人家视力左右都是一点五。"

"莫非个子很矮?"

"嗯,确实不太高。"

系长总算点了点头。

"是吗,虽说这算是个缺陷,不过男人可不是光看身高的。"

"是呀,没错!"

"不过你可别让那些女柜员见到这个了,肯定要被抢走的。"

"一定不让看。"

"他有什么特长吗?"

"有。"

"什么?"

"落语。"

"汤姆·克鲁斯讲落语吗!"

系长惊讶地大喊一声。

"那可真是够稀罕的。"

"嗯。"

"这特长也是够少见的……不过你一定特别高兴吧。"

"是,高兴得不得了。"

俊子直爽地说完,露出满脸笑容。

"羡慕死人了。你真够幸福的。明明世界上还有绝望到自杀的人。"

"嗯,我是肯定不会自杀的。"

"可以想象。"

"再这么下去要遭天谴的,所以我要认真工作了。"

"真是拜托你了。"

"喂——岩木君。"

此时,富田课长从背后高声喊道。

"在。"

"你能去给屋顶的盆栽浇点水吗?和田君好像偷懒没去。"

"好,我知道啦。"

"盆栽挺多的,你用水管使劲淋一遍就好。"

"好。"

"不过要小心别把水淋到楼下哦。"

"是。"

"要是有客人投诉就麻烦了。"

"嗯,我会注意的。"

说完俊子便站起来,小心翼翼地把男朋友的照片收进钱包里。随后,她脚步轻快地走了出去,侧身走进隔板后面,朝楼梯间大步走去。

"怎么?她好像很开心啊。"

富田说。

"人家下个月要跟一个长得特别像汤姆·克鲁斯的人结婚了。"

住田回答。

"汤姆·克鲁斯?"

富田瞪大了眼睛。

"那男的眼神有问题吗?"

课长也说。

"据说视力有一点五呢。"

"两只眼睛都是?"

"是啊。"

课长沉默了一会儿,然后说:

"肯定是有所企图。"

"对吧,我猜也是。不然怎么可能呢。"

"你看,连前台柜员寿原君都没找到对象呢。人家长得这么美,性格又好……"

"她父亲还是大学教授吧。"

"嗯。而且名字里还带个寿字①。"

"那可能没什么关系吧。"

"是吗?"

"更别说男人看到那个字搞不好容易退缩呢。不过话说回来,她的身材可真不错。"

"是吧。这个世界真是让人难以理解。"

"可不是,难以理解啊。"

---

① 寿(kotobuki)在日语里有祝福的意思,尤其是因结婚而离职,还被称作"寿退职"。

"所以这里面肯定有隐情。"

"必须有。"

"嗯。我看一定有。对了,住田君。"

"在。"

"你知道这附近哪里的午餐比较好吃吗?我已经吃腻了现在的店,想找家新的试试。不能总在同一家店吃,总是要换换口味嘛。"

"您要什么料理?"

"特别点儿的吧,摩洛哥料理之类的。"

"世界三大料理之一的土耳其料理。"

"对对,就是那种。"

"我知道有一家,就是有点远。"

"几分钟?"

"大概七八分钟吧。"

"啊,那没什么的。"

课长话音刚落,就听到不知从什么地方传来如同瓦斯爆炸般的轰响。

"怎么了,瓦斯爆炸吗?"

住田也愣在了走道上。

"怎么回事,我也不知道。听起来不像是交通事故。"

"声音不像,更像是爆炸。在这种地方能是什么东西呢……"

课长还没说完,又听到了刺耳的尖叫。是女性的声音。

"搞什么?"

就在此时,柜台外面的自动门打开,一个叫小出的银行职员跑了进来。正在等待叫号的一部分客人则起身走到了外面。

小出冲过前台,一路跑到了柜台里面。坐在椅子上的客人们一路用目光追随。"有人跳楼啦!"外面传来一声大喊。

小出跑到富田身边,用拼命压抑着激动的声音汇报道:

"课长,有人自杀,有人跳楼自杀了。一个女孩子跳了下来,是我们这儿的女孩子。"

"什么?是谁?"

住田在旁边问道。

"是岩木。"

"什么?!"

两人同时大喊一声。

"岩木自杀了?"

"怎么可能!"

住田一口咬定。

"不可能,这不可能。岩木怎么会自杀,除了她谁都有可能,唯独她绝对不可能!"

"没错!"

富田也附和道。

"可是课长,她真的跳楼了。我刚刚亲眼看到的。"

"那真是岩木吗?"

"没错。"

"怎么可能,肯定是搞错了吧!"

"会不会是谁从隔壁朝日的屋顶上跳下来了?"

住田问。

"就在我们大楼门口呢。"

小出说。

"叫救护车了吗?"

"围观的人叫了。不过瞧那样子恐怕是没救了。脑袋都摔了个大口子，还流了很多血。"

"喂，你们两个马上到屋顶去！"

富田面无血色地说。

"把屋顶封锁起来。这是谋杀！"

住田也一脸苍白地点了点头。

"不过千万要小心，杀人凶手还在上面。"

"谋杀？"

小出问道。

"没错啊课长，肯定是了。岩木是被推下来的。小出君，不会有错，那妮子不可能自杀。"

住田也说。

"就算整个世界颠覆，她也不可能自杀。因为她马上就要跟汤姆·克鲁斯结婚了啊。"

"汤姆·克鲁斯？"

"对啊，会表演落语的汤姆·克鲁斯。所以现在全世界最不想死的就数岩木了。这姑娘肯定是被推下楼的，绝对不会有错。还有必要寻找目击证人。把三楼那些人都叫过来。"

"我来叫，你们快去！"

富田说。

"是。走吧小出君，我们要保护现场，带上钥匙把天台锁上！"

住田也对小出说道。

"还有，最好带上棍棒什么的，凶手还在上面。搞不好很凶残，毕竟他已经杀了一个人。我们也得保护好自己。"

"如果凶手已经跑了，就把上面锁起来，谁也不准通过。凶杀的痕迹说不定还留在上面。"

富田做出指示。

"明白了。"

住田说完,带着小出匆匆穿过走廊。

"再来两个人到楼底看着。要是有人下来,一定要把相貌记住。搞不好凶手就是我们银行的人。"

听到他的话,又有两名男性员工跟了过去。

3

住田让小出守在二楼楼梯口,独自走进被当成运动社团储物室的二楼房间里拿了两根棒球队的球棒。因为熟悉路线,他很快就拿着东西跑了回来。

"没人下楼吧?"

住田问。

"一个人都没见到。"

"很好,那我们走吧。这是你的。"

他递了一根球棒给小出。随后他双手攥紧自己的球棒,开始往楼梯上走。两人一边警惕前方,一边小心翼翼地走了上去,到三楼途中有一个转角,却没有碰到任何人,很快就走到了上一层。

"一个人都没有啊。"

住田说着,把手伸向通往屋顶的那扇门,他转念一想,又把衬衫袖子扯出来,隔着布料握住了门把手。他轻轻转动把手,随后猛地一推。那扇门发出一阵微响,大敞开来。

这里是三楼的露台,只有两层楼高。映入眼帘的光景没有任何异常。露台中央和左右各铺了一条供人行走的木栈道,除此之外的空间则摆满了盆栽。木栈道是为了防止用水管浇完水后打湿鞋子才铺设的。

两人并没有贸然走出去，而是站在门口，谨慎地环视了一圈露台。杀人凶手可能就藏在附近，随时会攻击他们。此时不可轻举妄动。

然而木栈道上并没有人。填满水泥地面的盆栽间也看不到人。屋顶依旧跟平时一样空荡荡的。

屋顶上并没有足以让一个人藏身的大型遮挡物，加之面积也不是很大，所以站在门口就能看到每一个角落。这里确实没有人。

再往左右张望，右边是一整面几乎没有窗户的商住两用楼侧墙，左边是仅有几面窗户的朝日屋百货大楼侧墙，以及那块噗力高大招牌黝黑的背面。

"没有人啊。"

住田说。

"也没有可以藏身的地方。那到底是谁把岩木君推下去的？"

"系长，您看。"

小出指着前方说。

"怎么了？"

"你瞧，水管还在喷水呢。没有关上。"

定睛一看，果真如此。蓝色软管横亘在木栈道上，前端隐入了花盆里，但能看到有水从那里流出来。

"真的，水没有关上。"

"看来岩木是顾不上关水就跳下去了啊。"

小出说完，住田并没有作答。从这个状况来看，只能这么想了。

随后小出又从上衣内袋掏出一台小型相机说。

"那我就拍照了,系长。现场照片。"

住田马上点点头。因为没有任何不能拍照的理由。

"嗯,那趁关水之前先拍照吧。"

他说。

"知道了。"

小出说完,连续按了几下快门。

拍照结束后,住田总算往屋顶的木栈道上走了一步,却没有一直走到中央,而是马上回过头来,先谨慎地检查了门背后。当然,手上的球棒也严阵以待。

可是门背后也没有人。于是他又往前走了三步,再次回头查看敞开的门扇左右。从住田的视角来看,门左边是三台空调室外机,其间隙和两侧都没有人,因为根本没有那么大的空间。

"没有人,竟然真的没有人。"

住田难以置信地说。

"凶手不在这里呢。"

小出也说。

"把岩木推下去的凶手不在这里。"

说着,小出也拿着球棒走到住田旁边,转过身来。

"嗯,不在这里啊。"

住田也说。

"那岩木果然就是自己跳下去的吧,这应该就是突发性的自杀。"

小出话音未落,住田就气势汹汹地反驳道:

"胡说什么呢!那怎么可能!绝对不可能!你是没看到她那兴高采烈的样子。刚才她口口声声对我说了,说她不会自杀。"

"真的吗?"

"当然是真的。她确实说了,千真万确。"

"哦。"

"所以这一定是凶杀。如果她刚才说的话是真的,那就绝对是凶杀,不会有错。就算我们 U 银行全体员工都自杀了,岩木也不可能自杀的。"

住田憋着一股气说。

"那为什么这里一个人都没有?"

小出说。

"唔……"

住田被问住了。

"没有推她的人,为什么岩木会掉下去?"

"唔——"

住田系长依旧哑口无言,因为他也想不明白。

随后两人又走到水龙头的位置,把水关掉了。紧接着,他们又把整个屋顶区域彻底检查了一遍,确认没有任何异常,也没有掉落任何可疑物品。小出又拍了几张照片,甚至蹲下来把花盆阴影处也拍了一遍。

"系长!"

不知从哪里传来一声大喊。

他猛地回过头,发现一个叫原的年轻员工出现在门边。他也走上木栈道,朝两人走了过来。

"系长。"

他又叫了一声。

"干吗?"

住田回头应了一声。正蹲在地上拍照的小出也站起来看向他。

"您是在调查岩木掉下去的事情吗?"

靠近两人后,他问道。

"没错。你知道什么吗?"

住田问。

原走到离他大约一米的地方,压低声音说道:

"其实我看见了。"

"看见什么了?"

住田问。

"难道是岩木君被推下去的瞬间?"

只见原用力摇了摇头。他是一名优秀的员工,也很受大家信任,并不是那种会胡说八道的人。虽然还年轻,他的发际线已经有点后退,显得额头特别高。住田目不转睛地看着那片区域。

"不是。我看到她自己跳下去的。"

"什么?"

住田不小心提高了音量。

"那不可能。只有她绝对不可能自杀。她有个特别棒的未婚夫,很快就要结婚了,正兴奋得不行呢。而且就在刚才,她正准备上来的时候,亲口对我说了,说她不会自杀。所以她一定是被人推下楼的。"

"那不可能。"

原斩钉截铁地否定道。

"因为这屋顶上一个人都没有啊。"

"不可能。怎么会……你确定吗?"

"绝对确定。"

原笔直地对上住田的目光肯定道。

随后他又指着旁边的栏杆说:

"她人就在那边，把腰靠在栏杆上，用栏杆做支点翻了半圈，然后掉下去了。我亲眼看到的，她旁边没有任何人，绝对只有她一个。我看得很清楚。"

住田和小出都愣住了。他们许久无言以对，过了好一会儿，住田才开口。

"还有别人看到了吗？"

"没有，就我一个人。"原说。

住田又略显愠怒地问道：

"为什么你能这么赶巧看到她掉下去的瞬间！"

原指着自己刚才穿过的门。

"我当时想上洗手间，就从最尽头那间办公室出来了。然后我就听见了岩木的惨叫。"

"惨叫？岩木君的？喂，你听到了吗？"

住田问旁边的小出。只见他摇了摇头。

"其实不是特别大声的惨叫。就是'啊'的一声，我也只是勉强能听到而已，并不是响彻四周的大动静，就是小声叫了一下，要是我还在办公室里关着门，可能就听不到了。"

原说。

"唔……"

住田陷入了沉思。

"我只是刚好把门打开走到了外面才听见的。于是我赶紧跑到那扇门边看了一眼屋顶，因为我看到门是开着的。结果就刚好看到岩木用腰顶着护栏转了一圈掉下去了。绝对只有她一个人，我不可能看错。"

原又说。

很快，外科医院打来电话，确认了岩木俊子的死亡消息。死因是头部创伤。她是头朝下掉下去的。

在住田系长吩咐下，有人联系了附近的派出所，巡警在检查了路面上的死亡地点后，又上了屋顶。经过一番粗略检查，又联系了警察局，请了两名刑侦课的刑警来调查，他们并不认为岩木俊子绝不可能自杀，因此自然认为那是明显的自杀举动。而且原的证词也成了有力的佐证。

刑警们把现场看了一遍，就回到局里写报告去了。警方的行动就此结束。

然而，住田系长、小出和细野三人却始终不能释怀。他们来到银行附近的酒馆百福，点了啤酒、刺身和烤串拼盘后，凑在最角落的座位上悄悄交谈起来。

"这太令人费解了，肯定还有隐情。"

住田系长小声对二人说。

"没错。"

说着，小出和细野也频频点起头来。

"小出君，你刚才在屋顶发现什么了吗？有没有掉落可疑物品？"

"没有啊，我什么都没看见。不过……"

"嗯，不过什么？"

住田问。

"是水。我发现并不是所有花盆都浇到了水。不，应该说浇到水的只有西南面那一小部分，可能只有整体的五分之一左右吧。不，搞不好还更少。顶多也就十盆吧，不，可能只有七八盆。岩木只给这么几盆植物浇了水就跳下去了。"

"唔……"

住田一脸严肃地抱起双臂。

"是吗，原来如此。"

随后，他感慨地点了一下头，又说：

"那可能是非常重要的线索。是关键点。也就是说，岩木君才刚开始浇水没多久就掉下去了。"

"是的。于是水管就从她手上脱离，掉到地上了。水也一直没关上。"

小出说。

"是吗？"

"所以我想啊，事情经过应该是这样的。岩木走到屋顶，打开水龙头，然后走到一直被扔在地上的水管末端位置，拾起水管，走向西南方向的栏杆，给那里的盆栽浇了几十秒的水，然后就掉下去了。"

"这样啊……"

住田说着，呆呆地看向天花板。不一会儿，他又缓缓扭过头来。

"那到底是为什么啊！究竟怎么回事？当时发生了什么？她不是才刚刚走上屋顶吗？"

"对啊，就是这么回事，刚刚上去。"

小出点着头说。

"而原就碰巧看到了。"

"原说的话能信吗？"

细野问。

"嗯，问题就在这里。"

住田说。

"不，原不是那种会说谎的人。他这人很认真，工作也很努力,刚才那家伙的目光特别真诚。"

小出说。

"不过人啊,指不定能干出什么事来。"

住田说。

"哈啊?"

小出说。

"那不就只有这种可能了。"

住田系长说了起来。

"假设你说得都对,在那种情况下——"

"嗯,怎么样?"

小出问。

"岩木君一个人走到屋顶上时,并没有发生特别值得怀疑的事情。她拧开水龙头放水,回到木栈道上,捡起水管开始浇水。那一瞬间屋顶上是没人的。对吧?"

"没错,肯定是那样。"

小出也点着头说。

"而当时出现在那附近的,只有原,对吧?"

话一出口,所有人都沉默下来。

"肯定是原突然从门口冲了过去。"

"啊?!"

小出皱起了脸。

"原跑到木栈道上,猛地撞向岩木君,然后岩木君就从屋顶上掉下去了。"

"不可能!"

小出说。

"你怎么能肯定呢?我们屋顶上的栏杆比较矮,只有零点九米，以前还因为违反《建筑基准法》而闹出过问题，说那样太危险了。毕竟那座楼有些年代了，那时候日本人还普遍很矮小。"

"就算是那样，可为什么原要把岩木给……"

"你想想啊，说岩木君是自己掉下去的人只有他一个。除了原以外再没有别的目击证人，难道不是吗？"

"嗯，确实……"

小出说。

"而且岩木俊子绝对不可能自杀。唯独对这妮子，我可以肯定。毫无怀疑的余地。你也这么想吧？"

"可是动机……"

小出说完，歪着头面露疑惑。

"原跟岩木不太熟。他们所属的课不同，办公桌离得也很远。应该没什么机会说话才对。"

"人啊，谁都说不准的。我们也不知道岩木君是否在什么地方激怒了别人。难道不应该查一查原那小子吗？"

住田系长说。

"唔……"

"那件事你们都没说出去吧？"

住田突然压低声音问。两人赶紧用力摇头。

"岩木君应该也不会说吧。那之后……原该不会发现了吧？"

"那不可能的，怎么会呢。"

小出说。

"损失马上用保险和与他行的互助合同给补上了，由我出面。毕竟大规模投机失败完全是有可能的嘛。而投机者有时候会想把消息压下去。所以应该没有被怀疑。可是，如果原真的知道了这个……"

"不，就算原知道了，他应该也会采取别的行动，不可能对岩木做那种事的，因为那实在太恶劣、太愚蠢了。"

"没错，按照常识肯定不会的。"

住田赞同道。

"但他也可能有某种超出我们预料的理由。比如男女关系啥的。"

"他跟岩木有男女关系？那可是别课的人啊。"

"你怎么能肯定没有呢。男女关系本来就是令人费解的。"

"比如有可能在酒馆见过面？"

"原是单身吗？"

细野问小出。

"不，他好像有老婆了。"

小出回答。

"欠债了吗？"

"不知道，不过那家伙看起来不像那种人。"

"总之——"

住田说道。

"我要调查一下。对了，那把枪的主人是原。"

"啊？"

"劫匪手上拿的枪是原的。我在屋顶上找到那把枪，一下就想起来那是原的。那家伙最喜欢飞碟射击了。我想起来了。他肯定是把枪忘在二楼了。"

"于是强盗就用了那把枪？"

"没错。所以我把枪上的雨水擦掉，放回二楼了。"

"哈……"

"总之就是这样，你们两个在行里也把招子放亮点儿。"

"是，知道了。"

说着，小出和细野点了点头。

4

翌日下午。午休结束后，住田系长回到一楼柜台后面的办公桌旁开始工作，他感到在旁边负责柜台服务的女孩子散发出了不知如何是好的气场，便抬头看了一眼她的客户。紧接着，忍不住"啊"了一声。

"汤姆·克鲁斯……"

不过那也是怀着莫大的善意才能看得出来的相似，真要说起来也能说一点都不像，只是那双眼皮的眼角和时而紧紧抿起来的嘴角乍一看还真有点汤姆·克鲁斯的感觉。那就是他在照片上看到的青年。于是住田拉开椅子站了起来。

他看到柜台后的女孩子也一脸困惑地站了起来，便走过去拍拍她的肩膀，然后说：

"换我吧，是不是岩木君的事？"

"啊，是的。"

女孩子闻言，似乎长出了一口气。住田走向窗口，弯下身对青年说：

"您是来找岩木俊子的吧？"

只见他脸上闪过一丝惊讶，然后说：

"啊，是的，没错。因为她一直不回家，我就想来看看怎么回事……"

住田一言不发地点点头。

"她怎么了，现在在哪里？不在这里吗？"

他问。

"您来得正好，我也有很多话想跟您谈。能麻烦您从那边进来吗？我想请您到里面的会客间谈谈……"

住田抬起右手提示进入内部办公区的道路。他一一看在眼里，然后点点头说：

"啊，是吗，我知道了。"随后又说，"不过我没多少时间，是工作中偷偷跑出来的。"

进入会客间与他面对面，住田马上递出了名片。青年也掏出名片与他交换了。他的名字叫田边信一郎，所属单位是富士不动产。这些岩木俊子都跟他说过。住田抬手示意请他坐在沙发上。

待两人都坐定后，住田马上进入了正题。因为对方说没什么时间。

"这不是三言两语就能说完的，而且我也不想草草了事，而且也都是为了岩木小姐。"住田说，"不过，客人您似乎比较急……"

"是的。"

说着，田边信一郎露出焦急不安的神情。他开始有异常悲伤和不好的预感。长年从事客户接待业务的住田感到，青年的这副样子并不是装出来的。如果他想隐瞒，根本就不会跑到银行窗口来问。看来这个青年真的是毫不知情。

"其实，岩木小姐昨天自杀了。"

住田单刀直入地说。

"啊？！"

田边大喊一声。

"我们也都吓了一跳。"

"在、在哪里?"

青年探出身子追问道。

"就在上面,她从二楼屋顶掉到下面马路上了。"

田边大张着嘴,一句话也说不出来。

"发生这种事,我也不知该说什么好,请您节哀顺变。"

然而,他依旧大张着嘴无言以对。

"不知道您有没有什么想法?"

只见他猛地瞪大眼睛,用力摇起了头。看他那个样子仿佛在说,这怎么可能。

"您一点都不知情……"

"开什么玩笑,我一点头绪都没有!"

他又大声说道,似乎有点生气了。

"我们昨天约好傍晚在前面不远处的迈阿密碰头,她说下班后马上过去,而且她每天都很高兴的……"

"哦哦……"

住田说着点了点头。

"我感觉她每天都特别开心,根本不可能想死,别开玩笑了。这真的不是开玩笑,她不可能去寻死的。这一定是弄错了。"

"确实,她在我和其他同事们眼中也一样,还特别兴奋地说自己快结婚了。而且她还亲口对我说,她不可能自杀。"

"不可能自杀?她真的那样说了?"

田边问。

"是的,就在她上屋顶前。"

住田点头说道。

"她为什么会提到自杀?她应该连那种想法都不会有,怎么会突然提到自杀呢？那对她来说根本是另一个次元的想法。"

"没错，她应该不会有那种想法，这我理解。只是我偶然说了句世上还有人想自杀呢，她真是太幸福了，所以才回了那句话，说她绝对不会去自杀。"

"她是跳楼自杀的吗？"

青年又问。

"是的，从这个楼顶上。"

住田指着天花板。青年也跟着抬头望去。

"就是那个有很多盆栽的屋顶？"

"没错。嗯？您怎么知道的？"

住田追问道。

"啊？哦，不，那是她自己跟我说的。"

他赶紧补充道。

"嗯。是最近跟您说的吗？"

住田问。

"不，她很久以前跟我提到过。"

青年草草答了一句，让住田感到有些别扭。

他觉得，连屋顶上摆满盆栽这种事都对男朋友说有点奇怪了，就算说了，他一听到屋顶就联想到那个也有点不自然。不过最重要的是，屋顶上确实以前就放着盆栽，但是数量很少。变成现在这样密密麻麻，也只是一个月前的事情。因为那些盆栽的主人去世后，全部都由银行接管了。

"您两位在一起很久了吗？"

住田系长问。

"啊？"

他看着住田，脸上闪过瞬间的困惑。

"嗯,是的,已经很久了。"

"两三年了?"

"差不多吧。"

"是吗,那您一定很失落吧。"

住田说。

"我都不知道该怎么办了。我今后到底该如何是好……"

"你们打算结婚?"

"是的。她还说要在青山预约婚礼场地,如果那里有空位的话。"

"已经预约了吗?我还没听说呢。"

"还没。如果她还活着,应该下周就会预约了吧。"

青年说着,有点哽咽了。

"那该怎么说好……岩木小姐在我和同事们面前也十分兴奋,还说您长得很像汤姆·克鲁斯,把照片都给我们看了。"

"哦,那是以前拍的照片,她管我要我就给她了。但我们根本不像,也就是那张照片乍一看有点相似而已。"

他说。

"是很久以前给她的吗?"

"就是最近吧。有什么问题吗?"

"没什么,因为她最近才提起来这件事。我也是昨天才看到照片的,就在她自杀前不久。"

"哦……"

他说着,叹了口气。

"因为她拿着照片跟我们炫耀了好久,所以我刚才在窗口看到您,一眼就认出来了。您就住在这附近吧?"

"不,也算不上附近……"

"大概在什么地方？"

"呃……我已经搬到她家了。"

他说。

"哦，是嘛。"

住田听了点点头。那可有点意外了，原来两人已经在同居了吗？

"嗯。"

"我已经跟她大阪老家联系过了，所以她父母应该很快就会到东京来。"

"是吗？"

说着，田边的表情黯淡下来。瞧他那个样子似乎在想，自己得从她家搬出来了。那他们的关系究竟有没有让岩木的父母知道呢，住田暗自思索。

"毕竟还要举行葬礼啊。您已经见过她父母了吗？"

只见青年低着头说。

"还没有，但她已经说了我的事情，并得到同意了。"

"哦，这样啊。"

说着，住田又陷入了沉思。他在想接下来的话究竟要怎么说。

"其实我们都不明白她为什么要自杀，现在正困惑着呢。也不知道该怎么向她父母交代。"

"嗯。"

青年点了一下头。

"唉，实在是不知道该怎么办了。毕竟那可是根本不可能的事情啊。您不也这样想吗？"

"我也觉得，绝对不可能。"

"你说这到底是怎么回事啊？我还在想你可能知道点什么呢。

反正我们是丈二和尚摸不着头脑，怎么想都想不通，既然你跟她关系这么亲密，会不会有点头绪呢？"

只见青年一直低着头思索。他肯定比岩木小吧，住田很快察觉到。他还年轻，看上去还不谙世事。不一会儿他抬起头来这样说：

"不，我也是完全没有头绪。不是有个词叫晴天霹雳吗？我现在就是那种感受，惊讶得不知该说什么好。我完全没想到会发生这种事，实际上直到现在也还不敢相信。"

"唉，原来您也一样啊。"

住田大失所望。他还以为岩木的男朋友能有点什么线索。

"是，我也一样。"

青年说完想了想，又略显犹豫地说。

"那个……我不知道说这种话是否合适……"

"嗯？"

"既然如此，我只能想到她是被谋杀……"

"唔……"住田听完，沉吟了好一会儿才说，"怎么会呢。"

"可是……除此以外我就再也想不通了。"

他说。

"那可真是……"

住田伸手抹了一把额头，随后探出身子，这样问道："那您能想到她被谋杀的理由吗？"

"呃，那我倒是想不到。"田边慌忙回答。

于是住田又往前凑了一点，压低了声音。

"那啥，您听岩木君说过三天前那件事吗？"

"三天前？"

青年露出讶异的表情。

"没错。那天傍晚开始下小雨,后来越下越大,还打起了雷,紧接着轰的一声,周围一带就停电了,那天晚上的事情。"

"哦,是啊,确实停电了。"

他说着,躲开了住田的目光。

"停电那天怎么了?"

"您有没有听岩木说过那天发生的事情?"

"没有,她什么都没说。"

青年马上回答。然而他却一直躲着住田的目光,好像一直憋着什么话不愿意说出来。比他大了十几岁的住田一眼就看穿了他的内心。他在隐瞒什么,住田直觉感到。于是他又问了一句:

"您没听过打劫那件事?"

只见青年似乎放弃了挣扎。

"嗯。"

"您听她说了?"

住田脸色一变。虽然那不是什么好事,但他认为其中搞不好有线索。

"也不算是听她说了。就只有一点点。她说发生了打劫未遂事件,不过那是最高机密,所以不能对任何人说。所以我刚才也没说出来。"

他说完,偷偷瞥了一眼住田。

"就这些?"

住田问。

"嗯,就只有这些。"

田边回答。

"她没说别的……"

青年摇了摇头。

"她什么都没说。"

"她没说人是从哪儿进来的,钱被抢了还是没被抢?"

青年又摇摇头。

"她没跟我说,不过那不是未遂吗?"

他说。

"那抢匪的特征呢?"

住田问。

"哦,她说是一身鲜红的奇怪装束。"

"唔……"

住田点点头,认为这可能有点危险。他觉得这个青年有可能一不小心说漏嘴。

"不过俊子说那是机密,所以我绝对不会告诉任何人的。毕竟那也算是俊子的遗嘱了。再说我也没什么人可以告诉。"

田边说完,住田也认为有道理,然而他不是还有同事嘛。

"那岩木俊子小姐有没有说她最近有一笔额外收入?"

"哦,那个啊……我们正在找新住所,因为结婚后就是两个人住,以后还会有孩子,就想换个宽敞点的地方。正在犹豫到底要2DK还是2LDK①时,她就对我说了,说最近有一笔额外收入什么的……但我也只知道这个,具体的事情她没告诉我。"

"嗯,真的只知道这些了?"

"再没别的了。话说回来,我想知道俊子为什么会死,她应该绝不可能自杀的。"

田边语气强硬地说。

"她说以后住在一起了,要每天给我做早餐,还会给我做便

---

① 皆为两房一多用厅,前者为餐厅兼厨房,后者为客厅、餐厅兼厨房。

当。还说要到这里玩儿，要到那里玩儿，走遍东京都内有名的餐厅和景点。还说新婚旅行要去意大利，然后顺便到西班牙转一圈，显得特别期待。所以她不可能寻死的。她为什么会死了？我想知道原因，无论如何都想知道。"

青年一口气说道。

"她其实是被谋杀的吧？"

"那她到底是被谁杀的？"

住田虽然对青年有所隐瞒，可一提到杀人还是心生抵触，尤其是担心他跟外部人员说起这事。

"那我不知道，可是只能想到这个……我想查查这事。"

他说。

"那能请您跟我们一起调查吗？"

住田提议道。

"啊？呃，这个……"

只见他面露退色，言语含糊起来。

"可是我还有工作，还要开始找自己住的地方。"

"反正你在不动产中介上班，找房子应该很快吧。"

住田说。

"嗯，话虽然这么说，可我们公司对员工有限制……"

田边说。

"那要由谁来调查岩木小姐自杀的真相呢？"

住田问。

"那不是警察的工作吗？"

田边反问道。

"警察啊……他们能靠得住？"

住田忍不住说。

"他们靠不住吗?"

田边马上问。

"因为他们并不觉得岩木君绝对不会自杀啊,所以从一开始就认定是自杀了。"

"啊,原来如此。"

田边说。

"总之,我这边有什么新消息会第一时间通知您的。"

住田看着手上的名片说。

"麻烦你了。"

说着,青年深深鞠了一躬。

5

走出会客间,两人在门前点头告别,住田感到了小出从远处投过来的视线。他目送田边离开柜台后面的办公区域,眼角瞥到小出离开座位朝他走了过来。

"那就是汤姆·克鲁斯吗?"

小出走到住田旁边,凑到他耳边问。

住田点了一下头,然后才说:

"嗯,他叫田边信一郎。"

"田边信一郎……"

住田从钱包里抽出刚才拿到的名片给他看。

"富士不动产吗,这个名字我有印象。他家对着户越大道不是有块招牌吗?"

小出说。

"嗯,据说他们已经住一起了。"

"啊？住一起了？跟岩木吗？"

小出边问边把名片还了回去。住田系长又把名片原样放回自己的名片夹里，然后说：

"嗯，他跟我说的。"

小出听了不由得困惑地歪过头。

"那是真的吗？什么时候开始同居的？他有说很久吗？"

"嗯，他说他们已经在一起两三年了，同居有可能是最近才开始的。"

"这太奇怪了。"

小出说着，又陷入了沉思。

"怎么了？"

住田问了一句。

"没什么，就是她好像除了我们之外，没对别人说过这事吧？"

"嗯，是啊，被你这么一说确实是这样。"住田说。

"可岩木俊子根本就不是那种低调的人。她不是最喜欢吹嘘自己吗？"

"嗯。"

"说句不好听的，她不是一直给人一种土土的感觉嘛。"

"嗯，而且长得也就那样了，绝对算不上漂亮。腿也粗。"

住田说。

"对。她经常被其他女员工笑话。你觉得她有可能两三年前开始就跟汤姆·克鲁斯同居了吗？"

"同居也可能是最近的事嘛。"

"至少他们已经在一起了，而且看上去也不像随时会分开的样子，对吧？"

小出问。

"他们是想结婚的。"

"男的也这么说吗？"

"嗯。"

住田点头道。

"那她怎么没对所有人说呢！"

小出突然尖声说。

"她那天不是对我们说了嘛。"

"可那天是她头一次说吧？那不是最适合用来炫耀的话题吗？太难以置信了。一般来讲，要是总有人居高临下地笑话她，她肯定早就反击回去了。如果是那个女人，肯定恨不得拿着扩音器四处炫耀才对。"

小出提高音量说道。

"确实，搞不好还会专门印一沓传单来炫耀，上面印着汤姆·克鲁斯的照片。"

住田系长也说。

"对吧？可是我一次都没听女员工们提到过。她总是被那帮女人说成土包子丧家犬，备受轻视，整天郁闷得不行啊。为什么当时没有马上顶回去，说'你们给老娘听着，我家住着汤姆·克鲁斯，天天等我下班回去哪'这样呢？"

"我感觉她真会这样说。"

住田系长点点头。一想到她，脑子里的话就自动变成了关西腔。

"对吧？"

小出说。

"她之前怎么就这么能忍呢？明知道那些人在背后把自己说

得都不成样子了。"

"可能当时她觉得男的随时会跟她分手吧。"

"她哪是这么谨小慎微的人啊。要是去倒追男人，还没等人家答应她就会开始炫耀了，不管有没有可能分手，只要有头发丝一样的可能性，她就绝对会到处说的。她明明不是那种被别人说坏话会忍气吞声的女人。如果他们真的在同居，岩木怎么会这么隐忍呢？这到底是为什么，我实在想不通！"

小出说完，使劲摇了摇头。

"你还别说，那男的也是连岩木君为什么会掉下去都想不通。"

住田说。

"是个好男人吗？"

"你不是见到他了？"

"嗯，那啥，个子好像不太高啊。"

小出提了个女性经常会关注的扣分点。

"嗯，而且感觉也不是特别擅长工作的人。就没有那种能干的气质。不过脸长得确实是不错。这么说可能有点不好，可他还真不是那种除了岩木君别无选择的人。就凭那张脸，跟我们行里随便哪个漂亮女柜员都足够般配。"

系长断言道。

"哦……"

"这么说可能有点儿不好听，可他为啥会跟我们支行头号剩女在一起呢？"

"肯定是受不了她怒涛般的倒贴吧——"

小出说。

"话虽如此，但别人也没软禁他，那汤姆·克鲁斯再怎么也是能逃出来的吧。"

"逃到妮可·基德曼那里去。"

"没错，他怎么可能乖乖待在那胖妞身边呢。"

"系长，你不能说死人坏话。"

"啊，哦，对啊，要遭天谴的。"

"他会不会欠了一屁股债啊？"

小出说。

"然后岩木君帮他还债吗？"

"对，于是他就欠下了人情不好意思分手。正好他还有散光。"

"真有可能吗？散光能把大粗腿看成小细腿，把圆头大鼻子看成清秀小粉鼻？"

"可能有那种病吧。"

"不可能啦。可是，也只能想到那样的理由了。"

"不过燕瘦环肥的，上手一摸不就知道了吗？"

"那倒是。"

住田一脸严肃地抱着胳膊点头道。

"于是他的瞎眼病好了，开始闹分手。"

"嗯，有可能。"

"喂——小出君！"

此时有人叫了小出一声。

"哦，富田课长在叫你呢。"

住田说。

"在，您找我有事吗？"

"你现在有空吗？"

"嗯，挺有空的。"

"这会儿刚好女孩子都不在。你不觉得楼上的盆栽该浇水了吗?"

"啊,对呀。那我去吧?"

"嗯,你有空就去一趟吧。虽然我觉得那些盆栽死了也没什么,不过还是去浇一下吧。据说都挺贵的。"

"您是说那些盆栽吗?"

"没错。不过你要小心别把水浇到楼下去了。万一浇到谁身上那可不好。"

"行,我知道了。那系长,我去去就来。"

小出转头对住田说了一句。

"好,等你回来再说。不然等下班了也行,到时候细野君回来了,我们再一起商量。"

住田说。

"嗯,我知道啦。"

"不过岩木君的影响力可真不一般啊!我们明明都不是大阪人。"

"是呀,却被她一个人影响得都说起大阪腔啦。"

小出说完微微颔首,离开了办公区。

住田目送了他一会儿就回到自己座位上,随后歪着头低声说:

"那男的肯定是近视眼加散光了吧。"

说完,他便开始处理桌上堆积的文件。

有十份文件需要在填好必要信息后找课长盖章,就在他站起来那一刻,突然听到了一声巨响。

住田系长吓了一跳,捧着文件愣在原地。他脑子一片空白,呆滞地环视四周,一时反应不过来。因为他突然受到了不明原因的强烈冲击。

但他很快回过神来，然后陷入了疑惑。为什么这种事会让自己吓一跳呢。一声异响并不算什么怪事，周围也不具备任何发生怪事的条件呀。可他为什么会吓一跳呢？

与此同时，他又感觉自己有理由被吓一跳，因为这种情况仿佛不是第一次发生。可不知为何，他想不起来何时发生过类似的情况。怎么回事，我到底啥时候遇到过这种事情来着——就在他开始思索的那个瞬间。

"呀——"

外面突然传来女性凄厉的尖叫，把住田一下子从呆滞状态拉回了现实。强烈的既视感占据了他的思维。又来了。又有什么事情发生了。他猛然意识到，这不是陌生的经历，可是依旧不明白到底是什么事情发生了。

"有人自杀！"

自动门的方向传来男人的叫声。

"跳楼啦！快叫救护车！"

闻声，住田背过身去，看到双眼圆睁的富田课长。只见他呆愣地呢喃一句。

"救护车？"

瞬间爆发的感情从住田心中涌出。那是一种难以言喻的混乱。令人寒毛直竖的恐惧、不安。但更为强烈的，是巨大的疑问。为什么？！

为什么，他很想大吼一声。如果是跳楼，自然要从楼顶下去，可楼顶上的人，不就是刚才上去浇花的小出吗？

但那怎么可能？根本不可能！小出绝对不会自杀。他刚才还在跟自己开玩笑呢。根本无须明言，他充满了活下去的欲望。他跟自己一样，根本不会去想自杀这种事啊。

"课长,快叫救护车!"

说着,住田跑了出去。

"啊?哦哦,那你呢?"

富田问。

"我去看看是不是小出。"

住田喊道。

"什么?小出君?!"

课长听到小出的名字也吃了一惊。

"当然不可能。我刚才心里确实咯噔了一下,但应该不是小出。我到屋顶去看看,就是看看,确认情况!"

此时,他看见一个名叫小岛的年轻员工从通往走廊的出入口走了过来。住田跑过去,一把抓住他的双腕,凑到他面前急切地大喊:

"小岛君你快跟我来,一起到楼顶去!还有哪个男人有空的,都跟我来!"

住田一边喊一边全力冲向通往三楼的台阶。他身后传来一阵脚步声,应该是小岛跟过来了。脚步声数量很多,想必是还有几个人也来助阵了。

他已经顾不上考虑武器,一口气冲向三楼。这边有这么多人,就算遇到可疑人物应该也能空手制服。

他来到了三楼。

站在通往露台的门前,他发现门敞开着,眼前又是一幅两天前同样的光景。

住田喘息着,目不转睛地盯着眼前的光景。阳光普照的屋顶空荡荡的,一个人都看不到。当然,也看不到小出的身影。

这是他早已见惯的光景。可是今天却与平时截然不同,让他心生恐惧。屋顶乍一看平静如常，那道门却好像前往妖气弥漫的魔界的入口。这扇门已经无情地吞噬了两条人命。

露台上荡漾着混浊而诡异的气氛，仿佛一不小心踏进去，呼吸到那里的空气，就会在转眼间坠入地狱。现在他清楚感觉到了那种如同诅咒的气息。这里已经被邪恶的死灵所支配，成了让人毛骨悚然的地方。尽管如此，他和其他员工却一直都没察觉。

屋顶没有人。这么说来，掉下去的果然是小出吗？因为小出没别的地方可去，就是到这里来的。他刚才还那么精神地跟自己开玩笑。而且他是特别实在的人，无论发生什么事都不可能自杀。

他定睛细看，屋顶上也没有任何可疑物品，还是跟平时一样，中间铺着木板，两边摆满了大小盆栽，再平凡不过了。没有任何异常，这里看不到任何异常。

但那只是伪装，他们一直被这种平和的光景给欺骗了。就算表面平和，实际却是恐怖的地狱。

"又来了。"

住田忍不住低声说。

"啊？"

旁边的小岛反问一声。

"同样的事情又发生了。你瞧，水管还在出水呢。"

住田指着前方说。

只见落在木栈道上，前端掉进花盆缝隙里的水管还在一直喷水。

"真的。"

小岛说。

"我去关掉吧？"

"等等。"

住田拉住他。

"这跟岩木君那时候一样。你要小心。"

他说。

"如果贸然走出去,可是会被缠上的。"

"被什么缠上?"

小岛问。

"如果掉下去的是小出,那就太离奇了,一个绝不可能自杀的人死了。而且水管还在出水。"

冬日的艳阳让住田感到目眩,但他还是扶着门框勉强保持站立。随后他缓缓转过身说:

"大家都听我说。"

所有人一言不发地靠了过来。

"这有可能是超常现象。"

住田先喃喃一句。

"我只能这样想了。"

"怎么会!"

小岛压低声音说。住田听了点点头。

"是啊,你说得有道理,毕竟不是高中小女生嘛,我也不愿意相信。但你们仔细想想,这些植物和花盆的数量,是不是太异常了。放在这屋顶上,这样的光景太奇怪了。"

住田说。

"莫非花盆里浸透了诅咒吗?"

一个叫田中的员工说。

"什么诅咒啊?"小岛问道。

住田点点头,接过了话头。

"是啊,怎么可能呢,应该不是的。嗯,肯定不是。可是啊,既然不可能,那就意味着这里是谋杀现场了。是不是?事实就会变成那个样子了。因为除非被杀,小出绝不可能死掉的。"

住田断言道。

"哦……"

小岛说。

"你们谁身上有相机?"

住田问周围的人。

"我带了。"

一个叫北田的人回答。银行职员经常会在身上携带相机,因为时不时就要对担保物品进行拍摄。

"那你去给屋顶拍照。那些都会变成现场证据照片。除了北田还有三个人吧,很好。这层楼刚好三个房间,你们一人挑一间进去搜查。我在这里看着。你们千万要注意房间里有没有人,一看到人马上大喊一声。千万别一个人去硬抗。如果对方是凶手,我们必须所有人一起上。要是身上有能当武器的东西就拿出来握在手上。好了,打起精神来,快去吧!"

三人纷纷转身,各自站在一扇门前,回头看了一眼住田,随后缓缓推开门,走了进去。住田系长一脸紧张地守在走廊上。他真心希望这不会演变成暴力事件。如果这幢楼里藏了个手持武器的暴徒,还发生了流血事件,那一直对大家保密的事态就必定会被曝光。因为如果杀害小出的人如今就藏在三楼,一定就是与那起秘密事件相关联的人员。

住田脑子里一片混乱。千万不要流血。可是如果真的有暴徒,如今这个事态就能得到解释。他强烈希望这一切能够得到解释。如果事情继续保持神秘,有可能过不了多久就要超越神秘,演变为怪谈了。银行怪谈,而且还是大白天的鬼故事。他可不喜欢那种故事。住田一点儿都不想跟怪谈扯上关系。

可是分别进入三个房间的三人没过多久又回到了门口。住田长出一口气,同时又感到了强烈的失望。事态真的向怪谈发展了。那三个房间里都没有杀害小出的恶徒。

三人同时摇着头。

"里面一个人都没有。"

"房间是空的。"

他们说。

住田系长只能呆站在走廊上。他一时说不出话来,但随着思考,他自然而然地低声说道:

"我们在楼梯上没碰到任何人吧。"

所有人都摇了摇头。

"这座楼挺老了,从三楼下去的楼梯只有一条。而且这里又没有电梯。"

"嗯。"

小岛说。

"那就是说,刚才屋顶上只有小出一个人,对吧?"

住田指着背后说。

"没错。"

北田马上赞同道。

住田又露出呆滞的表情,叹了口气。因为他实在不想再说这是超常现象。此时,楼下传来了救护车的鸣笛声,救护车来了。周围依旧能听到人群的嘈杂和女性发出的尖叫。

"这里只有两层楼高,应该能救回来吧。"

住田说完咬着嘴唇。小出是他最亲近的部下,两个人也很谈得来，他们还是最常结伴去喝酒的同事。

"系长，照片我拍好了，可以出去了吗？"

"啊，是吗，那就去吧。"

住田说。

"大家都到露台上去，仔细查看周围有没有掉落可疑物品。你们要小心，出去以后先回头，看看门背后和附近有没有藏着什么人。检查完毕后北田君再照几张相。小岛君去把水龙头关起来。记得要用手帕包起来拧，小心别把指纹蹭掉了。大家都要慎之又慎，千万别看走眼了。"

于是，所有人齐齐走上露台，他们先回头查看了门后和左右两侧，随后对彼此摇摇头。并没有人藏在那里。

住田独自沿着木栈道走到露台边缘。那里有一块木地板放在突起的水泥台上，如同公园里的跷跷板。住田站到贴着地面那一头上，随后抓住栏杆，战战兢兢地看向地面。紧接着他闷哼一声，像触电一样松开手向后退开。他感到背上蹿过一阵诡异的凉气，差点儿两腿一软蹲了下来，最后好不容易才勉强维持了站姿。

他之所以反应如此剧烈，是因为刚才看到了还记忆鲜明的小出那身藏蓝色西装外套、同色裤子和黑皮鞋。坠楼的人果然是小出。他条件反射地想到了妻子的脸。所幸他还没有孩子，这也算是一种安慰了，住田系长想道。

在等待警官到达的三十分钟时间里，几个人尽量不触碰任何东西，把整个屋顶都检查了一遍，并没有发现任何异常。门背后和两侧当然也没有任何人躲藏。

"这到底怎么回事？没什么异常啊……"

员工们纷纷疑惑起来。

不久之后到达的警官们也有同样的想法。他们连三楼顶上都查看了一遍，同样没有发现异常。唯一一点勉强能称得上发现的，就是挤满露台的那些盆栽几乎都没淋到水。

这跟岩木俊子那时一模一样。小出来到屋顶，还没来得及给多少盆栽浇水，也就是开始浇水没过一会儿就坠楼了。这到底该如何解释？

同时，由于三楼的房间和露台除了小出以外空无一人，他的坠楼再次被认定为自杀。

警察还没离开银行，医院就来了消息，说小出已经死了。因为小出和俊子一样，都是头先着地的。

指纹检验结果也在当天就传达到了银行。从水龙头和水管上只提取到了岩木俊子和小出顺一两个人的指纹。

6

住田系长和细野坐在经常光顾的小酒馆百福最角落的座位上，凑在一起低声交谈。他们虽然像往常一样点了啤酒和烤鸡肉串，却因为沮丧而完全没有胃口。

"这到底是怎么回事，到底该如何理解啊……"

住田系长抱着头闷声说道。昨天小出也在这里，可今天人却没了。

"已经死了两个人……"

"不管怎么说，系长，现在应该有一个明确的线索吧？"

细野抬起脸说。

"明确的线索？什么线索？"

住田问。

"就是不久前的银行抢劫案呀。当时在金库里的人一个接一个死掉了。先是岩木俊子,然后是小出顺一,难道不是吗?"

细野掰着指头说。

"嗯,原来如此,然后呢?"

系长问。

"当然就轮到我们啦。当时在金库里的人不就是岩木、小出、我和系长四个嘛。岩木跟小出已经死了,那就只剩下我们俩了。"

"嗯,看起来是这样的。"

住田系长慢吞吞地点了一下头,有点虚脱地赞同道。

"看起来虽然是这样,可为什么当时被抢的四个人必须一个接一个死掉呢?"

"这在推理小说里不是经常出现嘛。相关人员一个接一个……"

"确实是。"

住田说。

"确实经常有那种情节,但那都是有一定原因的。打个比方,有四个人把银行劫匪抢走的钱劫下来瓜分了,然后把劫匪杀掉,各自过起了花天酒地的生活,后来劫匪的某个亲戚得知此事,为了报仇把那四个人接连杀害。"

细野一脸严肃地点着头。

"可是我们根本没干那种事啊,也没有过花天酒地的生活。只是在这家不起眼的小酒馆里暗搓搓地吃八十日元一串的烤鸡肉而已。当时那五千七百万一直都在劫匪手上,我们可一毛钱都没拿,更加没去劫他。"

"可是系长,我们不是每人分了两百万嘛。"

细野话音未落,住田就慌了神。

"喂、喂！你别这么大声！"

住田一边用耳语的声音警告他，一边环视四周。所幸旁边的座位并没有人。

"我没大声啊。"

细野也压低声音说。

"我们确实是拿了，但那也是情急之下嘛，再加上岩木君一直在求我隐瞒抢劫这件事。"

"嗯，确实……"

"那可是她一辈子一次的请求呀，一定要我给隐瞒下去。"

"那确实是这样。"

"而且人家没多久就走了，怎么联系警察呀，对不？所以也是没办法的事情嘛。"

"可是系长，就这么怪到别人头上真的好吗？你不是借私贷了吗？用那笔钱还了贷款，你不是松了好大一口气？当时的利息已经相当吓人了吧？"

"你说什么呢，话虽然这么说，人家小出不也一样嘛。那家伙也借了不少钱，虽然没有我多。还有你不也是，家里有小孩出生，正是用钱的时候，再加上房贷还有不少没还上，是不是？"

"虽说如此，可我的情况满大街都是呀。我又没借私贷。"

细野说。

"那有什么不同。再说了，不就区区两百万，跟五千七百万比起来简直就是小孩子的零花钱。九牛一毛呀。"

"哈啊？"

"因为那种小钱被找麻烦，我可伺候不来。开什么玩笑，不就拿了那几个钱，岩木和小出就该被杀掉吗！"

"唔……"

细野陷入了沉思。

"真的吗……"

"喂,你想什么呢,什么真的假的!你仔细想想啊,假设有人知道我们每人分了二百万会怎么样。如果是你会怎么样?"

"嗯,应该会敲诈吧。"

住田用力点点头。

"对吧?肯定会说你们把钱也分给我,否则我就告到银行去。杀人有什么用,杀了人他一个子儿也拿不到啊。"

"确实是这样。但如果刚好对女朋友的事心怀怨恨……"

"啊?你说什么呢。女朋友?谁啊?难道是汤姆·克鲁斯?"

"毕竟那个人很有可能知道抢银行和后来分赃的事啊。"

细野若有所思地说。

"他确实有可能知道,可他为什么要杀小出呢?再说了,他要怎么杀?用什么方法?岩木君和小出君出事的时候三楼都没人啊。别说人了,连阿猫阿狗都没有。"

"系长。"

"干什么?"

"系长不是跟他谈过话吗?"

"是啊,谈过。"

"有没有发现什么奇怪的事?"

被细野这么一问,住田低下头想了一会儿。

"嗯,说起来确实有点奇怪。"

他抬起头说。

"有件事我一直挺在意的。"

"嗯,说来听听?"

细野探出身子说。

"我告诉他岩木君从楼上掉下来死了,那小子突然问我,是不是摆满了盆栽的楼上。"

"嗯?"

"明明不是银行的人,他怎么那么清楚?听他那语气,就好像每天都能看到屋顶长什么样似的。"

"哦?那可奇怪了。"

细野说。

"是吧?就算他听岩木君说过,应该也不会用那种语气说出来。他那是自己亲眼看过的语气。"

"是啊,如果只是听说过,顶多会说我听说那上面有很多盆栽啊。再说了,如果只是听说过,应该根本不会提盆栽的事才对。"

"我也这么想。"

住田说。

"那明显是亲眼看过屋顶长什么样的人才会说出来的话。就是因为他看见过,觉得那种光景很稀罕,才会不小心说漏嘴的。"

"没错,他就是不小心说漏嘴的感觉。我当时也是这么想的。感觉他好像不假思索地说了出来。"

"嗯。"

"还有啊……"

"还有什么?"

细野又凑了过去。

"那小子根本不问我岩木俊子的遗体安放在哪里。"

"不问遗体安放的地方……"

"是啊。我觉得一般人不可能这样吧。毕竟自己心爱的人突然死了,肯定谁都会想看看遗体啊。如果换成我听说孩子死了,老婆死了，或是爸妈死了，肯定会先问遗体在哪儿，然后不管不顾地跑过去看。"

住田说。

"是啊，确实如此。那是自然的嘛。毕竟他们不是刚认识，而是交往了两三年的情侣。听说女朋友死了，肯定不会说啊这样啊，那我先回去了。难道他们之间没有爱情吗？"

"所以我就突然想，他们之间是不是根本不存在爱情，搞不好真的不存在。"

"所以应该是他杀的……"

细野又回到了自己的主张。

"你说汤姆·克鲁斯把自己女朋友也杀了？"

住田说。

"他有可能开始厌倦岩木了……"

"毕竟仔细一瞧腿真的特别粗啊！"

"是的。"

"所以才会到女朋友单位来问吗？先把人给杀了，再跑过来说她昨天没回家。"

"为了不让别人怀疑自己。"

"那不对！"

住田斩钉截铁地说。

"我看他的样子，是真不知道岩木俊子死了。那不是演戏，是真的受打击了。这点我很肯定。"

住田说。

"真的吗？"

"这可是我常年从事客户服务锻炼起来的直觉，我很有自信。而且你说他要怎么杀人？细野君，你有什么办法吗？"

"有可能是我们想不到的方法……"

"那种方法真的存在吗?"

"呃——"

细野抱起了胳膊。

"没有。怎么可能有。那已经超越了人类智慧。"

"超越了人类智慧吗……"

细野歪着头说。

"再说了细野君,退一万步讲,汤姆·克鲁斯就算杀人了,也只有小出君一个人而已。他真不知道岩木君已经死了。我愿意赌上身家性命说,他绝对不知道。"

"唔。"

"那样一来,岩木君的死就还是个谜团,因为她绝对不是汤姆·克鲁斯杀的。"

细野不情不愿地点了一下头,随后又问。

"那系长你是怎么想的?对这两人的谋杀……当然也可能不是谋杀。"

"所以我认为,那根本就是超常现象,是属于超自然的东西。"

住田说。

"那是什么回答嘛。"

细野无可奈何地说。

"肯定是屋顶上的怨灵把岩木君和小出君一个接一个带到那个世界去了。"

"系长,你是鬼故事爱好者吗?"

"才不是。绝对不是!"

系长憋着一股气否认道。

"只是接二连三地发生这种事,我想不信都不行了啊。"

两人沉默了片刻,细野又问。

"那这就是说,那两个人被谁怨恨了,是吗?"

"不,不是那两个人,是那个地方,我们银行屋顶。屋顶被诅咒了。"

"屋顶?!"

细野诧异地说。

"没错,那个屋顶有点不正常。今天小出君出事后我一走上去,就感觉到了某种诡异的妖气,就像有一股凉飕飕的气从背后蹿过去。"

"凉飕飕的……"

"是啊,我差点儿都站不住,要蹲在地上了。我长这么大还是头一次有那种感觉。"

"这话说得真不像系长的性格啊!"

"那肯定是怨咒的力量。"

"你是说针对小出的怨念吗?可是那家伙会被谁怨恨呢?"

"不对不对,我刚才都说了不是嘛。不是小出,也不是岩木君。"

"那是谁啊?"

"谁也不是,是银行啊,我们银行。"

"银行被诅咒了?"

"没错,你说对了。"

"银行……谁会怨恨银行啊?难道是附在建筑物身上的怨灵吗?"

"不,不是建筑物。"

系长又摇起了头。

"连建筑物都不是？那是什么啊。"

"是植物。"

"哈啊？"

细野又诧异地叫了一声。

"植物？"

"没错，盆栽。就是那些摆满屋顶的花盆啊。"

"花盆？那种东西……"

"你想想啊，细野君。屋顶那个露台看起来难道一点儿都不奇怪吗？那上面除了木栈道，周围的水泥地面全都塞满了花盆啊。别人家肯定找不到那个样子的屋顶吧。"

住田盯着细野，用毛骨悚然的语气说。

"真的吗？"

细野说。

"银行啊，有时候是挺招庶民怨恨的。因为一出点什么事，银行就会冷酷无情地扣押财产啊。"

"那些植物就是扣押来的吗？"

"没错。"

"谁会因为银行扣押了他家脏兮兮的花花草草而怨恨银行啊？"

"才不是，那些植物只是最终结果，被扣押的是房子，一栋大房子。"

"大房子？"

"关键在于银行扣押了一栋豪宅。"

系长说。

"怎么回事？谁的豪宅被扣押了？"

"你知道大室礼子吗？"

"大室礼子？你是说上个月死掉的过气大明星？"

"对，跟那个大室礼子很有关系。"

"那些植物都是大室礼子的吗？"

"没错。不过详情我也不太清楚。你知道吗？大室礼子在横滨绿区高台上有一栋大豪宅。"

"嗯，以前确实听说过。毕竟她当时挺出名的。"

"她啊，小时候家里穷得都揭不开锅了，据说是跟母亲相依为命，一直住在黄金町那一带，当然这也只是传闻啦，还有人说她母亲靠卖春维生。因为从小就在贫民窟一样的地方长大，大室对房子就变得特别执着。"

"哦，我怎么好像听说过这个。"

"她后来靠着自己的美貌成了演员，在红得发紫的全盛时期，买下绿区高台的一块地，在山上盖了一座超级海景豪宅。那座房子有十几个房间，还有游泳池和桑拿房，全景玻璃的健身室，甚至还有专门开派对和看电影的房间，总共大小四个浴室洗手间，据说看起来像城堡一样。"

"哦哦……"

"当时她身边时刻跟着经理人、助手、发型化妆师、营养师、家政，总共六七个女人，都在她家过夜。可是她的人生实在是不幸，连续五次婚姻都以失败告终。"

细野突然想起了什么。

"她接二连三地跟著名歌手啊演员啊这一类人结婚又离婚，后来岁数渐渐大了，震惊世界的容貌也不复从前，好像连性格都越来越差了。"

"嗯，我也想起来了。演歌歌手森田伸三，还有演员绵入恒次……"

"没错。可是一旦出点什么事,大家就都远离她了。"

"为什么?"

"以后再跟你说。最坏的还是制作人和导演。见她不好使了就斩草除根,就这样大室礼子的工作猛然减少,没过多久就一件都没有了。而且祸不单行,一直用她的资产来投资的情人投机失败,人间蒸发了。虽然他是个企业家,但那家伙甚至让自己的公司也破产了。于是她的积蓄全部被吃空,转眼间就落得身无分文。"

"真的吗?!"

细野瞪大了眼睛。

"当然是真的。于是她就开始一点点卖掉全盛时期收集下来的大量宝石、贵金属和衣服等,勉强维持了下来。原本跟在她身边的那群人也一个一个地辞了职,只剩下从她出道开始就一直跟着她的专属经纪人。这个人一直陪她到了最后,眼看着曾经摆满家中的绘画、雕刻,甚至连桌子椅子等家具都被一件接着一件卖掉,好不容易撑了十年。当中可能也有以前出演的电影版税吧。当然,连盆栽也一样。只要有人买的东西都卖掉了,家里越来越空旷,就像没人住的房子一样。也没有人来摆放。

"毕竟那个家很大啊,平时冷暖气的费用也特别高,一打开每月就是好几十万啊。结果她们连暖气都用不起,沦落到每天窝在仆人房里度日。那个房间很小,又没装暖气,只能靠被炉来取暖。"

"唔,那可真够惨的。"

"在那个彻底没了生气的豪宅仆人房里,大室每天都给自己认识的朋友和演员打电话。"

"唔,一定是因为很寂寞,想跟朋友聊天……"

细野说完，住田摇了摇头。

"不对，才没有那么温情。她说的全是抱怨和辱骂。特别是对年纪比自己小的女演员，动辄就说那种'丑八怪竟然找去当主角，为了保护日本电影文化，应该立刻将她辞退，令其退出演艺圈'。"

"啊！她净说那些恶毒的话？"

"可能她的本意并非恶毒。搞不好她是真心为那个人着想，或是为导演和电影公司着想。可是你也能猜到，很快就没人愿意接她的电话了。因为这种消息一转眼就能传遍整个业界，她一下就变得人见人憎了。"

"哦……"

细野说着，露出茫然的表情。

"更何况，她自己难道就有值得夸耀的演技吗？我挺喜欢看电影的，所以经常能看见她表演，感觉她才是那种纯粹去当洋娃娃、当花瓶的人。"

"是吗？不过确实有可能。"

细野也说。

"大室礼子的遭遇也太惨了。真不能想想办法吗？毕竟人家可是红极一时的大明星啊！整个电影界没有一个人想帮帮她？"

"一个人都没有；连她的前夫们都没有站出来。"

住田系长说。

"为什么？"

"因为她脑子已经坏掉了，好像连说话都前言不搭后语的。她当时完全是一个人生活在自己孤独的幻想中。大家都很害怕，因为主动上去搭话都不知道会被她说些什么。"

"可是……总是有办法解决这种……"

"当然有啊。只要卖掉那座房子就好了。"

系长说。

"有一大堆人想买她的房子。有的想将其改造成敬老院,有的想改造成企业员工的娱乐基地,提出这种想法的人简直络绎不绝。所以她其实可以把那栋豪宅卖掉,搬到温暖海滨的小巧公寓里舒舒服服过日子。可她却死都不愿意卖掉那座房子。因为她对房子的执着实在是太可怕了。就算没有吃的,快要饿死了,也绝对不会离开那座房子。"

"唔,真的是那样吗……"

"那种女人都这样。后来呀,豪宅就被抵押给了U银行。尽管如此,她的经纪人还是特别努力,一直在业界给她找工作。虽然她拼命坚持这项工作,却没有得到任何回应,那种不甘心就转化成了对当红女演员们的控诉和辱骂。"

"啊,原来是这样。"

"不过就在她快要六十岁的时候,过去相熟的一个导演终于给了她一个主演机会。这是她唯一的,也是最后的演出邀请。"

"那不是挺好嘛。"

"于是她开始奋起,决定去做整形手术。"

"哦。"

"然而,她已经被幸运女神舍弃了。"

"啊?"

"因为她实在太穷了,请不起好医生,结果手术彻底失败。"

"啊——"

细野惊讶得失去了血色。

"她的脸变得非常扭曲,再也不能见人了。"

细野屏着呼吸,已经发不出声音了。

"于是啊,她就在自家院子的松树下上吊了。因为她已经走投无路了。当时她脚下那些备受关怀和爱护的盆栽——当然都是卖剩下的——就是我们楼上的花盆。"

"怎么会……那么红的大明星竟然是这种下场吗!"

细野感慨道。

"就是这么回事。"

住田冷静地点着头说。

"后来怎么样了?那座房子呢?"

"把遗体送到T见的提愿寺安葬后,U银行就安排了宅邸的转售。这就还清了她生前欠下的所有钱。"

"唔。那一堆盆栽就是当时留下来的?"

"一开始是准备扔掉的,可当时有个电影博物馆的馆长说那是曾经的巨星留下的遗物,就这么扔掉实在太可惜,要把那些盆栽收到他们博物馆去,先暂存在银行。可是没过多久,馆长就突发心脏衰竭去世了,放在我们屋顶上的那些盆栽还要不要也就没有了下文。到现在已经过了快一个月。就是这么回事。"

"啊,原来如此。我是今天才知道的。"

细野说。

"可是我们该怎么办啊?难道要把盆栽一直放在楼顶上吗?那些东西真有这么值钱?"

细野问。

"不值钱。"

住田马上回答。

"有价值的东西早就卖掉了,剩下的都是她被人哄骗买下的破烂货。所以膳场部长就跟管理方商量,看要不要把那些盆栽扔掉,结果他不久前就突发脑溢血住院了。"

"啊,就是在厕所里。他现在还在医院里吧。"

细野说。

"嗯。然后大家都开始害怕了。"

"哦……"

"其实那些花盆还有不少渊源呢。"

"啊?什么渊源?"

"制作者上吊死了。"

"啊!"

"好像是叫安住吧,那个人挺奇怪的,还被人从盆栽的世界排挤出来了。"

"真的吗?"

"是啊,这个也是说来话长了,下次再说吧。后来大家开始觉得,那些植物搞不好被诅咒了,是不是该去神社请个神主来净化一下。"

"请了吗?"

"还没请呢。"

"嗯,原来还有这种事,所以系长才……"

"没错。所以我才会说那是诅咒。"

住田说。

7

第二天早会后,系长以上级别的人开了个会商讨员工岩木俊子和小出顺一两人的葬礼事宜。最后得出结论,银行会提供最大支持。住田本人则更希望说服警察严肃介入此事,给出原本毫无可能自杀的人接连坠楼的让人信服的理由,但银行似乎并不想触及此事。

银行也是要面子的，自然不会希望警官在自家客户旁边频繁进出。感觉到这种气氛后，住田也有点气馁了。毕竟他自己也有不少痛脚和小秘密，如果警方积极调查最终查明事态（住田认为那根本不可能，因为这件事已经轮不到警方来查，而应该去找灵媒师了），最终导致自己的秘密被揭露，那也挺糟糕的。因为一旦演变成那样，他首先会失业，失业了就会生活拮据。因此，住田只能忍气吞声，把自己的想法憋回去了。

下到一楼，住田系长开始了当天的工作，此时富田课长又在他背后大声说道。

"喂，有人给楼上那些植物浇水吗？"

听了他的话，住田不禁想，银行业务真是十年如一日。他带着这个想法，手头的工作并没有停。

"再不浇水可是会枯死哦，不过反正都要扔掉了。"富田继续说道。

住田忍不住在心里表示赞同。那些虽然是跟大室礼子很有渊源的盆栽，可当下肯定不会再有好事之人愿意来接手了。虽然他也很期待会不会有大室生前的狂热影迷现身，但又认为那不太可能。因为有价值的东西早就卖掉了，如今摆在屋顶那些都是分文不值的破烂。

然而就在下一个瞬间，住田突然体会到了被一盆冷水当头浇下的感觉。

"那不如我去吧。"

他听到了细野的声音。

"细野！"

虽然音量不大，但住田还是条件反射地发出了尖锐的声音。

他不明白细野为什么要这么做。过度惊讶使他感到心脏都跳到了嗓子眼儿。紧接着,他对上从座位上看向自己的细野的目光,飞快地摇了一下头。

"怎么了?"

富田课长奇怪地问。

"没什么,我刚好有个工作要找细野君。喂,细野君。"

住田叫了一声。

"你过来一下。课长,给植物浇水不是和田君的工作吗?"

住田说着,心脏依旧在剧烈跳动。

"嗯,不过和田君到哪儿去了?"课长说。

住田转头对走到他身边的细野压低声音飞快地说:

"别去屋顶。"

"为什么啊?"

细野问。

"你先把脸凑过来!"

住田一脸凶煞地命令道。细野刚凑过来,他就说:

"什么为什么啊?你不记得小出就是这么死掉的吗!"

住田急切地说。

"我不会死的。"

细野马上露出了微笑。

住田哑口无言。他不明白这个年轻人为什么跟他的想法如此不同。细野怎么就不明白呢。

"总之你先给我坐下。"

住田系长故意粗暴地把旁边的折叠椅扯过来,对他下了命令。细野刚一落座,他就换上了训斥的语调。

"你少说蠢话了,小出也是这么说了然后死掉的。岩木君也口口声声对我说她绝对不会死,然后就上了楼。"

"哦……"

"结果还不是一声巨响,声音都传到这里面来了。我当时就在这里、这个座位上听到了。你是出去办事了没听见,但我可再也不想听到那种声音了。"

"我不会有事的。"

细野又说。

"那种事谁能保证啊。你能吗?"

"可以啊。"

细野断言道。

"而且我精神状态十分不错,没有迷惘也没有烦恼。身体也不差,总之是身心健康,精神饱满。"

"我跟你说啊……"

住田系长苦苦相劝。

"岩木君状态比你还好。她简直是兴高采烈、手舞足蹈,就算有人捅她一刀都不见得会死。"

"这我明白,但我还是觉得自己跟她不一样。更应该说,我想去挑战一下,如果真这么恐怖的话。"

"什么?!"

住田瞪大了双眼。

"那不是被诅咒的屋顶嘛,系长。含怨而死的大明星恶灵附在密密麻麻的花盆里,上到屋顶的银行职员一个接一个毫无理由地跳楼自杀。这就是你想象的怪谈吧?"

细野带着微笑,凝视着住田的脸。

住田并没有说话。他本想肯定,可突然犹豫起来,一句话也回答不上。他心里在想,都这种时候了你怎么还说这种话?那不是明摆着的事吗？

"又不是专门拍给主妇看的八卦资讯节目，实在是太傻了，一个大男人怎么能害怕那种东西呢？"

住田还是不发一言，他依旧感到愤愤不平。说句老实话，也依旧感到惊恐不已。

"那个样子可是要遭女孩子笑话的。这不就像试胆游戏一样吗？不过现在还是大白天，太阳还挂在天上呢。一点儿都不可怕，不就是个屋顶嘛，我还真想挑战一下，主动上去看看。"

两人沉默了片刻。

"别傻了……算了吧。"

说完，他等了一会儿，又继续道。

"你还真是年轻啊……"

因为已经无可奈何，他的声音微弱而窘迫。

"说老实话，我真的害怕，因为已经死了两个人，而且毫无理由。那个声音我已经听了两次，就在这个座位上，听到下属死去的声音。'咚'的一声，像煤气爆炸一样。我还真以为是爆炸，可那其实是他们脑袋摔碎的声音。所以……你明白吗？要是连你也死了，我会很头痛的。"

住田心想，自己已经变成了恳求的语气。

"确实，同时举办三个葬礼对 U 银行来说有点说不过去。"

细野说。

"是啊，没错。不，不是那个意思！这不是面子问题，也不是葬礼的问题啊！"

只见细野摆了摆手。

"系长，我不会死的。没事，我敢打赌。"

他笑着说。

"我跟小出、岩木他们不一样。"

"我能信任你吗?"

住田急切地问。

"请相信我。"

细野说。

"要是连你也死了,我可真就变成孤身一人了。"

住田小声说。而且,要是连续死了三名员工,警方肯定也坐不住了。那样一来,他隐瞒的事情很可能会被发现。住田也很害怕这一点。

"不仅是我,还有你太太,和她肚子里的孩子……"

"我不会死的。"

细野说。

"既然如此,干脆系长也一起来吧。"

"开、开什么玩笑!我才不去呢,开什么玩笑!"

"可是,到时候把那些盆栽扔掉也总要有人上去吧。"

"那种事情叫庙里的和尚来不就行了。"

"有这么多哦?把整个屋顶都填满了哦,那些全都让和尚来干吗?肯定不行的,得找搬运公司来,再加上我们行里的人。因为实在太多了。"

"叫上四五个和尚不就好了。"

住田细声坚持道。

"到哪儿去找这么多和尚来?"

"喂,你们啰哩啰唆讲什么呢?"

他们听到富田课长的声音。

"和尚怎么了?你们俩开什么小会呢?"

就在此时,和田佐和子回来了。

"哦，和田君。"

看到她走进来，课长叫了一声。

"能去屋顶把水浇了吗？要是没人管怕是会枯死的。"

"啊，好的，这就去。"

她很是轻松地答应下来，犹豫了一会儿要不要拿起刚准备坐下前摘掉的眼镜，后来还是空着手离开了座位，转身背向住田。

"啊，和田君。"

住田一边把她叫住，一边站了起来。紧接着他又飞快地小声对细野说：

"你快假装看文件的样子。"

说完，他便朝和田佐和子大步走了过去。

她停下来，眯着眼睛看向朝自己走来的系长，问了一句：

"在，您有事吗？"

"和田君啊，你目前有什么烦恼吗？"

"啊？烦恼？"

她问。

"没错，烦恼，最近有没有。"

"有啊。"

她理所当然地说道。

"那是让你想死的烦恼吗？"

住田严肃地问。

"让我想死……"

她说着低下头，似乎在思考。

"嗯，可能确实有点那种想法。"

她抬起头，若无其事地说。

"什么？真的吗？喂，那你还是别去了。"

住田继续严肃地说。

"为什么？"

"什么为什么，已经有两个人从屋顶上跳下来死了。我可不想再看到有员工自杀。"

"可是我还没打算死呢。"

和田佐和子说。

"还没打算，那你啥时候有打算？"

住田问。

"嗯——我也不知道，但今年应该没事的。不然明年吧……"

"喂，磨磨蹭蹭的干什么呢，还不赶紧去。"

课长说。

"好。"

说着，和田佐和子正要转过身去。

"喂，和田君，你要小心点。务必万分谨慎。要是感觉不舒服，马上停止工作回到楼下来。听到没？别勉强自己。"

"好，我知道了。"

她说着，总算转了过去。

"和田君，你浇水可要小心点，别洒到下面马路上去了。"课长说。

住田不禁想，他已经第三次听到这句话了。但愿那个声音不会重复第四遍……

可是他又想，这真是太奇怪了。都已经有两个人不明不白地死了，却没有一个人担心。这是为什么？不仅像什么都没发生过一样继续工作，甚至想也不想就派女孩子到楼上去，又给那些植物浇水。这种毫无警惕性的行为让住田无法理解。实在是太难以置信了。

他转身走回座位,却碰上了朝他走过来的细野。他好像见没什么事,就想回到自己的座位上去。住田一言不发地点点头放他过去,自己也回到座位上坐下,心神不宁地看着天花板。

他就这么愣了一会儿,才胆战心惊地开始了工作。心脏一直在夸张地跳动着,好像随时都要蹦跶出来。不仅如此,他好像不自觉地竖起了耳朵,不放过任何细小的响动。哪怕是有人合上资料夹的声音,也能惊得他抬起头来。

五分钟过去了,十分钟过去了,他感觉自己的神经随时都要崩断。住田感到自己在迫不及待地等待和田佐和子坠落的声音,为此陷入了自我厌恶中。开什么玩笑,他才没有在等,实在希望她不要掉下来。这是他由衷的期望,祈祷她平安无事。

过了二十多分钟,他开始想,岩木俊子和小出顺一好像都没等到这个时间就坠楼了吧。焦躁不安的情绪让他难以坐定,甚至认真考虑要不要到外面看看。因为他开始担心,之所以没听见声音,搞不好是因为她落到有缓冲的地方了。所以虽然没声音,她还是有可能已经掉下来死掉了……随后他又拼命回想银行大楼周围有什么能充当缓冲的东西。就在他抬手扶住额头的那一瞬间,突然有人拍了他肩膀。

"系长。"

头上传来一个声音,住田条件反射地抬头去看,猛然看见和田佐和子带着微笑的脸,吓得他大喊一声,险些从椅子上掉下来。

"你、你、你……"

住田系长焦躁地说。

"我平安生还了,系长。"

她说。

"到屋顶浇完水回来啦。"

"你、你、你搞什么啊,突如其来地吓我一跳。"

住田惊恐地说,心脏跳到嗓子眼里的感觉依旧没有平复下来。

"我看你好像在担心我,就想着汇报一下。"

和田佐和子笑着说完,扔下盯着虚空兀自失神的系长,回到了自己座位上。

住田剧烈的心跳还是难以平息,一直保持着呆滞状态。这下得有段时间无法专心工作了。这种时候是不是该泡杯茶呢,他呆呆地想着。

"系长。"

就在那时,又传来一个男人的声音,让住田回过神来。

"系长。"

那个人又叫了一声,他抬起头,这回看到了细野的脸。

"你瞧,我刚才不是说了嘛,系长。"

他又笑着说。

"说、说什么了?"

住田胆战心惊地问。

"那两个人的坠楼只是巧合而已。"

"什么巧合啊。"

住田说。

"他们只是碰巧掉下去的。"

说着,细野抓过旁边的折叠椅坐下,朝他凑了过来,压低声音继续说。

"这只是偶然,系长。你是不是觉得那两个人的坠楼跟那件事有关系?"

"哪件事?"

只见细野又凑近了一些，对他耳语道。

"就是圣诞老人那件事啊。"

住田闻言表情僵住了，一句话都说不出来。

"不就是盆栽的诅咒，还有抢劫那件事吗？"

住田一时无言，过了一会儿才点点头。

"总之我想说，我一点都不明白。暂时还一点都不明白呢。不过确实，圣诞老人那件事跟我也不无关系。"

"所以你才会说这是对偷盗者降下的天谴？"细野小声说道。

但住田只是低着头，再也说不出话来。

"没关系的，系长。你想太多了！"

细野用爽朗的语气断言道。

"那是因为你害怕，才会想到那里去的。"

细野哼笑一声。

"如果是盆栽的诅咒，那刚才和田君也有可能坠楼不是吗？"

住田摇了摇头。

"可是细野君，岩木和小出二人都完全没有把他们逼到自杀境地的烦恼啊，一点儿都没有。这也是不争的事实。"

"你真的确定吗？"

细野凝视着住田的双眼问。

"啊？"

"系长其实并不了解他们的私生活，对吧？"

住田被说到痛处，瞪大了双眼。

"你什么意思？"

"并不了解，对吧？"

住田无言以对。

"他们两个人可能真的有自杀的理由，只是那种理由不可告人。其实所有白领都这样,心里头必然都藏着这么一两个秘密。钱的问题、家庭的问题、老婆出轨、健康问题、抑郁症、癌症、性病,别人都说他有老人臭,或者年纪轻轻就秃了头……每个人的内心只有他们自己才真正清楚。没有自杀的理由这种话,是轮不到外人来说的,更别说绝对不可能了。"

"呃……"

"就连系长,只要仔细想想,其实也有这么一些烦心事吧?"

"唔——"

住田闷哼一声。

"但我绝对没有,这点我可以断言。我跟别人不一样,一点儿烦恼都没有。所以我才是绝对不会死的。"

"嗯,也是啊,我懂的,其实我也觉得。"

住田说完,脑子里一团乱,已经什么都搞不懂了。

"可是就算那样,你也不能这么胡说。你到底想干什么?想说什么?"

住田知道细野在说什么,可他为什么要专门跑到这里来啰唆这些话呢。

"所以,我打算到屋顶上去看看。"

若无其事的一句话却让住田全身汗毛直竖。

"你、可……别、别说蠢话!"

住田瞪着眼睛,反射性地大喊一声。

"你在说什么呢,为什么要主动去干那种事……"

"主动干什么?"

"没必要上赶着去冒险吧。现在事态还没搞清楚呢,还是等有点头绪了再说。"

"那什么时候能有头绪啊,系长?"

细野问。

"什么时候能把事态搞清楚？待着不动就能搞清楚吗？不去调查怎么能知道真相呢？"

住田听到这里，更加无言以对了。

"必须有个人去调查。所以我现在就打算去一趟。"

"那人必须是你？那是你的使命？算了，这太危险，千万别去。你这种外行能查出什么所以然来！这是系长命令，不准去！"

"那系长，麻烦你跟我一起来吧。"

细野说。

"我才不去，开什么玩笑。"

住田使劲摇着头说。

"可是系长，刚才和田不是平安回来了嘛。你觉得那要怎么算？反正我要去。"

细野说。

"别去了，算我求你。"

住田一脸马上就要哭出来的表情恳求道。

"系长，我们今晚再去百福聊天吧。到时候我给你详细汇报调查结果。再见啦。"

细野说完转过身，大步离开办公区走向通道，仿佛听不见住田在背后劝阻的声音。

住田撑起了身子，又颓然坐了回去，很长时间都一动不动。

他感觉时间出现了跳跃。尽管只是一瞬间，但他的记忆好像出现了缺口。因为他完全愣住了，连他也不知道自己这个样子保持了多长时间，总之完全没有记忆。

他猛然回过神，本能感到再这么呆坐下去很不妙，就缓缓站了起来。他呆站了一会儿，又心不在焉地向后走去，绕到了隔墙后面。然后，他走向放着日本茶具的桌子前，打开煎茶罐子，拿掉茶壶盖将茶叶倒进去，又注入了开水。

盖上茶壶盖用食指按住，他又发了一会儿呆。他默默思考着自己为何会如此心神不宁，可足足想了五分钟也想不出什么理由来，只得拿起茶壶，翻过倒扣着的茶杯倒了杯茶拿在手上。他把茶杯送到嘴边啜饮一口，然后捧着茶杯走出隔间回到了办公区。就在那个瞬间，外面突然传来如同爆炸的巨响。

他大张着嘴。耳边又传来陶器破碎的声音，滚烫的液体飞溅到脚上。可他还是过了好久才发现自己摔碎了茶杯。

脑子里一片空白，他茫然地呆站着。这是为什么？内心的疑问如同滔天巨浪。

自动门开启，一个不认识的男人冲进来，朝这边大喊一声：

"跳楼啦，有人自杀，快叫救护车！"

说完，他马上掉头跑了出去。一部分客人和好几个员工都朝外面跑了出去。

富田课长一把拽过电话机，拿起听筒开始拨急救电话。住田则呆呆地看着这一切。

刚才跑出去的男员工回到室内，作势要朝这边大喊，但很快忍住，转而一言不发地朝柜台跑了过来。他扶着柜台，越过里面的女孩子想对里面说话，而住田已经知道他要说什么了。

"是细野，跳下来的是细野！"

住田愣愣地听完他的话，膝盖渐渐失去支撑的力气，缓慢地地跌坐在被茶水浸湿的地板上。

8

警方赶到后迅速封锁了银行,所有卷帘门都被关闭,银行临时停业了。客人们都被劝走,银行职员却被严令禁止离开大楼,轮流被刑警们叫进会客间问话。连续三名银行职员死亡,连警方也终于发现了事态的严重性。

这是住田最害怕的情况。为了避免这种情况,住田拼了命阻止细野到屋顶去。结果先被叫进去的就是住田系长。因为岩木、小出、细野三个人都是住田的直属部下,这个判断是极为妥当的。

住田面对会客间的三位刑警,事无巨细地把三人从屋顶上坠落的过程说了一遍。尽管如此,住田并没有直接目睹他们的坠落。三人坠楼时,住田都坐在一楼办公区里。所幸如此,让住田自身免除了嫌疑,但这也让住田这个直属上司的话成了换作什么人都能说出来的、没有价值的证词。

加之警官们想知道的并不是事情经过,而是三人跳楼的理由。然而住田对此一无所知。甚至,连他自己都想知道是为什么。警方认为他身为上司应该会有头绪,双方的想法从一开始就出现了矛盾。再者,住田还隐瞒着包含三名死者在内,他们四人共享的巨大秘密,因此能讲的话就更有限了。

"您是说,刚才细野先生坠楼之前,您曾经多次阻止?"

一个名叫元木的警官向他确认。

"是的,就在这层楼的办公区。我同事们也都看到了。我反复对他说,别到屋顶上去,千万别上去。就差没有跪下来求他了。"

"那是为什么呢?"

"因为岩木君和小出君两人已经跳楼了。我就说,要是连你也死了,我可受不了。可是细野君根本不听我的。他头也不回地上了楼,没过一会儿果然就听到外面传来'咚'的一声……"

"唔。您是说,您听见声音了?"

"听见了,就在办公区里。或者说,在我座位上。"

"之前那两人坠楼时也听到了?"

"是的,之前那两个人的时候也听见了。'咚'的一声,像什么东西爆炸了。因为地点就在外面,离得很近。"

"那就是说,您三次都听见声音了,那三人坠楼时?"

"对,是的。"

住田马上点头回答。

"嗯,可是您却想不到他们自杀的理由。"

元木又问。

"一点儿都想不到。"

住田又一次回答,还毫不犹豫地摇了摇头。

"可是,三名死者都是你的部下,对吧?"

元木问了一个合乎常识的问题。

"是的。"

住田说着,点了点头。

"那是真的吗?关于个人生活,平时的不满和烦恼,你身为上司,应该有机会听到下属的这些抱怨吧?"

"这个嘛……嗯,可以说有吧。"

住田说。

"但你还是不知道吗?"

住田又摇起了头。

"不知道。我真的一点儿都不知道。我跟他们三个都有过不少交谈,他们最近都没有什么烦恼。真的,连烦恼都没有。"

"可是人真的会毫无烦恼吗?"

刑警又抛出了普遍论。

"岩木俊子君跟我说,她下个月就要跟长得很帅的男朋友结婚了,自己高兴得不得了,还对我明确宣称她绝对不会自杀。说完她就上了楼,然后就跳下来了。"

"哦,她对你说不会自杀……"

刑警一脸复杂地说。

"是的。她可是本行最不可能自杀的那个人。还有刚才的细野君,他孩子马上就要出生了,夫妻关系也很好,他本人特别兴奋。他也在我面前斩钉截铁地说,绝对不会自杀的。"

刑警听完他的话,一言不发地凝视着住田的脸。他看上去比住田年长一些,浑身散发着强烈的威压感。那是他在银行劫匪身上都未曾感到过的压力,仿佛在说绝对不原谅谎言。然而住田并没有撒谎。

"他也……细野君也说了,就像刚才警察先生您说的那样。这个世界上所有工薪阶层会有这么一两样或大或小的烦恼。可他又说自己不一样,现在的他没有一点儿烦恼。所以就算全世界的人都死了,他也绝对不会死。他真是这么对我说的。"

"他为什么要说到那个份儿上呢?有什么原因让他说出那种话吗?"

"是的,有的。"

住田点头道。

"什么原因?"

"因为我一直叫他别到屋顶去,说不知道会发生什么事,一直在阻止他。于是他也跟我杠上了,说自己绝对不会死,不会有问题的,让我放他上去。"

"到屋顶上。"

"对。"

刑警闻言似乎有些泄气。他沉默了一会儿,又这样说道:

"嗯,可是细野先生为何要如此坚持呢?为什么不顾你这个上司的劝阻,一定要上去呢?"

"他说他想去调查。"

"调查?调查什么?"

"此前两个同事跳楼的原因。"

"嗯。"

元木说着,靠在沙发背上。随后他又思考了一会儿。看着他的样子,住田感到有些失望。原来所谓专家也跟他们差不多。

"那么,细野先生查出什么了吗?"

"我也不知道……"

住田只能这样回答。那种事,他真的无从知晓。

"那得问细野君本人了。请问他现在怎么样了?能救回来吗?"

只见元木摇了摇头。此时旁边一个名叫Takanashi的年轻刑警开口说话了。Takanashi这个姓写成汉字是"小鸟游",只有这个人给住田递了名片,可能因为他的姓比较少见。

"刚才我们接到医院联系,说他已经去世了。因为头部遭到了重创……"

住田闻言,受到了剧烈打击。细野也死了。这样一来,就再也无法从他口中问出坠楼的原因了。那三个人都沉默地死去了。

"你就不能少说两句。"

元木对旁边的后辈训斥了一句,随后转向住田。

"细野先生去世的事情,麻烦您先别告诉银行的人。因为那有可能会妨碍我们收集证词。您只需等到今天傍晚就好。"

"好,我知道了。"

住田嘴上是这么说,心里依旧感到十分混乱。警方隐瞒那种事究竟能得到什么呢。他想,这些人明明什么都不知道,特权意识倒是发挥得格外积极,肯定是想独占信息。除此之外,他还感到细野的死对他造成的打击正在心里一点一点膨胀开来。他渐渐感觉到,自己真的变成孤身一人了。心怀秘密的人,终于只剩下他一个了。从现在起,他必须抱着那个秘密,独自与警察周旋。

"关于细野先生,我们已经了解了。那么岩木俊子女士和小出先生又是为什么要到楼顶去呢?"

"是为了给植物浇水。"

住田回答。

"浇水?"

刑警讶异地看着他。

"屋顶上摆满了盆栽,差不多把地面都覆盖了。"

小鸟游又插嘴道。

"为什么会有盆栽?"

元木看了部下一会儿,又转过来问住田。

"哦,那原本是一个叫大室礼子的人名下的财产……"

"你说的大室礼子,是那个女演员吗?"

元木问。

"对,就是她。她去世后,我们银行负责处理她的不动产转售工作,那些盆栽是临时存放在我们这里的。不过此前说要接收盆栽的电影博物馆馆长突然去世,现在无人接管,就一直放在屋顶上了。"

住田解释道。

"嗯。他们都是去给盆栽浇水……"

"是的,然后就跳下去了。完全不可能自杀的三个人,一个接一个都……"

"嗯。"

说着,刑警叹了口气。

"可是这肯定有原因的吧。人不会毫无理由地跳楼,难道不是吗?难道说,是谁把他们推下去的吗?"

刑警的问题似乎开始切入核心了。

"我也不清楚……"

住田说。

"可是从你说的那些话来推断,就是这么一回事。"

刑警一直锁定着住田的目光,带着责问的语气。

住田摇了摇头,然后说:

"屋顶没有人。"

"你怎么知道的?"

"因为我马上跑过去查看了。一听到声音,我就立刻跑到了三楼。"

"你是怎么一下做出要去屋顶这个判断的?"

刑警似乎觉得自己抓住了马脚。然而这种事情根本不存在马脚。

"因为我听到有人喊,'跳楼啦,我们银行一个女孩子跳楼啦',那就只有这栋楼的屋顶了。"

刑警无言以对。

"顺带一提,在外面喊那句话的可能是小出,也就是第二个跳下去的人。"

刑警闻言，依旧无言以对。

"我们马上跑到屋顶查看，发现那里一个人都没有，而且……"

"您是说最初岩木俊子女士跳下去的时候吧？"

小鸟游确认道。

"不，最初的岩木君，后来的小出君，两次都去了。两次都是我上去查看的。"

"为什么别人不上去，而是您上去呢？"

元木好像又找到了破绽，又好像在给他下套。

"因为那两个人都是我的部下。而且……知道他们上去的人，我是其中之一，最后跟他们说话的人也是我。"

"我明白了。您刚才说而且什么？"

元木问。

"岩木君跳下去的时候，有个目击者。"

"哦，那是谁？"

"他姓原，好像叫原裕信吧，是庶务课的人。"

"原……"

说着，他在本子上记下了那个名字。

"那位原先生怎么说？"

"他说自己听到一声低喊，然后就见到岩木君一个人头朝下掉下去了，而且还是偶然看到的。"

"他从哪里看到的？"

"三楼。就在通往屋顶露台的门附近。"

"唔。我稍后会找原先生询问这件事。那第二个人，小出先生跳下去的时候呢？"

元木问。

97

"那次没有目击者,不过我当时立刻找了五个人跑上去。结果屋顶一个人都没有,我又立刻叫人拍了现场照片。"

"拍照,谁拍的?"

"一个叫北田的人。岩木君和小出君出事后都拍了照。然后我还叫三个人马上分头进入三楼的三个房间查看。每人负责一个房间,同时进去。我则在走廊看着那三个人。不过房间里也是一个人都没有。"

"他们出来后这么说的?"

"是的。"

"那三个人叫什么?"

"小岛、田中和保井。"

"嗯。小岛……田中……保井……"

元木又记下了那几个名字。

"还有拍照的北田。你们还发现了什么异常吗?"

听到询问,住田看了看天花板。

"没什么异常。有也只是水管一直在出水而已了。"

"嗯,水管一直在出水。"

刑警又记了下来。

"对。岩木君和小出君可能是浇水途中从屋顶上掉下楼去的吧。"

"哦,浇水途中……"

"没错。"

"两位都是?"

"是的。我两次上屋顶看到的都是一样的情景。"

"可是却没有可能将他们推落的人?"

"没有。"

住田肯定地摇摇头。因为上面根本无处躲藏。

"我们都仔细调查过了。"

"我知道了。那您是否还有别的发现呢？无论多么琐碎，都请告诉我。"

刑警说。

"别的发现啊……哦，还有一个叫和田佐和子的女员工也去过楼上浇水。"

"什么时候？"

"就是刚才，细野君坠楼前不久。可是她却平安回来了。"

"平安回来了……"

"是的。"

"那是怎么回事？"

刑警小声说。

"坠楼的三人与那位和田女士之间有什么不同之处吗？"

住田闻言，这才开始考虑这个问题。

"好像没有啊……岩木君跟和田君应该算是差不多类型的女孩子吧。"

他并没有说谎，而是打从心底里这样想的。当然，岩木知道抢劫案的内幕，在这一点上两者存在很大差异，但这种事是不能告诉刑警的。

"嗯，我知道了。"

刑警说。

"然后细野君就上去了。还对我说，既然她都没有死，证明上面没有危险。"

"可是他却死了。"

"是的。"

住田深深点了一下头。

"只有后来上去的细野先生出事了?"

"是的。"

"嗯,那可真是怪了……"

元木话音未落,一名身穿制服的警员就走进了会客间,在他耳旁小声说了点什么。不过住田也听到了耳语的内容。警员是这样说的:

"细野先生坠楼时好像有人看见了。"

元木闻言点点头。

"是嘛。"

然后,他又转向住田说道:

"好了,住田先生,问话就到此结束吧。"

圣诞老人

1

菩提裕太郎坐在U银行的沙发上等候叫号，内心却蒸腾着强烈的绝望。昨晚那些廉价酒精导致的宿醉也加重了他的不适。他明年就四十岁了，却至今没找到全职工作，也没能闻名世界。高中时代，他担任柔道部部长打出了成绩，大学时代更是在柔道全国大赛上获得了亚军。当时他小有名气，也经常在体育报纸上露脸。他本以为自己能够趁着那股势头成为社会精英。

然而他在实业团柔道比赛中撕裂了跟腱，被医生告知再也不可能恢复到原来的状态，只得被迫从柔道界引退，后来虽然在大型贸易公司N物产谋得了职位，却因为与上司闹矛盾，仅仅一年后就辞职了。其后他再也找不到工作，也越来越远离体育界，此时才发现自己其实没什么长处，只好靠打零工为生，一晃神就快四十了。由于嗜酒而性格豪放，他至今仍蜗居在廉价公寓里，无家无业，过着与少时憧憬截然相反的生活。

临近年末，他还被安排了穿着圣诞老人装束站在街边，向人群分发印有"陪酒女大募集"字样的纸巾这么一个工作。他的轮班是傍晚六点到深夜十点。因为圣诞节将至，街上来往的行人很多。这条靠近市中心的街道直至深夜都熙熙攘攘。

菩提从兼职中介公司T见广告企划领来了兼职用的物资，

运动包里装着夸张的圣诞老人装束和白色假胡子,以及装满小包纸巾的纸箱,另有一个塞满报纸撑起来的大布袋,呆呆地坐在银行大厅的等候沙发上。

他有了点便意,站起来打算上厕所。宿醉让他有点想吐。但更重要的是,为了完成派发纸巾的工作他必须把道具服装穿上,也是时候到厕所去换衣服了。反正还要一段时间柜台才会叫到自己。

就在那时,他发现分别站在不同方向的两个女人同时转移了目光。紧接着她们又快步跑向隔墙后面厕所的方向。原来是有个男人在里面大喊了一声。菩提也听见了那个声音,但并没有听清他喊的是什么。

菩提犹豫着是否要稍等一会儿,但他还是很想去,就跟在了两个女人后面。突然,柜台后方的办公区域有好几个男性员工冲到了通道上,紧接着所有人都向厕所跑去。好像出什么大事了。菩提疑惑着,也跟进了厕所。

他看到几个男性员工七手八脚地从隔间里抱出来一个中年男人。女员工也走了进来。旁边有个男的帮那个中年男子整理好装束,几个人合力把他抬出了通道,边走还边喊快叫救护车、快打急救电话。还有人在喊 Zenba 部长。

菩提被人群挤到了最角落的隔间里。下一个瞬间,厕所里一下就空了。由于昨晚喝了太多廉价酒,菩提不仅宿醉,还有点拉肚子,时不时感到腹部抽痛,所以他格外缓慢地解决了生理问题。其间,平日里积累的绝望感又涌上心头,让他连动都不想动。他不由自主地想,就算等会儿出去了,在窗口排完队,认认真真地申请到了银行卡又能怎样呢。

这段时间菩提经常喝醉酒在深夜的街道上游荡,随便找张公园的长椅躺下就睡，因此不小心弄丢了银行卡。他来银行本想重新办一张卡，但想到存款经常被掏空，三不五时地就用不上银行卡，也就没特别想要一张新卡。反正这段时间他花钱的地方也只有快餐店和拉面店，小酒馆的消费占去了大半，要是一不小心睡过头错过了午饭，那一整天就只会在小酒馆里掏钱包了。因为他一直过着在酒馆里喝酒，胡乱吃点东西回去睡觉的日子，根本用不上银行卡。更何况他原来的银行卡也是以前在知名企业工作时办的，老实说，他早就没有了拥有银行卡的身份。

刚坐到马桶上，果然又涌起一阵恶心。于是他撑起身子蹲在地上，打算对着马桶吐一会儿，却什么都吐不出来。食道里涌出一点儿胃液，那种不快感混合着绝望，让他再也不想到外面去了。他之所以走进厕所，虽是出于便意和恶心，但主要是为了换衣服。然而就算换了衣服，不过也是在外面站上一整夜给女孩子发纸巾而已。干那种事有什么意义呢。他已经做了好几次同样的工作，早就厌倦了。就算再做一次，自己的人生也不会产生任何意义，未来的道路也不会畅通起来。

他听到了《萤火虫之光》的旋律，呆呆地想，是不是银行要下班了。这个 T 见支行有点奇怪，整个上午都开放窗口业务，然后下午三点到五点又是窗口业务。现在到了五点，柜台窗口这一层马上下班，然后就只剩下大楼旁边那条巷子里的 ATM 继续工作了。可是他用不了 ATM，因为没有银行卡。不过钱包里的现金还足够今晚喝酒用。他可以用这些钱喝到烧酒和日本酒，再加几道小菜，甚至还够明后天用的。再往后就没有了，不过总会有办法的。反正还可以去提现借钱——啊，应该借不到了。他已经把额度用得差不多了。但那些都无所谓。实在不行干脆自主破产好了。反正他卡都没了。

他开始想，自己怎么会变成这个样子。学生时代的他如此耀眼，也挺受异性欢迎的。当时根本不愁钱，还经常请学弟们喝酒。大家都喜欢吃拉面，会成群结队浩浩荡荡地走到拉面街去，然后又去喝酒，曾经还因为吃厌了东京的拉面，眼睛一转就决定今晚要去吃正宗的札幌拉面，径直前往羽田机场坐上去北海道的航班。

进入Ｎ物产就职后，他就更不愁钱了，所以他一度以为，自己一辈子都会过着这样的生活。当时他做梦都没想到自己会在实业团柔道比赛上撕裂跟腱。那一定是因为他生活态度越来越傲慢，经常酩酊大醉，总是偷懒不去练习，又嫌准备运动太麻烦。更何况他的体重也超标了。

总之，还是先这么坐一会儿吧，他想。到时候自然有银行的人回来叫他出去。等到有人对他说"客人，我们马上要下班了，请你离开吧"，他再出去也不迟。他现在什么事都不想做，连感官也变得迟钝，觉得别人说什么都无所谓了。他觉得自己的神经肯定是麻木了，又或许是坏掉了。

然而他等了许久都没见人来，外面也没有任何人对他发牢骚。《萤火虫之光》的旋律早就停下来了，银行内部安静得令人发怵。

菩提慢吞吞地站起来，提起裤子，套上了鲜红的圣诞老人裤。随后他又在毛衣和夹克外面套上红色上衣，扣好了纽扣。他和衣穿上了整套圣诞老人装。如果他还是那个身材健硕的高中生，里面应该还要再穿几件衣服撑起来，然而他现在早已放弃训练，又酒不离手，浑身攒下了不少赘肉，光是这样就足够了。他看上去就是个肥硕的圣诞老人。

他戴上胡子和帽子，慢悠悠地走出隔间。随后又穿过空无一人的厕所，走到镜子前查看胡子佩戴的情况。他觉得自己挺像圣诞老人的，就把只剩下纸巾的运动包塞进大布袋里扛在肩上，来到了走廊。他又走到刚才自己坐着的大厅，发现荧光灯已经熄灭，室内一片昏暗。因为通道顶上的荧光灯还亮着，才不至于伸手不见五指。

他有点吃惊，快步走向自动门想出去，然而他站到门口的地毯上，大门却一动不动，他还隔着玻璃门看到外面的卷帘门也放了下来。他有点焦急，又走到另外两个自动门前面看了看，结果都一样。所有自动门都被关闭了电源，玻璃门外的卷帘门也都锁上了。

他绕着大厅走了一圈，没有找到任何出入口。这样一来他就出不去，也无法完成工作了。他有点慌，为什么会变成这个样子。他已经不止一次到银行来了，可是从来没遇到过这种事。究竟是哪个步骤出错了？想着想着，他明白过来。肯定是因为有人在厕所倒下了。他还听见有人叫救护车，可能是脑溢血。被抬出来的那个中年男人看着也像容易中风的那种人。于是大厅里的几个职员，以及两个柜台的女孩子都跑到厕所去了。

那种时候，银行的客人应该老老实实坐在凳子上吧。然而他当时脑子有点稀里糊涂的，不自觉地就跟着骚动的人群走进了厕所。银行职员们自己一慌乱，谁也没注意到跟在旁边的客人。如果他身上穿着圣诞老人那身鲜红的衣服还比较难说，只是当时他还没换衣服，根本没有人会注意到他。他穿过骚动的人群，安静地走进了厕所最里面的隔间里，没有一个职员记住了他的行动。

掌握客人动向可能是柜台女孩子们的工作吧。她们会记住哪位客人进了洗手间，一般在打烊前都会去叫一声，然而因为那个突发急病的人，他进入了她们的盲点，谁也没意识到厕所里还有一位客人，于是他就被关在了银行里面。当时窗口已经差不多轮到他了，后来应该叫到过他的名字，不过领了号又提前走掉的客人也并不少见。柜台见他不现身，想必是直接叫了后面的客人。

明明是他自己的错，但菩提想到这里还是越来越生气。他开始想，这都怪那些平时训练不到位的银行职员。他们竟然只顾自己把银行锁了起来，还把客人也锁在了里面。

不过至少应该有个后门能出去吧，想到这里，他又回到厕所门前的通道，沿着与大厅相反的方向前进，握住了通道尽头那扇门的把手。然而无论他怎么拧，门把都纹丝不动。看来是上锁了。

他慌忙跑回大厅，穿过柜台前的空间进入另一侧的通道，同样走到尽头看了看。因为他隐约记得这里也有一扇后门，可是这扇门的把手同样拧不动，还是被锁住了。

再仔细一看，这扇门并不是室内按钮上锁的，而是室内室外都要插钥匙上锁的款式。因为室外不可能按钮上锁。虽然门下有一条缝，可是这条缝能拿来干什么呢。

这下菩提彻底火了。他干不了活了。更别说现在已经迟到，T见广告企划的员工会在开始时刻前来检查，若没有站在规定的工作地点就要扣工资。这都是银行的错，他想。

要是工资被扣掉一半，这个月的房租就付不起了。提现的额度已经被他用完，还从兼职公司借了一个月的工资，能借的地方已经被他用尽了，再借就只能去找高利贷。那样一来，他完全可以预见到悲惨的未来，自己会被一步一步逼得去上吊。那就是一只脚踏进了世间所谓自杀小队的死胡同啊。菩提愤然想着，我才不要变成那样。于是他大步走上旁边的楼梯，边走边大声喊：

"打扰了——"

可是他很快意识到，自己根本没必要这么客气。因为有错的是把自己关在这里的银行才对。他完全可以再不客气一点。他曾经可是柔道部的健将，连路上碰到的黑社会都要绕着他走。区区银行职员，来几个打倒几个便是。

"喂！"

菩提朝楼上大喊一声。然而那里冷冷清清的，没有任何人回答他。菩提咂了一下舌，又喊了一声。

"喂，给我出来。你们把客人关里面了！我有急事，你们却把所有门都锁上了！"

还是没有回答。实在没办法，他只好继续往楼上走去。

"开什么玩笑，你们要害老子被炒鱿鱼了！"

他来到楼梯转角，转身正要走完剩下的楼梯，却猛然停了下来。他抬头一看，发现转角那堵墙上有一扇小窗。可是玻璃窗是关着的。他只要踮起脚就能抓到窗户下沿，然而无论他怎么使劲，窗户都打不开。原来窗框重合部分的扣锁被合上了。

他多么希望自己能扳下那个半月形扣锁，可是就算跳起来还是差了这么一点点。如果能打开这扇小窗，就能想办法钻出去了。他记得这扇窗下面是自行车停车棚的屋顶。如果能下到屋顶上，他就能走到边缘跳下去了。

他放弃了无谓的努力走到二楼，向左转到靠着楼梯扶手的走廊上。他试了试离他最近的房间门。这里没有上锁。

房间里空荡荡的，灯也没有开。不过宽敞的屋子里还是弥漫着一点光亮。光源好像是窗外闪着红白光线的霓虹灯。

这个房间就像学校的教室一样摆着许多桌椅。搞不好这真的是用来上课的房间。然而作为一间教室，这里桌子上的东西却显得过于杂乱了。那里堆满了大大小小的手提包、运动包、球棒和棒球，还有篮球、周刊、漫画杂志、纸箱子。

他打开纸箱子看了看，里面放满了杯装日本酒。上面还堆着下酒的干物、手撕鱿鱼、米饼和花生米等。桌上纸箱旁边也摆着一杯日本酒，已经开杯了。虽然上面还有杯盖，但只是盖着而已，并没有扣下去。他拿起来看，发现里面还剩了半杯。他正要把酒杯放回原处，却因为肩上还背着一个大口袋不好控制力道，不小心把杯盖抖到了地上。

菩提其实并不讨厌这种廉价日本酒的味道，加之房间里也有点冷，就想着喝点酒暖暖身子，便一口气把杯里的酒喝干了。甘甜的酒液口感不错，身子也开始暖和起来，他的酒鬼本能突然被唤醒，不由自主地想多喝一点。刚才的一口闷成了被点燃的导火索。

于是他干脆坐了下来，把口袋放到一边，从纸箱里拿出一杯日本酒来。他又考虑要不要再开一袋零食，但那样显得有点过分，就没去动它们。他掀开盖子喝了一口，感到刚才一直在闹腾的肚子和甩不脱的绝望感都一扫而空，心里舒坦了不少。这种事算什么，他可是被银行关在这里的，喝他一点酒就算收误工费了，他自我安慰道。

再喝一口，接着又是一口，剩下的酒也被他一仰脖吞了进去。他发现眼前的天花板在缓缓转动，意识到自己喝醉了，但是已经晚了。菩提觉得再在这里待下去肯定要醉得不省人事，便在喝完两杯后站了起来。他正准备走出房间，发现后方那排储物柜正对的地面上摆着个长长的黑色胶袋。那是高尔夫球杆吗，还是棒球的球棒呢。他正要毫不在意地走出去，突然停下脚步，好像想到了什么。

他意识到，用那些长家伙应该能打开楼梯转角墙上那扇小窗的扣锁。于是他转身带着醉意走过去，拾起地上那个长家伙。手感还挺重，不过好歹能挑开扣锁了，他带着这个想法走向台阶的方向。其实他完全没必要这么做，只需搬张椅子过去垫脚就好了，然而因为酒醉，他早已没有了思考能力。

他下到转角处，用胶袋裹住的东西尖端顶住扣锁戳了几下，由于胶袋没有突起部位不好使劲，一直抬着头集中精神又实在太耗费精力，他感到醉意越来越浓，站都站不稳了。他像突然贫血一样无力地蹲下身来，等待自己恢复体力。

好不容易感觉正常一点儿了，他又站起来，把胶袋头上的拉链拉开了一些。他再次扛起袋子又戳了一会儿，希望里面那根球棒握柄处的凹槽能扣住扣锁，把它拉开。

然而还是不行。菩提终于放弃努力，把袋子放到地上，呆站着调整了一会儿呼吸。毕竟已经喝醉了，这点运动量也能让他气喘连连。回想起在柔道部大放光彩的学生时代，他的体力实在下降得太厉害了。这都是因为缺乏锻炼，以及酗酒。他心里清楚得很。

可是自从放弃柔道后，他就再也没能挑战任何一种运动。一是不知道该尝试哪种运动才好，再一个也是因为没有机缘。不知为何，菩提丝毫不擅长球类运动。他好像没有控球的天赋。而且本来体重就大，如今更是越长越胖，连跑都跑不动了。

这可不是开玩笑，他心想。这么搞法真的要出不去了。既没法去打工，也吃不到饭。赶不上打工虽然不算什么，可要他在这里一直待到早上，他可不愿意。现在是大冬天，没有棉被根本不能睡觉，更别说会感冒了。

这里并不是混住大楼，而是只有三层高的 U 银行专用建筑。如果是混住楼，至少可能还有人在附近的办公室里加班，可是这里只有 U 银行的职员，一下班可能就全都离开了。而且这里是 U 银行专用建筑，完全可以规定六点准时锁住大楼全部出入口。毕竟银行是管钱的地方，那种做法也是有道理的。菩提虽然能理解，但还是因为这种莫名其妙的状况而气愤不已。他粗手粗脚地走上了楼梯。

来到三楼，菩提一把拽开了眼前那扇门。室内空无一人，正如他所料的那样。银行的所有人都离开了。这种情况他根本闻所未闻。只是想上个厕所，正好碰上有职员病倒，因为那场骚动所有人都忘了他的存在，把他关在了大楼里面。如此蠢事，简直不可想象。

就算没发生这件事，他本来也跟 T 见广告企划的人不太对付。那里有个年纪轻轻却莫名专横的员工，跟他已经发生过好几次摩擦了。一开始是菩提迟到被骂，可是他都道过歉了，对方还是不依不饶，他就忍不住吼了回去。当时他酒劲还没过去，突然产生了对方是社团后辈的错觉。他总被后辈责骂的经历也成了助燃剂。当然也要怪酒。后来两人的争吵闹大了，上了年纪的上司出面责令他立刻把酒戒掉。当时他低声下气地总算没被就地开除，然而再有下次这份工作一定是保不住了。如果只是迟到，只要到了就好，可直接旷工他就真的百口难辩了。就算把事情原原本本地说出来，别人肯定也会以为是他编造的。

现下号称经济景气，可要找到新工作却难于登天。就算有也不过是便利店店员，而那种工作有业绩要求，还有严苛的罚款制度。每天要卖五十个关东煮，如果卖剩下了就要扣钱。完全不开玩笑。可是就连那种工作也不是随便就能找到的。他还干过著名连锁居酒屋的店员，那也是个每天累死累活的工作。亏得自己这副凶神恶煞的外表，他还得到了赏识，差一点就能当上店长了，只是一旦当了店长，就要去操心采购这类烦琐的工作，连睡觉的时间都要被剥夺，更何况他还被派去邻县大乡下的分店任职，所以他就干脆辞职了。

　　想到今天过后自己可能又要到职介中心去找工作，菩提就气不打一处来，甚至想搞垮这间破银行。尽管一个无业游民根本没能力做到那种事，但他无论怎么想都觉得是这间银行害自己马上就要丢掉发纸巾的工作，就忍不住想报复。他考虑了一下要不要写信投诉，可那不就跟街坊大婶一样了吗？

　　所以当他穿过走廊打开第二扇门，发现里面有四个职员留了下来似乎在处理后勤工作，而且那四个人同时抬起头时——

　　"喂！"

　　他就忍不住粗暴地大吼一声。因为那吼声好像是自己冒出来的，连他也吃了一惊。在大学社团当前辈的习惯不小心又跑了出来。这习惯他可能一辈子都甩不掉了。

屋顶的诅咒

9

住田得到返回座位的许可后,死死盯着隔墙的方向,想知道下一个被叫进会客间的人是谁。因为他觉得,那很有可能是目击了细野从屋顶坠落的人。然而他等了许久都没见有动静。于是住田把目光转向大厅开始寻找原裕信的身影。他很快就找到了原。那就是说,细野的目击者并不是他了。

住田走到原身边对他说,等警方问讯结束后,两人能否单独交谈一下。为什么死去的三个人都是自己的下属,他很想知道原因,希望原能帮他出出主意。

原很快就答应了。两人商定等警察放人后马上碰头,地点定在了百福。因为百福开张还没多久,二楼的和式席位经常都是空着的。原也知道百福这间店,同样爽快地答应下来。

接下来住田又说,听说有人看见细野君从屋顶上掉下来,问他知道那人是谁吗。本来不抱任何期待,可是原却马上说他知道。

"你知道?是谁?"

住田紧张地问。

"应该是我们课的塚田。您瞧,他正走进会客间呢。"

说着,原抬手指向了会客间的方向。他转过去一看,正好看见塚田走进隔墙后面。

"是塚田君啊。"

住田认识那个人。他曾经在住田手下干过两三年。

"那家伙当时也在三楼写银行新闻的稿子。可能就是那时候看到的。"

"你今天不在上面吗?"

"嗯,今天没在上面。"

原说。

"那我能把塚田君也叫去百福,三个人一起商量吗,还是你更情愿我跟他单独说?"

"可以啊,三个人一起商量吧。"

原说。

"我也想听听塚田到底看到了什么。"

住田回到自己座位上,准备等塚田一出来就约他到百福去碰头。那人并不讨厌喝酒,应该会答应的。

下午六点,住田和塚田得到了可以离开银行的许可,但刑警还是提醒他们,这段时间暂时不要旅行,也不要出远门。

塚田喜欢喝酒,又是个单身汉,似乎很乐意跟他们去喝一杯。

住田虽然有家室,但妻子已经习惯他工作日在外面吃晚饭,因此晚点回家没有任何问题。

他们来到百福二楼,在空荡荡的房间里找了个座位凑在一起,塚田第一个开口了。

"唉,今天真是受到了惊吓,正想喝上几杯把这事给忘了。"

他的嗓门儿还挺大,但二楼卡座区域并没有客人,只在远处的餐桌区域坐着两对男女。

塚田年龄只有三十上下，还很年轻。

"所以说，我今天就特别想来这种地方。谢谢系长邀请我。"

然而住田并没有留意塚田的话。

"塚田君，你应该知道吧，那三个跳楼的人全是我的部下。我现在可是伤透了脑筋……"

说到这里，服务员就端着小菜上来听他们点菜了。他们点了啤酒和两盘中煎饺、烤鸡肉串拼盘、烤香肠、刺身拼盘和橙醋拌安康鱼肝等平时常点的菜式。服务员记下他们点的菜就下了楼，住田目送她离开，马上又凑了过去对以前的部下说：

"所以啊，我很想知道这是为什么。那三个人都对我说自己绝对不会自杀，然后才上的楼。结果全都跳楼了。他们为什么要跳楼，开什么玩笑。真的是，开什么玩笑！"

"系长，你真不知道原因吗？"

塚田问。

"一点儿都不明白。"

住田回答。

"你就没关心过他们的个人生活吗？"

"喂，你别跟个警察似的。那当然有了。他们根本一点儿烦恼都没有。"

"那是真的吗？"

"真要追究起来，那肯定还是有的吧。不过正好最近都没有烦恼。你不也一样吗？就算是烦恼众多的人生，不也会遇到情绪特别高涨，一点儿烦恼都没有的时候嘛。"

"嗯，确实是。比如考上第一志愿的时候。"

"没错，他们就是那样。最近正好是运气最好的时候，甚至恨不得到处去跟人炫耀，几乎要得意忘形了。至少其中一个人是这样的。"

"谁啊?"

"就是第一棒岩木俊子。"

"哦,是她啊。"

"她准备下个月就跟长得很像汤姆·克鲁斯的帅哥结婚了。全银行最没男人缘的女人竟然遇到了奇迹,正是人生中最辉煌的时刻啊。"

"是真的吗?那个汤姆·克鲁斯该不会眼神不好吧?"

"你们怎么都说这种话,这也太冒犯死者了吧。"

"啊,也对,这样会遭天谴的吧。"

"你也想跳楼吗?"

"我才不要。"

"所以我说,就算别人死了,唯独那妮子是不会死的。"

"哦,这样啊。"

"还有,你今天看见的细野君,他是第三个牺牲者,可他第一个孩子马上就要出生了,夫妻关系也很好,正是最近没有任何烦恼的时候啊。"

"嗯。"

听到这里,塚田抱起双臂陷入了沉思。

"是啊,还得再过几年,等年纪大点了才会产生各种烦恼才对。"

"哦。"

"我从来没像今天这样觉得警察一点儿都靠不住。我觉得他们跟我们没什么两样嘛。那帮人啥都不知道。只顾着对我这个直属上司处处设陷阱套话,以为自己聪明得不得了。他们已经认定死掉的几个人是自杀,我对他说那几个人没有烦恼,他也坚持烦恼是一定有的,还想从我这里套话出来。我又没有刻意隐瞒什么,还把我当成嫌疑人了,真是想拜托他们脑子清醒一点。"

"嗯……哦。"

塚田低着头哼了两声。

"不过警察好像还在努力调查吧。鉴证课也派人去屋顶上采集指纹之类的东西了。而且对银行职员的问讯也还在继续。那可是要花点时间的。"

"嗯,所以原到现在还留在银行里,暂时过不来。我看啊,警察的调查得持续到明天了。所以我劝你今晚还是不要喝太多,别等到明天带着宿醉还要被警察问话,那就太痛苦了。"

此时,他们的啤酒和烤鸡肉被端了上来。服务员往桌上摆小菜的时候,两人一直沉默着。等她离开,又碰完杯喝了一口之后,住田才继续说:

"老实说,现在到底是什么感觉?你不是看见细野君跳下去了吗?"

只见塚田先吞了一大口啤酒,然后才说:

"嗯,那完全是偶然。我当时正要去上厕所,走到半路往旁边瞥了一眼,发现细野蹲在地上往花盆间隙里看。"

"嗯,嗯,然后呢?"

住田问完也喝了一口啤酒。

"等我上完厕所出来经过露台门口的时候,又不经意地往外看了一眼。"

"为什么?"

"没什么原因,既没听见奇怪的响动,也没听到什么人的叫声,就是出于本能地看了一眼。结果我就看见细野君仰面朝天地掉了下去。"

"仰面朝天?"

住田说着皱起了眉。他并不是故意的,而是心中那种说不清是嫌恶还是不快,抑或恐惧的感情让他不由自主地把眉皱了起来。

"他是脸朝天掉下去的?"

"是的,脸向着天,往后弯着滑下去的。"

"那他就是靠在栏杆上……"

住田因为过度恐惧而说不出话来。

"是的,没错。就像跷跷板一样,所以他才会两脚朝上掉下去……"

"一点儿声音都没有吗?"

"没有,一句话都没说。而且周围也一点儿响动都没有。"

塚田说。

"那你的意思是,细野不是被别人给推下去的。"

"绝对不是!"

塚田瞪圆了双眼,语气听起来特别惊讶,仿佛想说"那不是当然的嘛,你到底在胡说什么"。

"当时就细野一个人,没有别人。"

"那周围的情况……也就是说,没有任何异常吗?"

住田又问了一句,仿佛想确认他的意思,又带着点不太信服的感觉。

"警察也问了我好几遍。周围情况没有一点异常。我可是看过了。"

"看过了?"

住田突然紧张地问。

"不,其实应该说,我当时吓坏了,一直愣了好久。有好一会儿都动弹不得。"

"哦，说的也是啊。"

"还有这个我也对刑警说了，因为那件事发生时真是太安静了……一切都在无声中进行的，就这么呼的一下。"

"嗯。"

"所以我脑子就一片空白，一时搞不清楚究竟发生了什么。"

"嗯，确实会这样，然后呢？"

住田凑了过去。

"我看见的东西实在是太不真实了。结果突然听到楼下传来女人的尖叫声，紧接着是嘈杂声，那时候我才猛地回过神来，心想刚才看到的那些原来是真的呀……"

"嗯，嗯。"

"真的好像做梦一样，我当时真心以为是错觉，要么就是海市蜃楼。"

"嗯，是啊。然后呢？"

住田紧绷着表情继续追问。

"所以等我反应过来，就一下子冲到细野掉下去的地方了。"

"喂！你竟然过去了吗？！"

住田大喊一声。

"啊，是的，我跑到木栈道上去了。"

塚田说。

"那真是太可怕了，太可怕了。"

住田亢奋地说。

"你就不怕自己站在细野坠楼的地方，会被什么东西缠上吗？"

"谁？我吗？"

塚田惊讶地问。

"没错,你不怕自己变成细野那样?"

"我当时根本就没往那边想。"

塚田说。

"真的啥事都没有吗?你没突然冒出跳下去的冲动吗?"

"当、当然没有啊!"

塚田用力摇着头说。

"别开玩笑了。"

随后他似乎愣住了,住田也等了一会儿才问道。

"嗯,然后呢?"

"我就抓着栏杆往下看了一眼。"

"你抓着栏杆了!?"

住田又吃了一惊。

"当然抓着啦,不抓着太可怕了,好像随时都会掉下去。"

塚田也似乎受了惊吓。

"嗯。"

"我提心吊胆地往下看了一眼。"

"然后呢?发现底下有人围过来了?"

"没有,完全相反。所有人都逃开了,像蜘蛛卵孵化那样。因为人行道上溅了一大片血。"

"嗯,是吗?然后呢?"

"然后我就想,那果然是真的,不是我的幻觉。细野真的死了。人类真是脆弱啊!"

"是啊……"

说着,住田深深点了一下头。

"确实是这样啊。"

"然后我又看了看周围。就是原地转了三百六十度，把四周都看了一圈。"

"嗯，嗯，然后呢？"

"啥也没看到。没有任何异常。真的一点异常都没有，没有看到任何人、任何东西，别说人了，连阿猫阿狗都没有。然后我又看了看屋顶上摆的东西……"

"嗯，摆的东西怎么了？"

"没有怎么，还是跟平常一样。没有破，也没有碎，跟平时一模一样，也没见到多出来什么东西。"

"会不会是你看漏了？"

住田问完，塚田看着天说。

"应该没有吧，虽说我换部门了，但毕竟是死了一个同事，当时也能料到肯定会有很多人来盘问，所以为了能回答上问题，我特别认真地察看过了。"

塚田说完，喝了一口啤酒。

"你认真察看过了。"

"是啊，特别认真。因为我那时候很快就冷静下来了。然后我就看见，周围什么可疑情况都没有。我甚至连旁边大楼的窗户都看了一眼，并没有人往这边张望，甚至没有窗户是开着的。"

"连窗户都看过了吗？"

"是的。"

"细野君出事的时候，我就没到屋顶上去了。之前那两个人，岩木君和小出君出事时，我都心急火燎地跑了上去。可是到第三个人，我已经受不了了。想到我已经再三阻止过他，实在是心里不好受。我甚至一直求他，别上去，别上去，算了吧。"

"对细野说吗？"

"没错。"

"尽管如此,细野还是上去了?"

"是啊。不过也因为刚刚上去浇水的和田君平安回来了,他才一口咬定不会有事的,'系长,不会有事的'。"

"啊?"

"他说:'我绝对不会死的,我现在情绪很稳定,身心充实,没有烦恼,就算别人死了,我也绝对不会死的。'结果他一上去,马上就是'咚'的一声。你说这到底是怎么回事!"

"和田君在他出事前上去过吗?去浇水?"

"嗯,上去过。而且平安回来了。"

"啊,那我可不知道。"

塚田诧异地说。

"既然和田君没事,为什么细野偏偏出事了?"

"是啊,虽然也不能说偏偏是细野。毕竟岩木君跟小出君都死了。"

"那三个人与和田君有什么不一样呢?"

塚田说。

"嗯,我也想过了。"

住田马上接过话来。随后两人沉默了一阵,各自思索着。

"可是没什么不一样啊。"

住田说。

两人又交谈了一会儿,大约过了半小时,原走了上来。

"哟。"

原和塚田互相打了声招呼。用已经摆在桌上的第三块毛巾擦过手后,原说了起来。

"真是服了他们,刨根问底地问了好多问题。"

"问的是你看见岩木君掉下去的事情吗?"

"没错。"

原说完,又对跟在他后面上楼来的女服务员说:

"一样的啤酒。"

他话音未落,住田就顺势加了几样下酒菜。

"烤鸡肉串,酱汁,还有沙拉。"

说完他又喃喃了一句。

"不吃蔬菜不行啊。"

"警察都问了些什么?你怎么说的?"住田问道。

原其实是个不怎么爱说话的人。

"于是我就想了好多。"

原说。

"想什么?"

"就是岩木掉下去的事情啊。"

"嗯。"

"她不是没有理由自杀嘛。"

"没有,一点儿都没有。真的是完全没有。"

住田反复断言道。

"现在想想啊,她那个样子其实挺像被绳子拽着身体拖下去的。"

"什么?!"

住田说。

"被绳子拖下去?"

"嗯,我越想越觉得像。"

"从哪儿拖下去?"

"那我可不知道,有可能是对面的大楼啊……"

住田和塚田一时无言以对。

"大概是从对面那座楼附近,朝着空中拖拽吧。"

"对面那座楼?"

塚田小声道。

"嗯,所以她的身体被拽到半空中,腰部却撞到了栏杆,结果就顺势转了一圈,成了那种样子。"

原说。

苦行者

2

田边信一郎离开那间出租屋后,只背着自己的换洗衣物,连被褥都不带,在京急线沿线的朋友家辗转借宿。在这个时代,没有家的青年想活下去,除了靠朋友外别无他法。

因为他有很多朋友还没结婚,才有条件收留他住下来。其中也有人欢迎他来借宿,对那些人,他会提出负担部分房租,或者请他们吃晚饭来讨好。

然而他迟迟找不到工作,兼职也断断续续,多数时候都难以兑现自己的诺言。他甚至跟收留他的朋友打麻将赌博,赢了之后免除他那部分房租,使得原本出于好意的朋友也跟他越来越疏远。因为信一郎从高中起就一直有机会打麻将,若对方是初学者,他一般都能赢。

只是信一郎并不是真的厉害,离专业水平还差得远,因此他也经常会输,原本承诺负担房租的口头约定就成了真金白银的债务,那样一来,他就只能从那一带消失了。天气还算暖和的时候,他尚且能在公园或车站长椅上过夜,待气温开始下降,他就会躲进廉价旅馆里泡澡。在彻底沦为流浪汉的同时,也渐渐失去了朋友。

最后,他身上连电车钱也掏不出来,只能厚着脸皮回到老家混吃混喝，打发掉了半个月时间。口头上说要出去找工作，其实只是每天早上离开家，随便找家三流影院坐进去看上一整天电影。虽然大多数都是桃色电影，但那毕竟是满大街都有电影院的时代，横滨和私铁沿线随处可见荒僻的小影院。然后再到旧书店转转，坐到咖啡厅里点一杯咖啡蹭几小时座位，快到晚饭时间便起身回家。过了一段时间这种生活，他在Y家电受到的精神创伤也渐渐恢复，然而却生出了另一种绝望感和低迷感。

厌倦了这种整天无所事事的生活，他终于向父母低声下气地要来一笔钱，重新回到T见市，打算先找一间廉价的木质结构出租屋住下来。他打算从不带洗澡间、共用厕所的地方重新出发。不知为何，信一郎对T见市有着特殊的感情，认为那是自己的城市。而且学生时代的朋友都不在这里，无须担心人情问题，也没必要在意别人的目光。

他四处浏览不动产中介贴在店门口的廉价出租屋启事，却看到了一个叫富士的不动产中介贴出的员工招聘广告。他带着只要能找到工作就好的心情进去询问，发现社长是个大姐，很是喜欢信一郎的样子，答应给他一个月试用期让他干干，就这样，他轻松开始了试用工作。可能因为当时正是经济景气的时节，他这个工作才会定得如此顺利。于是他决定先住在父母家，每天乘坐京急电铁到T见上班。专门跑到T见去看"一颗四百米"广告牌的时代仿佛再次复苏了。

信一郎希望能过上每月有固定收入的生活，也受够了每天无家可归的不安，便十分认真地投入了不动产中介的工作。他还跟随大姐社长四处走动，学会了领客人看房的诀窍。与Y家电对待员工的态度相比，这里简直平和得让他有些难以适从。就这样平安度过了一个月，社长同意正式聘用他。这可是件不得了的好事，他特意买了酒回去独自庆祝。

  然而坏事总是跟随好事而来。他工作日调休从三流影院看完电影出来，正好碰上了京急电车的下班高峰。平时他都会注意错峰出行，那天实在是大意了。不巧的是，那天傍晚的车厢比平时都要拥挤，连身体都无法挪动，可以说，那是他头一次搭乘这么挤的电车。由于当时已经进入十二月，每天都如同隆冬一般寒冷，乘客们身上厚厚的衣服也成了格外拥挤的原因之一。

  就在那时，他猛然意识到右手背一直在碰撞什么柔软的东西。正奇怪的时候，发现那是站在自己前方的一名女性的臀部。他稍微挪动一下右手，手指却不受控制地被挤进了她的臀缝间，臀瓣的弧度极为真实地紧贴着他的皮肤。信一郎稍微享受了一下那种感觉。电车每过一个弯道，那名女性的身体就更重地挤压过来，而且看这个样子，她似乎并不讨厌这种状况。

  彼时，电车突然在弯道上加速，他与女性的身体之间瞬间空出了一道缝隙，信一郎的手自然垂落下去。下一个瞬间，电车开始刹车，背后的人猛地挤压过来，信一郎的手背上多了一片粗糙的触感。他吓了一跳，但很快明白过来，那原来是她的丝袜。而真正让他惊讶的是，他的手并没有垂到可以触碰丝袜的高度。尽管如此他还是碰到了丝袜，那就意味着，她的裙子短得异常。

  这下糟糕了，信一郎想把手缩回来。然而就在那时，电车又开始摇晃，使他碰到了异常柔软又温暖的什么东西。他一时想不出自己碰到的究竟是什么，但没过一会儿就意识到，那是女人丝袜上方，大腿根部露出的一点白肉。

  信一郎愣了一下，紧接着感到血液开始往脑子里涌，下半身也出现了变化。他把手伸到女人裙子里了。要不就是电车实在过于拥挤，把女人的裙子给挤得往上缩了。

不巧的是，刚才他看的还是一部桃色电影。由于实在太久没有触碰女人的身体，渴望触碰女性的本能化作激情一点点吞噬了信一郎。他轻轻挪动两根手指向上移动，竟碰到了如同做梦般让他难以置信的东西。那是布料的触感——她的内裤。

他摸到的部分温暖中带着一点潮气，这让他再也控制不住情动，手指直接摸上了女人腿间那个部位。指尖霎时传来温暖和潮湿的触感，信一郎的思维猛然中断，陷入了恐慌。他的平常心和警惕心全部碎成粉末，只剩下让他几近失神的兴奋，他开始用中指顺着女人的肉体滑向前方。就在那个瞬间，噩梦降临了。车厢内响起震耳欲聋的叫声。

一个高大的女性身体开始拼命挣扎，硬是把脸转了过来。那是一张因愤怒而涨红的、如同鬼魅的脸，并非他想象中那般年轻的面庞。女人的身体继续挣扎着、挪动着，信一郎的手腕立马被钳住了。他根本没时间逃走。

"浑蛋！"

尖叫声直刺耳膜，让信一郎脑内一片空白。女人骂出了让他难以置信的话来。

"这小子怎么回事，他干什么了！"

周围响起男人们躁动的声音。

"色狼！"

女人大声回答。

"别让他跑了，抓起来！"

又有一个愤怒的声音大吼道。

"押到警察局去！把他弄下车！"

一个充满正义感的声音大声回应。在渐渐远去的意识一角，信一郎呆滞地接收着那些声音。

周围两三个男人的身体死死压住信一郎,还有一双手钳制了他的上半身。因为车厢里面很挤,这一连串动作挤得别的女人也发出了尖叫。随后,信一郎就一动也动不了了。

与此同时,他感到电车开始减速。仿佛为了让他坠入地狱,一切都已经安排好了。电车的速度越来越慢,最后停了下来,混在猛然涌出的通勤乘客中间,信一郎被几个男人粗暴地拽到了站台上。

"喂,站务员!"

耳边响起一声喊叫。他简直不敢相信。原来好巧不巧,站务员竟然就在他们附近。信一郎此前从未在京急线站台上看见过站务员。

"快来,快来!"

另一个男人也叫了一声,然后把信一郎朝站务员那边用力一推。

"你没事吧?"

其中一个男人向女人询问道。

"嗯,我已经没事了。"

女人的声音怯怯地说。那女人一直攥着信一郎的右手腕没有松开过。她的个子比信一郎要高。

被站台上的冷风这么一吹,他早就忘记了触碰女人私处的感觉,这也让信一郎恢复了正常脸色。只是,他目前又陷入了另一种恐慌。

"怎么了?"

随着靠近的脚步声,一个貌似站务员的男人大声说道。

"他是色狼。"

旁边传来女人亢奋的声音。与此同时,刚才那几个男人的气息远去了。他们好像认为自己完成了任务，都回到了电车上。看来他们并不打算牺牲再等下一趟电车的时间留下来帮忙。

"他把手伸进我裙子里，还摸我了。"

女人用歇斯底里的尖细嗓音控诉起来。他听到车门关闭的声音，电车启动了。信一郎一动不动地低着头，呆滞地倾听着那些声音。

"好吧，你身上带着证件吗？"

站务员用见怪不怪的口吻询问道。他的声音听起来并不年轻。

"说你呢，快把身份证拿出来！"

女人在一旁歇斯底里地催促道。

"你身上肯定有驾照之类的证件吧！？"

她怒气冲冲地问。

而信一郎正处在大脑彻底停止思考的状态，无法做出任何挣扎，乖乖把手伸进上衣口袋掏出了钱包。他刚把钱包拿出来，就被女人劈手夺走了。只见她翻开对折的钱包，抽出里面的驾驶证递给站务员。

"钱包，还给我……"

信一郎说。他拿回钱包放进内侧袋，重新抬起目光，发现站务员正跟女人凑在一起研究他的驾驶证。这时他总算发现，自己的双手、脖子和身体都没有被任何人束缚。

他拔腿就跑。那并非思考后的决定，而是反射性的行动。

"站住！"

"你给我站住！"

两个叫声同时从背后传来。信一郎听着那些声音，忍着想哭的冲动奋力奔跑。他撞开站台上的行人，左冲右突，像弹子一样四处反弹，拼命奔逃。他冲下楼梯，顺着空荡荡的地下通道一路狂奔。

他的呼吸变得急促，哭声趁机随着喘息一同涌了上来。视线被泪水模糊，看不清周围的情况。他甚至不知道这是哪个车站。

为什么会变成这样？他到底造了什么孽？信一郎在心中呐喊着。然而那并非自问，也不是思考，只是一串不断浮现在脑海中的话语。

这是天谴吗？他根本没搞清楚状况，回过神来就成了这个样子。那些被卷进什么案子横死的人，临死前一定都会有这种感觉吧。

他猛地撞上验票口的金属栏，穿了过去。没有感到一丝疼痛。

"喂！喂！你干什么！"

信一郎听到验票员的喊声，理所当然地将其无视，一头冲进了不知何处的傍晚人潮中。他撞倒、推开行人，从冷饮店的招牌旁边擦过，踢倒了停在弹子店门前的一排自行车，埋头狂奔。

"喂！"

他又听到一声大喊。有人来追他了，又有人追过来了，信一郎想着。一旦停下就会被逮捕，一旦停下他的人生就毁了。此时就算拼了命也要逃脱。

闹市区，信一郎从醉得摇摇晃晃的男人身边冲过时，听到了他的歌声。他那无忧无虑的样子，愉悦的哼鸣和歌词，每一样都让他无比嫉妒。

他如今已经舍弃性命，朝着地狱猛冲。等待他的终点是无尽的恐惧，是世上最糟糕的黑暗，他可能会在那里丧命。他已经看不到前方的光明，而这个醉汉却依旧停留在安然无害的日常中，不被任何人指责，沉湎于愉悦的微醺，无忧无虑地哼着歌。

他一路狂奔，一路狂奔，不知自己究竟跑了多久多远。待他回过神来，周围已经空无一人，只有一片缺失了路灯的黑暗。再一细看，他站在机动车道边缘。开着大灯的车辆接连从眼前穿过。

他等待车流过去，摇摇晃晃地横穿过道路，走进了一片满是枯草的空地。四周连一点店铺的灯光都没有。他抬起右手看了一眼表，却因为一片漆黑而难以分辨。他走向荒草地深处，随后转过头来。周围没有人，这让他松了口气。追他的人已经不见了。太好了。

刚放下心来，他的双腿肌肉就开始痉挛，终于无法支撑身体，使他倒在了枯草丛中。紧接着他口吐白沫，背后同时传来一阵剧痛。急促的喘息已经超过极限，让他难以呼吸。啊啊，他确信，自己很快就要死了。在强烈的绝望和无尽的痛苦中，他无法做出任何别的思考。他的心跳快得难以置信，呼吸也早已失去了节奏，究竟是勉强吸入了一丝空气，还是已经完全停止，连他自己都搞不清楚了。

他在草丛里趴了整整三十分钟，疼痛渐渐退去，心情也缓缓平复下来。这种感觉真不可思议。因为他没想到自己还能恢复过来。他试着使劲，发现双腿还能勉强动弹。虽然依旧非常痛苦，但他至少有了正常的呼吸。他还闻到了周围泥土和枯草的气味。当然，因为那些东西就在鼻子底下。自己的鼻腔竟能正常工作，这对他来说是个难以置信的奇迹。他略加思索，犹豫了片刻，随后忍着剧痛慢慢翻过身来。再一次让身体瘫倒，眼前出现了一片星空。

他将视线转向地平线的方向，看到了格外明亮、丝毫没有闪烁的星星。那就是长庚星——金星吗？他盯着星星看了一会儿，缓缓做了个深呼吸。啊，还活着，他想道，这真是太奇怪了。莫非自己从那个最糟糕的地狱里生还了？

其实他早已放弃了希望。如果这是真的，那么他或许还能活下去。如果那种难以置信的幸运真的降临在自己身上，那他以后一定不会再有任何奢望了。他只想，只想认认真真地生活下去。

想着想着，泪水突然决堤，信一郎慢慢蜷成一团，在枯草丛中哭了起来。

他边哭边想，好在这附近没有楼房。如果有楼房，如果他刚才埋头冲了进去，一路跑上了楼顶，那他一定会跳下来。强烈的绝望应该会令他做出那种举动。那样一来，他的人生在刚才便已终结了。对这点，他毫不怀疑。

好在没变成那样，好在这里没有楼房，他越发感慨地想着。就在那时——

"喂，你怎么啦？！"

远处传来男人的喊声，信一郎猛地僵住了。他慢慢从泥土和枯草中撑起上半身。他准备逃走。莫非是站务员或什么人追过来，找到他了？

"你怎么了？"

那个声音又问了一句，同时还传来踩踏枯草的脚步声。信一郎猛地跳起来，他认为这个人肯定要报警了。

"你没事吧？"

男人的声音稍微靠近了一些，又询问道。

"我没事。"

信一郎慌忙回答了他。因为他看出这不是知道车站那件事的人会用的询问方法。一定是住在附近的人，或毫无关系的过路人。

随后他站起来背向声音传来的方向,大步离开了。他逐渐加快脚步,内心满是愤懑。这个世界实在太残酷了。这个世界完全是由糟糕的事组成的。

活在这个世界上的人,全都是穷凶极恶的恶棍。所有人都想来害他。

屋顶的诅咒

10

"你看过旁边大楼的窗户吗?"

塚田激动地向原询问。原露出模棱两可的表情点点头。

"有人朝这边看吗?"

"呃,没有呢。"

原说。

"我当时把周围看了一圈啊。就在屋顶围栏边上,把旁边的大楼和周围建筑物的窗户都看了一遍。"

原一言不发地看着同事的脸。

"根本没有人往这边看,甚至没有一扇窗户是打开的。"

塚田说。

"如果要用绳子拽,具体该怎么操作。从旁边大楼抛绳圈过来吗?"

塚田又问。原摇了摇头。

"我怎么知道。"

"像西部牛仔一样转起套索,往外一扔,正好套中站在屋顶边缘的岩木,然后使劲一拉,这样吗?"

塚田说完,原并没有回答。

"塚田君,你有没有什么感觉?看见绳索了吗?"

住田系长问。

"不,没看见。"

塚田回答。

"虽说是隔壁大楼,但也有一定距离,那种把戏一般人搞不来的,必须得是套索的绝世高手才行。而且细野又直接落到地上了,如果身体被绳索套着,所有人都能看见,也不存在坠落途中松开绳索的方法。"

"嗯。"

住田闻言抱起了手臂。

"原,你去岩木坠楼的地点看过吗,露台边缘那儿?"

原摇了摇头。

"只从门口看见了?"

原点了点头。

"然后你就没挪过窝?"

"嗯。"

原认命地说。

"那应该有段距离吧。我上去看过了,门口离细野坠楼的地方挺远的。而且我还看了楼下那条路,根本没发现绳索,空中也没有。"

塚田说。

"那这该怎么解释?三个银行职员坠楼了,三个都是绝对不可能自杀的人。没错吧,系长?"

原问道。住田点着头,把话又重复了一遍。

"岩木君和细野君上楼前都亲口对我说,他们绝对不会自杀。"

"尽管如此他们还是死了,这要怎么解释。"

原问塚田。

"然而现场却绝对没有绳索。"

塚田重复道。

"我们光是这么说，到最后只能感叹奇怪，太奇怪了。现在就是有三个人坠楼死了。这里面肯定是有原因的。人不会毫无理由地从楼上掉下来，对不对？"

原说完，塚田却无言以对。

"既然他们都绝对没有跳楼的理由，那就是别人把他们推下去的，是不是这样？"

原的问题说出来，三个人都陷入了短暂的沉默。正好啤酒和烤鸡肉都被端了上来。待服务生把他们的酒菜摆好，三人举杯碰了一下。喝了一口啤酒后，住田说道：

"原君，你说得没错，确实是那个道理。那么你是怎么想的？"

住田问原，然而原却没有说话。

"那话题就变成要怎么杀掉屋顶上的人了。"

住田说。

"这是谋杀的诡计。"

塚田也点头应和道。

"所以我想了很多。"

原开口道。

"是否真的存在那种方法。"

"我记得你很喜欢推理小说啊。"

塚田说。

"比如这个方法怎么样？"

原对同事说。

"什么方法？"

"在屋顶两端拉起一根绳子。"

"怎么拉啊？"

"比如锚钩发射器？把带着锚钩的绳索咚的一声射出去，从一边窗户到另一边窗户，横跨整个屋顶。如果没有就用手投掷。"

"可左右两栋大楼面朝这边的墙壁几乎没有窗户啊。"

"架好绳索后，把它往栏杆方向移动，正好绊住站在那里的人，让其翻过栏杆掉到楼下……"

"那不可能。"

塚田立刻断言。

"我都看见了，细野在屋顶蹲着的时候，以及坠落的瞬间，那里都没有绳索。"

原无言以对。

"再说了，两边墙壁几乎没有窗户，就算拉了绳子也没法移动，架在哪儿就是哪儿了。隔壁的朝日屋也基本没有窗户啊。"

"那就是把松弛的绳索放在屋顶上，从前方的大楼那里用力拉扯套住被害者，像套索陷阱那样把他们拽下去。"

塚田又说。

"那也不行。如果把绳索放在地上会被花盆卡住的。那样一来，不就会看到花盆倒下或是盆栽被拔出来吗。可是屋顶完全没有异常。我都看过了。细野掉下去之后，那些盆栽还是跟原来一模一样，整整齐齐的。"

原又沉默了。

"而且如果那样，就有一点无法解释了。"

塚田说完，住田马上催促道。

"哪一点无法解释？"

塚田左思右想，最后说：

"我觉得原刚才说的那个方法应该不管用，尽管如此，我们还是假设确实存在这么一个诡计。换句话说，就是真的有人利用诡计把屋顶上的人强行拖过栏杆使其坠楼。然而……"

"嗯，然而什么？"

住田说。

"为什么那人没把和田君也解决掉呢？"

"哦哦，嗯……"

住田点着头，又陷入了思索。

"可能刚拖下去一个人，不能马上再做同样的动作。"

原说。

"啊？什么意思？"

塚田问原。

"就是说，这个诡计需要有个准备时间。就像刚才的绳索，在杀死一个人后，需要一定时间才能再杀下一个人，因为凶手需要时间重新拉绳索。"

"真有那种事吗……"

塚田也陷入了沉思。

"当时绝对不存在什么绳索，而且真要这么说，要杀和田君完全没问题，因为她是第一个上去的。"

"嗯，看来在那个屋顶上用绳索诡计是不太可能了。"

住田也说。

"不，就因为是那个屋顶啊，系长。"

原说。

"我们银行屋顶空间很小，又没有任何很高的突起物，所以那种诡计才有可能实现啊。要是有一根棍子横扫过来，屋顶的人根本躲不开。"

"就像用拖布拖地一样？怎么可能。就算有可能，那可是大白天啊。有个东西朝自己扫过来肯定能看到的。一旦看到了，只要蹲下身子或使劲跳起来，不就能躲过那根棍子或者绳索了嘛。"

塚田说。

"假设凭女员工的身体能力跳不过去，那和田君完全有可能被杀啊。"

"那么说来，凶手是特别挑选了那三个人杀害吗？"

原说。

"那三个人？你是说岩木、小出和细野三人吗？"

塚田问。

"没错。凶手的计划就是杀死那三个人，对其他人根本没有兴趣。所以和田佐和子，还有你，塚田，都没有被杀。"

"哦……"

塚田说。

"为什么要选那三个人？"

"那我还想不出来。"

"那就是说，凶手对那三个人有怨恨之类的谋杀动机？"

塚田说完，在一旁听着的住田吃了一惊。

"你的意思是，他们都是被谋杀的？"

塚田又问。

"因为三个没有一点自杀意图的人都死了啊。"

原说。

"所以是谋杀？"

"不然还能是什么？只能这样想了呀。这一定是谋杀。所以T见警署的刑警才会到银行来。"

原看着塚田说。塚田思索了一会儿，又说：

"那凶手是谁？"

"不知道。"

原说。

"动机呢？"

"不清楚。"

"是银行内部人员吗？"

"谁知道呢，反正我一点头绪都没有。"

"总之绳索是行不通的。"

塚田说。

"拖布也是。"

住田也说。

"其实我心里也觉得用绳子应该不行。因为操作起来实在太难了。"

"是啊，又不是在漫画里。"

"所以我又想了好久，不知道有没有别的办法。"

"啊，原，你不是银行职员里比较少见的理科生嘛，想到什么办法没？"

塚田问。

"我也不太确定，你们觉得这个怎么样？"

"哪个？"

"水管。在水管里涂抹某种药品，使它随着水一起喷出来挥发，把拿着水管的人迷晕……"

塚田和住田沉默，因为他们都觉得那实在太不可能了。

"真有那种药品？"

塚田问。

"应该有吧。如果再加上致幻性，不就是LSD系列的毒品……"

"就算晕倒了，也不一定会翻过栏杆掉下去吧。有可能会倒在露台正中央之类的地方。那可就不会坠落到楼下的马路上了。"

住田说完，塚田也点点头说：

"而且如果真的用了什么药品，那应该一开水就晕过去了才对。"

"他们不就是开始浇水没多久就出事了吗？"

原问。

"确实是没多久，但也没这么快。大概浇了十个盆栽才出事的。"

"大概十个，那不就一眨眼的事情嘛。"

"等等。"

住田系长打断了两个人的对话。

"原君，你忘了吗？细野君可是完全没用水管浇水啊。"

"啊，啊，对呀！"

原说。

"你别忘了啊。"

塚田也说。

原又低下头想了一会儿，不依不饶地提出了下一个想法。

"那这样如何？事先在水管里塞些钱或贵重物品，水一开就喷了出来，眼看着贵重物品要落到楼下，他们赶紧伸手去抓，慌忙之间把身子探出去，于是自己也掉下去了。"

"完全是胡扯。"

塚田说。

"你漫画看多了吧。贵重物品不一定会在露台边缘喷出来啊。

万一是在正中央，只要弯腰捡起来就好了。"

"那就是碰巧在露台边缘。"

"三个人都这么碰巧？更何况没有任何人听说地上掉落了贵重物品啊。"

"肯定是被捡走了吧，或者还没被发现……"

"就算像你说的那样，人也不会因为那种事就坠楼。他们只要放下水管走下去捡就好了。驳回，这个想法必须驳回。"

塚田说。

"用这个当杀人计划太不靠谱。就算有坠楼的可能性，也绝对不到一成。"

住田也说。

"就是啊。"

"那就在盆栽土里埋药品，淋到水后致幻成分挥发出来，被吸入浇水人的鼻腔中，然后他们就晕过去……"

"那也行不通。因为他们不一定会在露台边上。再说了，他们可都是从同一地点掉下去的。"

塚田话音刚落，住田猛地瞪大了眼睛。

"没错，塚田君，那可能是很重要的细节。他们三个都是在同一地点出事的，这会是巧合吗？"

住田说。

"那比如说水管里塞了钻石呢？而且还是凶手从岩木那里偷来的钻石。如果钻石被水冲到栏杆外侧，岩木慌乱间拼命伸手去抓，一不小心掉下去了呢？"

"你又来了。驳回，那不可能。"

"为什么。"

"你不是亲眼看到了吗？那还能说出这种话来？别忘了课长

每次都反反复复、不厌其烦地说浇水的时候千万不能把水浇到楼下去啊。再说了，细野是背朝下掉下去的。"

"啊？真的吗？"

"真的。像跷跷板一样以后背为支点掉下去的。要是真想抓住钻石，肯定是前倾下去的吧？"

"嗯……"

"而且你别忘了，细野并没有给盆栽浇水。他只是去屋顶调查而已，别总让我提醒同样的事情。"

塚田说完，住田也说：

"岩木君怎么可能有钻石。"

于是原彻底沉默下来，三人无声地喝了一会儿咖啡。过了很久，塚田才说：

"你该不会把刚才想的那些主意都告诉警察了吧？"

"啊？我是说了呀。"

"唉……"

塚田长叹一声。

"整个U银行T见支行的智商都要被怀疑了。T见警署的人现在估计都笑疯了。"

"还不知道真相有什么好笑的。刑警当时说他们会把水管和浇湿的盆栽带回去分析成分呢。"

"哦。"

"就算可能性很低，保险起见也是要调查一下的。"

原说。

"警察竟然会干那种事？"

"还有，他们说连木栈道也要调查。"

"木栈道？为什么。"

"说不定木栈道上有机关啊。这个可能性能完全否定吗？"

"哈啊？"

塚田难以置信地叫了一声。

"那能有什么机关啊。"

"比如说突然弹出来一块，把人弹到栏杆外面。"

"怎么弄？弹簧机关？"

塚田失声笑道。

"没错，带有定时装置的弹簧机关。所以警察说还要把木板背面也调查一下。现在可能已经开始了吧？"

"喂，怎么越来越像漫画情节了，这可不是《猫和老鼠》啊。这么说有点对不起警察，可那种蠢事有什么好调查的。"

"你是说，凶手预先计算好几点几分让岩木君到屋顶去？然后设置好那个定时机关？"

住田问。

"对。"

"那凶手就是富田课长。"

"嗯。"

"可是并没有人命令细野君到屋顶去，那是他自己主动上去的，根本不听劝。"

"而且照你这种说法，和田君才真的应该死掉才对。因为她才是听从课长命令上去的人。"

塚田也说。

"那这样呢。"

"怎样？"

"找一块超强力磁铁，然后让被害者穿上铁背心……"

"没有穿！你在银行里评价还不错，没想到也就这水平啊。

所谓理科生的头脑就这种样子？"

"总之还是调查一下比较好，不是吗？要是不排除刚才说的那些可能性，心里肯定会不舒服的嘛。做排除法是有意义的。我还对警察说，希望他们查查细野体内是否残留了药物呢。"

三人又沉默了一会儿，没过多久，原就对塚田说出了让住田系长心脏突然停跳一拍的话。

"老实说，我这人有点怪。"

"怎么了？"

"这话我只在这里说，你可别说出去。"

"嗯，不说出去。你说吧？"

"其实我很喜欢飞碟射击，大学时还进了射击部。"

"啊？还有那种社团？"

塚田惊讶地说。

"嗯，真的有。是不是很少见？其实还有骑马俱乐部呢。"

"那倒是不稀奇，只是射击俱乐部真的挺稀罕的。"

"而且我还登记持有霰弹枪，不过四五天前，我不小心把枪忘在二楼房间里了。那天刚好从府中的射击场打完飞碟回来。"

"喂，那也太危险了吧！"

"我把枪落在储物柜外面了。虽然没有装子弹，可万一被知道了，肯定要写检讨书的。"

"嗯，然后呢？"

"第二天我再去看枪，发现袋子里是湿的。"

原一脸严肃地说。

"湿的？"

"嗯，于是我就奇怪，这是怎么回事。不过除此之外没别的异常，也没被人用过。就是袋子里的海绵都湿了，这有点让人毛骨悚然啊。"

"喂,你没跟警察说这事吧?"

住田问完,原马上使劲摇头。

"怎么可能,我才不会说呢。这种话说出来搞不好会被怀疑的。"

原说。

"是啊,那种事还是不说更好。"

住田系长说。

第二天,警方来到银行展开调查,顺便解答了原的疑问。水管内部和花盆里都没有检出异常化学成分,细野体内同样没有残留药品或毒物。最后,所有木板背面都没有发现任何机关。

苦行者

3

从荒草覆盖的空地走出来，又闲晃了将近一个小时，信一郎不经意间来到了多摩川河堤上。他这才知道自己被拖下车的车站是杂色站。然而他一时半会儿还不敢靠近京急电铁的车站和线路，便花了两个多小时一路步行回到位于川崎的父母家中。

从第二天一早开始，田边信一郎就一边在 T 见市的不动产中介上班，一边压抑着内心强烈的恐惧生活着。虽然乘坐京急的电车十分可怕，但更让他害怕的是，自己虽然从杂色站逃了出来，可驾照至今还被扣在那里。有了驾照上的信息，警察随时都能找到他的住址，搞不好下一刻就会找上门来，这实在是太可怕了。

但他们应该不会马上找过来。因为信一郎驾照上登记的是他在 T 见租的单身公寓地址，而他已经搬家了，也没把搬家后的地址告诉原来的房东。因为他如同连夜出逃一般狼狈，根本没有决定搬到哪里去，也就无从告知。所以他们就算照着地址找过去，也问不出他现在的住址。

另外，驾照上写的籍贯地也不是他现在住的地方。因为父母已经搬家了。不过同样都在川崎市内，警察要查户籍资料简直易如反掌，只要有心就能马上查出来。然而他转念又想，如此琐碎的痴汉案件，杂色车站真的会报警吗？铁道业务如此繁忙，他们应该没时间管这种事，而且报了警，那又不是杀人案，警察应该不会为这点小事出动的。

可他又觉得那个歇斯底里的女人可能不会就此罢休。他感觉她很可能会找站员要来驾照，亲自到派出所去报案。真那样可就麻烦了。见到有驾照这种再明确不过的证物，警察可能也会觉得这个案子办起来轻松，真的给她立案。就算不那样，他也觉得不能一直把驾照放在如此繁忙的杂色站。车站肯定会觉得不能随意丢弃，便去找陆运局询问，或是对他予以训诫，或是将驾照返还给他，反正总有一天会有动作的。

那样一来，他就觉得自己能在社会上立足的时间极为有限了。信一郎没有前科，痴汉行为又是初犯，应该不会遭到过于严重的惩罚，然而他又想，自己的逃跑行为极有可能会造成不好的印象。如果不重视他这种行为，今后很可能会导致更多人逃跑。所以尽管他是初犯，也有可能无法得到缓刑，最后会被短期收监。这让他感到无比恐惧。

一旦他被收监，目前这份工作当然就保不住了，想再找工作也非常困难。因为他没有犯罪记录时找工作已经如此艰难，一旦背上了前科，再想有稳定工作无异于痴人说梦。到时候能找到的顶多只有弹子店打杂或非法物品交易的工作，一旦落入非法交易的深渊里，他的人生就彻底没救了。连父母都会跟他断绝关系。

到底是哪里出问题了，这一连串厄运的开端果然还是他被Y家电解雇吧。就是因为被解雇，他才会赖在父母家无所事事，大白天地去看桃色电影，然后落得这样的下场。难道说，他当初就该咬牙坚持，去容忍那种杀人企业的暴力上司吗？这个国家的社会环境真的如此残酷吗？

一定是的。表面呈现出一片祥和安定，实际却是个必须拼命才能活下去的残酷世界。不管怎么说，他必须要放弃驾照了。如果大咧咧地跑去旭区报失，万一警察等在那里可就得不偿失了。今后他只能作为一个没有驾照的人继续生活。反正他也不怎么会开车，也不喜欢开车。他的人生根本不需要汽车。更何况，他并不认为自己今后能过上买车买房的高收入生活。他只能在这见不到阳光的社会一角，蜷缩成一团静静地过完一生。

接下来的那三天，田边信一郎每天都提心吊胆地在不动产中介上班。虽然每天都是让人恼火的记账工作，可信一郎却并不讨厌，老实说还有点拿手。因为这种工作不用动脑，又很适合需要避人耳目生活的自己。他感觉这就跟监狱里的劳改差不多。

那天的工作十分顺利，下午刚过四点就完成了一天的作业。女社长名叫藤木佳子，只见她套上皮夹克，裹上外国牌子的披肩，急匆匆地做着外出准备。她转向信一郎说：

"你这段时间没什么精神啊。"

随后又问：

"出什么事了？"

信一郎只得回答：

"我身体不是很舒服。"

"去看医生了吗？"

想必女社长心里在想，如果是传染疾病可就有点麻烦了。

"不，也没这么严重。"

由于每天都提心吊胆，信一郎现在吃不好也睡不好，还经常胃里反酸，有点消化不良的感觉。

"既然工作已经做完了，我马上就要到新桥去见朋友，你也下班吧。"

看来她是想提前打烊。于是信一郎也把文件整理了一下，穿上银色羽绒服，跟社长一同走出了店铺。

两人并肩沿着商店街走向车站，如果一直走下去，他们要进了站台才会分开。信一郎觉得那样实在太尴尬，就在车站门口找借口跟社长道了别。

当时他只想在街上闲逛一会儿，过几分钟再走进车站，但很快又有了去逛逛服装店的想法。因为他一直缺钱，已经一年多没买新衣服了。别说买了，连逛都没逛过。如果能买身新衣服，说不定能让自己心情稍微好一点。

走着走着，他来到了能从正面看到噗力高"一颗四百米"大广告牌的路上。因为早在孩童时就已熟悉这里的路线，他在T见漫无目的地闲逛时总会不自觉地来到这里。

噗力高奶糖现在已经见不到了，不过这块广告牌上的包装设计，至今仍被用作部分噗力高食品的注册商标。所以这块脏兮兮的广告牌也一直没被拆除。他朝着广告牌走过去，经过U银行门口，走进了安装广告牌的朝日屋百货大楼。一楼是化妆品和女性时尚用品的卖场，对他没有任何用处，他径直穿了过去，乘着扶梯来到二楼。

二楼是女装卖场，所以他也没必要停留。于是他继续乘着扶梯去了上一层，三楼依旧是箱包鞋靴等女性时尚用品，以及和服、厨房用品等。这对他还是没有任何用处。若是有零食点心或者烟酒专柜，他或许还会稍作停留，但这些商品都在地下一层的卖场。他乘坐扶梯上到四楼，总算找到了男装和男士箱包、鞋靴的卖场。这一层还设有书店和洋酒店，他可以在这里四处逛逛打发时间。

信一郎走进了一家挂着大号夹克招牌的店里。夹克最近已经成了高品位男装的代表性服装，信一郎也非常喜欢。他一直都想买件萌葱色的皮夹克，可是真皮制品价格高昂，他迟迟下不了手。最近一次还是一年多前买的，现在正好穿在身上的这件银色羽绒夹克。

他一边应付店里的女孩子，一边逛了一圈。虽然看到了几件喜欢的衣服，但价格都非常昂贵，他暂时还买不起。于是他走出服装店，进入了旁边的书店。他对讨论经济和国际形势的硬皮书以及小说都不怎么感兴趣，把目光转向了著名女演员的传记和上方落语的书籍上。然而他并不怎么想买，便拿在手上翻了一会儿，随后走向了杂志专区。

他发现，现在没有什么东西能让自己感兴趣了。早在他堕落到如此境地之前，信一郎就对世间之事不怎么感兴趣。以前还对电器制品和音响稍微有点兴趣，经历过Y家电后就再也不想碰了。如今他又把手伸向汽车杂志，还没碰到却又缩了回来。他已经不能对汽车感兴趣了。他的世界正在越变越狭小。

架上还有音乐杂志和电影杂志。他一本接一本拿下来放在手上翻阅，目光不经意间就跑到了桃色电影特辑的宣传照上。老实说，信一郎并不喜欢桃色电影。尤其是连续看过好几部那种粗制滥造的日本电影后，他就会打从心底里感到厌倦。坐在偏远电影院空荡荡的座位上，外面走廊上的厕所味会一点点渗透到放映厅里，与座位上的臭味混合起来，渗入衣服的每一丝纤维中。

在低俗放映厅里观看无比低俗的裸体电影，直面自己已经堕落为下等低俗之人的事实，这就是偏远电影院的味道。那种气氛能够让人意识到自己已经堕落到深渊之底，有种难以言喻的可悲和苦涩，可是持续一段时间后，那种心情就会发生改变。因为再也没有别的东西能够让他感兴趣。如此一来内心就会生出某种类似自我怜悯的感情，觉得只要习惯了其实也不坏。那种感觉就像味蕾渐渐适应令人难以忍受的廉价威士忌的呛人味道。类似成年人认命一般的卑微，再加上难以用语言形容的嫌恶。

然而他现在并没有坐在电影院里，还是突然被那种情绪笼罩。站在杂志架旁翻阅电影杂志，让他不由自主地想起了自己当无业游民时看的那无数部桃色电影裸露场景，黑道打扮的男人生硬做作的台词，上演春宫的房间里那些廉价装饰的品位，种种感想突然在脑中复苏，让他感到一阵目眩。

坐在电影院里并不觉得怎么样，可身处如此灯火通明的场所，让他感到了难以忍受的羞耻。他总算明白了那是一种什么感觉。他对女人们赤裸的照片感到无法掩饰的嫌恶，站在书店一角，深陷在几乎让他痛哭出来的绝望感中。让自己堕落至如此境地的，就是这些东西。这些东西让他被抓了性骚扰现行，害他堕落成真正的犯罪者，甚至让他成了逃犯。

信一郎忍住让他想蜷缩在地上的绝望，把杂志放回架上，然后离开杂志区，恍恍惚惚地走出了书店。可能因为强烈的不快和绝望，他的肚子也开始痛起来。内脏开始发出轻微的翻腾声，好像快要拉肚子了。他摇摇晃晃地顺着通道前进，没过一会儿突然停下脚步，靠在墙上等待疼痛减轻。然而疼痛丝毫没有减轻。信一郎觉得自己最好去一趟厕所，便撑起身子，又摇摇晃晃地朝厕所走去。

没走几步，腹痛就越来越剧烈，秽物仿佛随时都要喷涌出来。他强忍不适埋头向前走，差点儿想用双手捂住屁股。绝望和失落感又如同火上浇油，让他觉得自己快要死了。他甚至差点儿就要抛却作为普通人的羞耻心和矜持。这可不好，希望厕所没有人排队。要在这种急迫的状态下等在隔间外面肯定不好受。他不确定自己能忍耐多久。

信一郎稍微弓着身子捂住腹部,一步一步向前挪动。他死死盯着脚下的油布地毯,不时抬起头来寻找厕所的标示。这座百货商店信一郎只来过几次,并不算常客,因此他记不得厕所的位置。

转过时装店墙角,再穿过电梯口,总算看到了厕所。入口周围空无一人,这让他长出了一口气。信一郎满怀庆幸地快步走进去,发现厕所里也空无一人,所有隔间都是敞开的。他继续向前走,匆忙钻进了最里面的隔间。因为他觉得最里面的隔间最让人安心。

关门上锁,解决内急。等他把所有东西都排出来后,心情总算平静下来,觉得自己又像个人了。刚才一直纠缠他的绝望感此时已消失殆尽,他变得乐观起来,觉得自己不会有事,还能继续活下去。

他又发出不知第几声叹息,在马桶上坐了好长时间。他已经冲了一次水,又在上面坐了好久。他觉得只要再坐一会儿自己就能恢复精神了。

也不知坐了多久。因为这是最里面的隔间,信一郎左侧是一面墙壁。头顶上开着小窗,嵌着磨砂玻璃。此时正是傍晚,他每次抬头窗外都会变暗一些。于是信一郎就时不时抬起头,去观察外面的天色。

当窗外完全黑下来后,信一郎突然回过神来。门外洗手池的动静有点奇怪。他刚进来时还空无一人,而现在外面似乎挤满了人。这跟信一郎方才的认知不太一致。

狭小空间里挤满了互相交谈的人,这种感觉非常奇怪。外面就像聚集了一群小孩子,对话声音大得离谱,时而异常尖锐。而且人数丝毫不见减少。说话声一直都没停下来。这么多人聚集在厕所里说话实在太不正常了。信一郎想,这也太奇怪了。

就在此时,信一郎听到一个声音,让他全身汗毛都倒竖起来。

"喂,你们不觉得这一间的人进去好久了吗?"

那是一个女人的声音。

信一郎眼前一黑。他瞬间明白自己陷入了何种事态,以及自己身处何处。

这到底是怎么回事。这里竟然是女厕所。刚才自己太过焦急,没有仔细查看标识就跑进来了。而且他还忽略了里面没有小便池的事实。若是小号他绝对不会弄错,关键在于,他并不是进来小便的。

"对了,我听说上回有个痴汉躲在里面来着。"

外面又传来女人的声音,信一郎的心跳猛然加快,意识也模糊起来。他吓得快要昏过去了。

不,他心想。我不是为了那个进来的,我只是弄错了。真的只是弄错了,没别的意思!

叩、叩,隔间门被敲了几下,信一郎险些惨叫起来。

"你没事吧?"

女人的声音询问道。那是对女性说话的语气。

"太危险了,别惹事。"

旁边另一个女人的声音说。

"要是变态可怎么办。"

"嗯。"

女人的声音犹豫起来。

"听说上回那个痴汉从隔墙下面的缝隙里塞了个内视镜一样

的摄像头偷窥呢。"

"啊？内视镜？"

"就是那种像小蛇一样，前面装着镜头的。"

"啊！"

外面响起好几声尖叫。

"还是叫保安来比较好吧。这种事情得让男人来干，万一真是痴汉，我们送上门去还不知道会被怎么样呢。"

话音落下，外面无人回应，而是传来了朝门外跑去的脚步声，一定是去叫保安了。

信一郎恍恍惚惚地站起来，胡乱扯起内裤和外裤。他想冲马桶，又阻止了自己。反正他刚才已经冲过一次，马桶里是干净的。再说，他也不想让水声刺激到外面的人。最好让她们以为里面没人。以为这个隔间里其实没人，只是门莫名其妙被锁上了——

他系好皮带，拉起外套拉链，然后开始想，他怎么这么倒霉。要是当时选择离门口最近的隔间就好了。那样他就能把门一开猛冲出去，逃离现在的困境。然而他却站在最里面的隔间，是他故意走到最里面来的。这里到出口有一段距离，要推开聚集在洗手池前的女人们逃出去实在太困难了。一不小心还会惊动整个百货商场。

在他忙着思考时，保安过来了。要是再被抓到痴汉现行，他就彻底没救了。要是他没在京急线被抓到就好了。要是没有那件事，他或许还能糊弄过去，可一旦被抓起来接受调查，查出那件事来，他目前的处境就再也无法用误会来解释了。现在的他明明跟电车上的他不一样，真的只是弄错厕所了啊。

"在哪里？"

远处传来一个男声，信一郎吓得头发都竖了起来。男人沉重的脚步声渐渐靠近。他终于要被逮捕了吗？他的脸可能会被登在报纸上，搞不好还会上电视新闻。

信一郎用力拉开墙上的小窗。窗户虽然小，但勉强能钻过去。这是他唯一的出路。

但这里是四楼，跳下去必死无疑。而且墙边也看不到紧急逃生用的梯子。

咚、咚，有人在外面用力敲起了隔间门。信一郎吓得跳了起来。他险些大叫一声，内心惊恐万状。那是粗暴的，男人的敲门声。

"里面有人吗？"

男人的喊声近在咫尺，吓得他心脏停跳了一拍。紧接着，隔间门又剧烈摇晃起来。外面的人似乎想用蛮力开门，整排隔间的墙壁和框架都跟着晃动，发出刺耳的摩擦声。

不行了，他想。不能再犹豫了，他必须有所行动。否则他就会身败名裂。几分钟后，等待自己的将会是等同于死亡，甚至更甚于此的屈辱。

信一郎从小窗探出头去看了一眼，就在那个瞬间，前方天空划过一道闪电。没过一会儿，又传来了隆隆的雷声。雷鸣正在逼近。

他飞快地环视左右，太阳已经下山，周围的昏暗影响了视线，他果然没找到逃生梯。他看了一眼左侧，只见"一颗四百米"的大广告牌近在眼前，向他露出大得惊人的黝黑背面。

他想，自己很快就要死在这广告下面了。他小时候对此无比憧憬，还专门从川崎跑过来看它。原来，自己命中注定连死都要死在它下面。这真是太讽刺了。

但是他仔细一看,发现窗下并不是马路,而是旁边大楼的屋顶。然而那座大楼并不高,距离他的位置还有两层楼的高度。想逃到那里去肯定是行不通的。

"有人吗!"

外面又传来男人的喊声。

他又看了一眼下方。百货大楼外墙上有许多横向管道。如果跳到管道上,再爬到广告牌那里,是否能顺利逃生呢。

不行,那块招牌只是一面浮在空中的巨大墙壁,附近根本没有窗户。

就在此时,男人的声音又响了起来,但这次不是喊声。

"我能从上面往里看一眼吗?"

保安在问周围的女性。

"啊……那有点……"

他也听到了女人们反对的声音。因为她们在设想如果里面是个女人的情景。

于是,外面又响起了激烈的敲门声。

"里面有人吗?有人就回答一声!"

保安终于用上了威胁的喊声。这是突然加速逼近,把他的人生逼向终点的声音。他必须要有所行动了。因为那将是信一郎殒命的时刻。

心脏疯狂跳动着,几欲炸裂,他全身都开始颤抖,眼泪也涌了出来。

"再不出来我可要破门进去了。要不然就翻进去!"

保安大声宣告。

圣诞老人

2

　　四个职员同时撞开椅子站了起来,脸上都是惊诧的表情。三个男人和一个女人慌忙离开椅子,朝背后的墙壁倒退过去。

　　"你们没钥匙吗!"菩提粗声粗气地问。"一楼所有门都锁住了,到底怎么回事?"

　　只见其中一个青年男性小声回答道:

　　"是的。"

　　"全都上锁了!开什么玩笑,你们让我怎么出去!"

　　"钥匙……在这里。"

　　他指了一下桌面。那上面放着一串钥匙。

　　他抬眼一瞥,发现四个职员都举起了双手,手心朝着他。菩提不禁想,他们在干什么呢。

　　"钥匙这么多,我怎么知道是哪一把。"

　　他看了一眼钥匙串说。

　　"那两把小钥匙能开后门的锁。"

　　另一个男人说。他瞥了一眼,发现这几个人都挺年轻,其中一个明显要大一些,但也顶多四十几岁。剩下那几个似乎都是后辈。

　　四个人都呆站着,好像非常害怕。而且隔着眼镜都能看见他们瞪大了眼睛。那个女员工眼里还噙着泪水，随时都要哭出来。菩提心生疑惑，就问了一句：

"怎么了？"

随后又补了一句：

"你们都在干什么？"

然而所有人都一言不发。

"钥匙我借走了，你们谁跟我一起来吧。"

"那还是算了吧。"

最年长的人声音尖利地说。菩提一时无言以对。

"为什么。不找个人跟过来，我出去以后怎么把钥匙还给你们？"

"我们都是有老婆孩子的人，这边这位细野君孩子马上就要出生了！"

菩提眨了眨眼睛，然后说：

"那又怎么样？"

"这里什么都没有！"

那个看起来像系长的四十岁男人又说。仔细一看，他举起的双手还在颤抖。

"没有什么？"

菩提问了一句，就见那人抬起左手指了指墙壁。那里有一扇圆形金属门。

尽管如此，菩提还是花了好几秒钟才理解了眼前的事态。因为他还醉着。刚才喝下去的日本酒成了导火索，把昨晚摄取的酒精都点燃了。又或者，原本固化的日本酒在胃里溶解了。

这时菩提才想起要看一眼手上拿着的东西。这么一看，他吃了一惊。只见他左手拿着一个布口袋扛在肩上，里面装着运动包，包里塞着纸箱，箱子里装着要派发给路人的纸巾。除此之外就只有揉成一团的报纸填充物。而他右手则是从楼下房间里拿出来，试图挑开楼梯转角那扇窗户搭扣的长家伙。

菩提完全忘了自己手上还拿着这么个东西，因为他喝醉了，脑子不太灵光。他瞅了一眼那东西的前端，自己也吓了一跳。袋子拉链是开着的，里面露出了什么东西。他原以为里面是棒球或高尔夫的球棒，没承想竟是个黑洞洞的枪口。

猎枪！

菩提心里大喊一声。这长家伙原来是把猎枪，难怪会这么重。为什么银行里会有这种东西？

紧接着，他又想了想自己的打扮。他看了一眼手臂，是鲜红的。因为他身上穿着圣诞老人的装束。同时脸上还戴着巨大的假胡子。这跟蒙面的效果差不多。这些银行职员根本看不见他的长相。他这副滑稽装扮要是换个角度来看，也可以算是骇人的装扮。

简而言之，这几个人以为他是银行劫匪，是蒙面闯进来打劫的暴徒。直到此时菩提才总算意识到这点。所以他们才会如此害怕，还举起了双手。因为他们都以为他在举着猎枪威胁银行职员，打算劫走保险柜里的钱。

菩提很想笑。根本不是这回事。他只是来借一楼后门的钥匙罢了。他只想开门到外面去，给路过的行人发纸巾而已。

这可真是个天大的误会。他不禁想，一辈子这么长，竟然还能闹出这样的误会来。于是他真的笑了出来。他笑着看向那四个人。

紧接着大吃一惊。因为他们的脸色越来越苍白了。他们似乎怕得要死。他明明都笑了，但笑声并没有让他们放松下来。

毕竟是进了银行工作，想必所有职员心里都会想，自己一辈子总会遇上一次银行打劫吧。届时一旦说错话惹怒了劫匪，对方一枪就能轻易要了自己的命。那样就再也见不到家人了。就算保住性命，搞不好下半辈子都要坐在轮椅上度过。他们每天在银行上班时，可能都会做出那样的想象。

"我们不会反抗的，大家都有家室，对银行也没那么忠心耿耿。"

年长的男人兀自说了起来。

"我们会乖乖听命令，所以请你不要开枪。这里面的钱只有五六千万，不知道够不够呢？"

"五六千万？"

菩提没想到，如此毫无防备的银行三楼金库里竟会放着这么多钱。

"对不起！"

他发出仿佛惨叫的声音，深深低下了头。

"昨天总行刚来收过款，只剩下这些了。那个，您需要我打开保险柜吗？"

他问完又说。

"不如我来帮您装进袋子里吧？"

菩提再次哑口无言。他想说，喂，这可不是在一楼窗口办业务，你们对劫匪的服务也这么周到吗？莫非那就是这家银行的宗旨？想到这里，菩提在醉意中也感觉不到紧张，从刚才起就甩不掉自己在演滑稽剧的感觉。

"您看如何？"

他举着双手朝这边问道。菩提一时没有理解他的意思，但很快明白过来，他好像在请求走向保险柜的许可。

"你、你等一下。"菩提说。

这样一来自己就要被他们变成银行劫匪了。他明明没有那个意思,这些人却丝毫不顾他的意志,让他变成了银行劫匪。

那人举着手站在原地等候。他们似乎消除了一些紧张,又变回了熟练的银行职员。

他不禁想,这帮人娴熟得有些奇怪啊。看起来好像早已习惯了遭遇银行劫匪。难道银行给他们分发过应对银行抢劫用的行动指南,他们都是经过训练的吗?

"先等等。"

菩提想告诉这些人,自己并不是银行劫匪。

"您是问编号吗?"

只见那人又问了个让他摸不着头脑的问题。

"编号?"

"您是不是想问我们是否记录了钞票编号?"

被他这么一问,菩提不由自主地点了一下头。

可是他又慌忙在内心辩解道,他可不是同意成为银行劫匪。他只是突然好奇,想知道银行里的现钞是否都被记录了编号,被记录编号的现钞到底占多少比例。仅此而已。

"这里只有五千日元的钞票记录了编号。加起来大概有八百万。"

男人说。

"哦,是嘛。"

菩提说。

"这些钱您最好不要拿走,因为花不出去。那么,我可以开门了吗?"

菩提又点了一下头。点完头后他才想,刚才那一下可能找不到借口来辩解了。他已经同意打开保险柜门，即使被控诉以抢劫为目的也反驳不了。

保险柜打开后，年长的男人一言不发地让到了旁边。他在向菩提展示里面的情况。只见光滑得略显奇怪的金属柜壁前，摞着一捆又一捆的万元钞票。

看到那幅光景，菩提一下就把刚才的想法抛到了脑后。他开始想，如果这些钱全都是他的该有多好啊！他现在确实很缺钱，有了这些钱，他就能把欠款全部还上，无债一身轻了。

甚至，他可以好长一段时间不用工作，每天只要吃饱了睡觉，睡醒了喝酒。不仅如此，他还能去今晚准备派送的纸巾上印的夜总会，不，甚至到更好的夜总会去玩女人。就算天天去，搞不好也能去上好几个礼拜。那不正是他梦寐以求的生活吗？

不，等等，还是拿去买套不错的房子吧。说不定还能在郊外盖一栋特别漂亮的独门独户的房子。

他早就不想当正经上班族了，就算住在深山里也无所谓。完全没必要在意通勤时间。只要有一辆自行车，他就能顺着山路骑到镇上去购物。他就想在那种地方盖一栋带院子的两层小楼，再在院子里挖个池塘养鲤鱼。乡下老爹以前就给他讲过那样的梦想。只要有了一栋漂亮房子，说不定还能娶上一个漂亮媳妇。

"有多少钱？"

菩提忍不住问了出来。此时他惊讶地发现，自己的声音竟异常沙哑。这下可好，他对自己说，老子终于变成银行劫匪了。

"请您稍等。"

年长的男人一脸谄媚地说完，把头伸进保险柜里熟练地点起了钞票。

"有六千万多一点。其中八百万花不出去，那一共就是五千七百万左右。"

听到这里,菩提感觉眼前炸开了一片火花。他可从来没见过这么多钱。他没想到仅仅几十分钟的威逼,就能一下拿到这么多钱。这工作也太轻松了。这么多钱,他甚至能全款买一套东京都心的房子。

"那个,您不介意我提个建议吧?"年长的男人说,"您把那个袋子给我,我帮您把钱装进去好吗?"

菩提一脸茫然。然而对方似乎把他的呆滞理解成了正在慎重考虑。

"那个,请您不用担心。这间办公室里还没安装报警器,也没有监控摄像机。本来打算明年再装的,但是承包商迟迟没有定下来,真是太幸运了。所以您一点都不用担心,放心交给我吧。来,请把口袋给我。"

他说着伸出了手。

"我们不会有任何奇怪的举动,所以请您不要开枪。如果开枪了,就会罪加一等。万一打死了不止一个人,还有可能被判死刑。请您千万要控制住。我们就站在这里,这样您也容易瞄准。所以现在最重要的是速战速决。"

被他这么一说,菩提也觉得很有道理。

"我们都想早点儿加完班回家去,因为家人都在等着。我们没看到客人您的长相,今后也绝不会多说半句话。所以您是安全的。"

喂,我怎么成客人了,菩提心想。我是拿着猎枪的劫匪先生吗?这算是你们的加班吗?

不过,他转念一想,枪还放在袋子里。所以他手指头并没有搭在扳机上。这要是到了紧急时刻根本开不了枪。他犹豫了好久到底要不要把枪拿出来。他觉得，既然自己在抢银行，不把枪端着可能不太好。没想到这几个人竟然如此老实。难道他们以为枪套在扳机的位置开了个洞吗？

"那个，我还有个建议，您最好别碰周围的桌子和墙壁……因为会留下指纹。啊，谢谢您，我们会加快动作的，请您稍等片刻。"

他又说。因为他看见菩提把肩上那个脏兮兮的口袋放在了面前的桌子上。不过他本意并不是想让那人把钱装进去，而是想把枪拿出来。只有一只手很难打开枪套。

"请问，里面的报纸我能拿出来吗？"

他恭敬地问道。

"啊？哦。"

菩提回答。

趁银行职员往口袋里塞钱的空当，菩提拉开枪套拉链，从里面把枪取了出来。真正拿出来一看才让他松了口气，原来那确实是把猎枪。刚才他虽然看见了枪口，看起来很像样子，可他又非常担心那只是一把枪口做得很逼真的小孩子玩具。

不过他拿在手上的确实是一把货真价实、黝黑发亮、沉甸甸的猎枪。于是他把枪端在腰间，手指搭在了扳机上。可是，他并不知道里面是否装了子弹，也不知道这究竟是单发枪还是霰弹枪。菩提对枪械一无所知，他甚至不知道保险栓在哪里。但好歹能找到扳机的位置。

"让您久等了。"

那人说完，把装满钞票的布袋放在办公桌上，朝他推了过来。那副熟练的口吻让人怀疑他是不是一直在从事窗口业务。还是说，银行职员这个人种全都是这样说话的呢。

看他如此殷勤，万一自己被警察逮捕了，这人搞不好还会承接帮他联系律师及其他手续类的业务呢。

"谢谢。"

菩提想也没想就说了出来。因为他实在忍不住想道谢的心情。毕竟他这趟被关在银行里，不仅白喝了人家的酒，还白拿了人家五千七百万巨款。

菩提不禁想，人生竟然也能遇到这种事啊。小学时被拽去学习柔道，因为地方警察开办了儿童柔道教室，却苦于没人来参加，便把体格不错的菩提软磨硬泡地拉了过去。结果其实不算坏，因为他一直打到了全国大赛半决赛，确实很有天分。

这次也一样。难道说他还有当劫匪的天分吗？这可不算什么好消息啊。

"不用谢，我们向来坚持以客人为本的理念。"

年长的男人殷勤地说。

"那么，我接下来该怎么办？"

因为临时变成银行劫匪，没有任何经验，菩提忍不住问了一句。银行职员应该很清楚劫匪需要采取的行动吧。

"然后您只需要逃跑就可以了。"

年长的男人理所当然地说。他没让菩提去警察局自首，还算是挺有良心的。

"用这把钥匙打开后门，今天刚好是保安八点上班的日子，现在楼下还一个人都没有。您还有一个小时呢。"

"哦，是嘛。"

菩提说。

"从后门出去以后，您只需要把钥匙留在那儿就可以了。我们过后会下去取回来。"

年长的男人又说。

"真是太麻烦你了。"

菩提说。

"没什么,我们也是为了自身安全。"

"不过这样你们也会很头痛吧。别说你们,要是我前脚刚走你们就报警了,我也很伤脑筋的。"

"我们绝不会做那种事。如果您实在是信不过,可以用那边的胶带把我们几个捆起来。那样一来,您就有大概一小时的逃跑时间了。"

对啊,菩提想。

拿着钱离开银行,然后该怎么办。他已经不打算在路边发纸巾了,现在住的地方也没有什么舍不得扔的东西,干脆扔下一切出去旅行吧。或者回乡下去,还可以出国。想着想着,他突然醒悟过来。其实没必要着急啊。他完全可以继续住在原来的地方。那几个银行职员根本没看到他的长相和服装。他们无法做出任何证词。

"对啊,那好吧。"

菩提做出了决定。他拿起旁边桌子上的胶带,扔给穿着白衬衫和藏青色制服裙的女职员。

"你把那几个男的双手捆到身后去。给我捆好了,粘个好几圈。我在这儿看得可清楚了,要是你敢偷懒或搞小动作,我立马就开枪。"

菩提命令道。

随后,他就站在一边监督女子将那几个男性职员的手捆起来。因为不习惯那种工作,她花了挺长一段时间。待她完成工作后,菩提又说:

"好，你搞定了是吧。那你们几个都猫下身去，坐在地上。"

只见他们老老实实地照办了。三个人缓缓蹲下身去。菩提不禁想，银行劫匪真好当啊！只要敢于行动，银行职员简直跟小羊羔一样温顺，因为他们都没有为银行送命的理由。

"很好，接下来你再把他们的脚也捆上。要把胶带缠得紧紧的，动作快点。"

女子又把几个男性职员的脚也捆了起来。不一会儿，三个人的双腿全被捆得严严实实。

"结束了吗？那接下来再把他们嘴封住，让他们叫不出来。"

菩提再次命令。他见女子撕下一段胶带贴在一个人嘴上，便出言阻止道：

"要把胶带绕到后面，缠一整圈。不然一下就能弄掉了。"

他在美国电影里看到的就这样。

把三个人都处理好后，菩提又说：

"都好了？那再把他们眼睛遮起来。这次不用缠一圈。贴完就全部结束了。"

女子似乎已经放弃挣扎，继续埋头工作。

好不容易做完，三个男人彻底动弹不得。这样他们就不得不老实一段时间了。

菩提走过去检查捆绑情况，尤其注意了双手部分。如果胶带一个小时后才松掉倒是无所谓，他怕的是马上松掉。

"很好，应该没问题。接下来轮到你了，把胶带拿过来。"

菩提话音刚落，女子就弓着身子哭了起来。

"别这样嘛，我好怕，我好怕。"

她说。

"没事的。"

菩提说。

"我绝对不会对你做任何事，相信我。好了，到这边来。"

他抓住女子还拿着胶带的那只手用力一扯。她的哭声立刻尖利起来，双脚死死顶住了地面。菩提不顾她的抵抗继续拉扯，她的鞋子开始在地板上打滑。

"我真不会对你怎么样。可是如果你再吵下去，我可就不能保证了。"

菩提恐吓道。女职员马上放弃挣扎，放松力气任由他将双手捆到了身后。然而，她还是害怕得全身发抖。

紧接着，他又封住了女职员的嘴巴和双眼，只剩下双腿尚未捆住。

在这种火急火燎的时刻，他对女孩子根本提不起半点邪念。他性格虽然有点毛躁，但脸皮还不至于厚到这种程度。更何况这女的还戴着眼镜，身材浑圆，相貌平平。他才不会对这样的女孩子下手，要是绝世大美女可能还会考虑一下。

他拾起枪套，连同猎枪一起用右手握住。

"我要走了，你跟我到楼下来。"

说完，被胶带贴住双眼的女孩子马上呜咽着摇起了头。然而他还是一把抓住女子的手臂，把她拉到走廊上关上了门。为避免留下指纹，他还用袖口包住了手掌。随后，菩提便凑到女子耳边小声说：

"我从一楼后门出去，尽可能把钥匙从门下塞进来。因为我想让这里保持平时的状态。等会儿下到一楼我就会捆住你的腿。你只需要等到保安来就好。"

这便是菩提的计策。他刚才就已经决定要这样做了。把女子从那三个男人身边带走，他们就会认为女同事成了劫匪的人质，因此也不敢轻举妄动。因为一旦他们搞什么小动作连累了女同事,那就成了他们的错。为避免惹祸上身,他们应该会老老实实等保安到达。如果让四个人都待在一起,那几个男的很可能会立刻有所行动。

他拉着女孩子走在三楼走廊上,突然感到了强烈的尿意。但他并不知道厕所在哪儿。想问旁边的女孩子,可她的眼睛跟嘴巴都被封住了,无法说话。

他在楼梯口看到一扇门,心想,这是什么门啊?于是他又用袖子包住手掌拧了一下门把,发现是锁着的。于是菩提便从那一大串钥匙里随便挑了几把插进去,其中一把成功将门打开了。

门一开就涌进来一股冷风,原来是个小小的屋顶露台。这个露台一眼就能看光,一个人都没有。露台地上摆满了密密麻麻的花盆,有大有小,有圆有方,五颜六色,然而里面种着的植物却枯萎了大半,既看不见花朵也看不见绿叶。可能因为是冬天吧。

露台上用木板铺了个十字,那可能是因为浇水时地上会积水,为了方便行走才放上去的吧。这么多盆栽,浇水肯定使用水管一个劲喷才对。不可能拎着水壶一盆一盆浇过去。

他之所以能看到这些,是因为露台亮着灯。虽然露台本身没有照明设施,但周围建筑物有很多窗户都还亮着,更别说旁边还有霓虹灯和广告牌白晃晃的照明。

菩提实在忍不住尿意,就拉着女职员走向露台。

"我们要到露台上了,小心脚下。"

菩提很有绅士风度地提醒了一声。然而女子又发出了害怕的叫声,用双脚撑住了地面。她可能以为自己要被拉到露台上强暴了吧,也有可能担心被推到楼下摔死。

他怎么可能会干那种事呢。外面刮着冷飕飕的穿堂风,哪来的心情强暴女人,更没有理由把她杀了。毕竟他只要钞票到手就知足了。

"别担心,我不会把你怎么样的。我就是想小便而已。要不然你在这里等我一会儿。"

说到这儿,他让女子在木板地上站好,自己则走到露台边缘,踩在斜放的木板上走到了另一头。只听见脚下的木板咯吱一声,碰到了地面。

因为木板是斜的,脚底不稳难以操作。这块木板好像放在了一个很大的突起物上面,所以稍微挪动一下位置,木板就会像跷跷板一样晃动。

为什么会在这种地方摆木板啊,难道只是暂时性的吗。他干脆走到最边上稳住身子,对准前面的一个花盆尿了起来。

"唉,天气真糟糕啊!"

菩提一边解手一边说。

"满天乌云,看不见星星。"

他话音刚落,天空突然响起了雷鸣。那声巨大的轰鸣几乎撼动了他身体最深处。

"嚯,这是要下雨了呀。"

菩提用女子能听到的音量大声说。

"雷鸣声很近啊,希望别有雷劈下来……"

就在那个瞬间,只听见轰隆一声,仿佛整个世界都被撕裂。那是这辈子都没听过的声音,让人以为鼓膜都要破裂了。紧接着是一阵又一阵破坏性的回响。

女职员惊叫一声,但她被封住了嘴,只能发出一点呜咽。不过就算她能叫出来,想必也不会有人听到。

在震耳欲聋的巨响之后，好一会儿都听不见声音。在强大的风压下，她实在站立不住，只能动作扭曲地倒了下来。她连自己倒地的声音都没听见，只感到了一阵剧痛，让她蜷缩在木板地上好一会儿都无法动弹。

不仅是耳朵，因为被贴住了眼睛，她连看都看不见。但她能感觉到，周围彻底陷入了黑暗。刚才的照明全都熄灭了。是停电吗？

周围还萦绕着方才那阵异动的残响，又或者，这只是盘旋在空中的风声？

让她惊讶的是，自己身体接触到的世界竟然还存在。刚才她真的以为世界已经毁灭了，难道并没有吗？

究竟发生什么事了？女职员倒在地上，忍着浑身的剧痛，逐渐意识到了目前的事态。打雷？对了，刚才肯定是有雷劈下来了。

奇怪的是，那个银行劫匪的声音从那以后就听不见了。眼前发生了如此奇异的现象，他肯定会说点什么的。刚刚他好像还在痛快地小便呢，如今却彻底沉默了。

这是咋回事儿呀？他去哪儿了？出啥事了？她用大阪腔想道。

外星人

1

　　双手被捆到背后的俊子在木栈道上躺了一会儿,身上的疼痛渐渐消失,使她恢复了思考能力。她嘴巴、双眼和双手都被封住,就算想破头也不可能明白到底发生了什么。只能行动起来自己去摸索了。为此,她首先得把眼睛上的胶带弄掉。只要能看见东西,她就有了思考的材料。

　　她等了一会儿,那个银行劫匪却没有发出任何声音,甚至都感觉不到他的存在了。肯定是出了什么大事。而且她还不能肯定那件事已经结束。可能还会有后续。如果真是那样,她这个什么都看不见,一动都动不了的状态搞不好会送命。

　　于是她缓缓撑起身子,在木板上跪了起来。然而这个姿势会让膝盖很痛,无法长时间保持下去。只是她这个状态要站起来更加危险。因为眼睛看不见,手也动不了。虽然脚没被捆住,可一想到刚才的冲击可能会再来一遍,她就觉得还是保持这个姿势更为安全。

　　尽管如此,她还是想把嘴巴、双眼和双手解放。嘴上的胶带绕着头缠了整整一圈,应该很难撕下来。双手应该能想办法挣脱,只是得花上一点时间。目前最容易摆脱的就是眼睛上的胶带,因为只是截取了刚好能遮住两只眼睛的长度贴在上面而已。

这种跟紧急包扎差不多的处理，应该很容易弄下来。只要眼睛能看见东西，就能应付各种事态了。

她用力耸起右肩，同时把脸全力向前伸，好不容易让肩膀碰到了胶带一角。随后，她摇晃着脑袋让胶带蹭在衣服上。这个动作虽然痛苦，但她总算感到胶带右侧从皮肤上剥离了，原来是一直磨蹭的角落稍微翘了起来。

太棒了，她想。然后，她把翘起来那部分的粘贴面用力压在制服肩膀上。果然，有黏性的那面粘住了制服面料。接下来，她一边告诫自己要小心要小心，注意着不让粘着制服的那部分剥落下来，一点点挪动面部，把胶带从脸上撕了下来。

视力一点一点恢复，胶带下开始露出周围的景色。然而视野依旧被包裹在黑暗中。因为停电了。这一带都因为刚才的雷击而停电，所以她才看不清周围的东西。当然也因为现在她只有一只眼睛能看见。不过因为一直闭着眼，她的右眼还是很快适应了黑暗。

眼前能看到的光景并没有显示任何异常。屋顶的木栈道上没有人。周围的大楼外墙和填满露台的盆栽都没见到开裂的痕迹。连位置都跟原来一样，还是几小时前看到的那个样子。

她抬起头，眯起眼睛朝远处看，凡是视线所到之处全都漆黑一片。不过对街大楼背后某个地方似乎还留有照明，灯光被四周的墙壁散射，间接的光亮使她能隐约分辨出露台上的东西，这才勉强掌握了眼前的情况。若没有那些光线，俊子所在的地方应该也深陷在漆黑的夜幕里。

俊子首先在微弱的光亮中寻找起穿着圣诞老人装束的银行劫匪。那种人能消失当然再好不过，但搞不清楚消失的原因却让她很是头痛。因为对方随时都有可能回来伤害她，所以她必须针对所有可能性想出对策来。

那人刚才说,他上完厕所就要把她带到一楼,然后捆住她的双腿,自己从后门离开。后门从室内和室外都能上锁。室内并非按钮或旋转搭扣上锁的形式,而且门下还有一点缝隙。劫匪知道这个细节,还对她说等他出门上锁后,会把钥匙从门缝里塞进来。

如果他说的是真的,那应该不会在屋顶上一言不发地消失掉。他有可能把俊子一个人留在屋顶,自己回到楼下离开了银行。可他如果真的要改变计划,应该会对俊子说才对。虽然她不确定劫匪一定会说,但那个人总的来说有点唠叨,应该不至于一个字都不对她说。

不过不管他唠里唠叨还是沉默寡言,劫匪就是劫匪。人家肯定不会照顾她的心情,每一步行动前先给她做个解释。那人可能就是突然有了别的想法,把她扔在这里自己回到室内,打开一楼后门离开了吧。他很可能一开始就打算这样行动,才会把俊子双手捆起来,还遮住了眼睛。

俊子使劲扭动下巴和脖子,把眼睛上的胶带彻底撕了下来。胶带落到木板上,尽管周围依旧昏暗,幸亏有了远方的那一点照明,她还是能分辨出屋顶的样子。圣诞老人装束的劫匪早已无影无踪。奇怪的是,他手上的猎枪和装猎枪的黑色塑料收纳袋都落在了木地板上。只是她没看到钥匙串,当然也没看到装钱的布口袋。那些可能都被他拿走了吧。

可是,俊子转念又想。就算他没跟她说一声就带着抢来的钱跑了,也应该把枪拿走啊。这么重要的证据,如果那是劫匪以自己身份注册过的,岂不是瞬间就能找到人了。而且他刚才还光手端着这把枪,甚至把手指搭在了扳机上。把这种东西留下来让警察和鉴证人员调查，肯定能查出指纹的。既然如此，他为什么要扔下枪呢？

随后，她又扭动不自由的身体看向背后。这一看把她吓了一大跳，还发出了细细的尖叫。因为她看到了意想不到的东西。只见一个身穿夸张银色羽绒服的男人躺在了刚才俊子两人走上露台时穿过的、整个露台唯一的一扇门边。

那是劫匪，她瞬间想到。原来他在这里。他已经脱掉了圣诞老人的衣服和假胡子，还换上了平时的装束躺在那里。为什么？她又想。可是很快她又改变了想法，认为那种事根本不值得关心。现在穷凶极恶的罪犯成了这个样子，她得尽快逃走，结果因为太着急，她反而一屁股坐在了地上。

这个毫无防备的姿势让她惊恐万状，她害怕被强暴，赶紧合拢了双腿，结果一下失去平衡，向右歪倒在了地板上。她好不容易挣扎着勉强撑起上半身，那男人却开始发出闷哼，吓得她头发都要竖起来了。极度的恐惧让她忍不住发出了一点哭声。她一边命令自己动作快点、动作快点，一边焦急地想从露台逃离，结果被束缚的身体再次失去平衡，让她跪倒在了地上。

这样不行，得把捆住双手的胶带挣掉，她心急地想。否则她连站都站不起来。她跪在木地板上弓起身子，拼命扭动手腕。她尝试转动双手，又试图用力撑开胶带，可是胶带的黏性实在太强，完全不见松脱。俊子的焦急逐渐转化为歇斯底里，哭声也越来越大。

"你怎么了？"

她听到一个安静的声音，猛地抬起头来。只见那个穿着银色羽绒服的男人已经坐了起来。

俊子脸上立刻滑下几行泪水。她能感觉到自己的脸已经扭曲了。这下真的没救了。她怎么会这么倒霉呢。真是祸不单行。这个陌生男人又要给她带来跟刚才一样的恐怖经历了。

如果她能张嘴，一定会撕破喉咙拼命尖叫。好不容易等到惊恐时刻结束，没想到第二轮又开始了。她始终无法摆脱命运的捉弄。今晚她一定要被强暴了。她不仅会被玷污身体，搞不好还要送掉性命。这已经注定了。自己这副样子根本就是在说"欢迎来强暴我"。

"什么？"

他略显讶异地说。

她能听见声音，但是看不见那人的脸。因为泪水模糊了她的视线，她什么都看不清了。

"你出什么事了？怎么这副样子？"

他又问。俊子使劲摇着头继续哭泣。你还好意思问怎么了，真不要脸，明明是你把我捆住的。她想道。

"不如我帮你解开吧？"

说这，男人凑过来一些。俊子立刻发出尖叫一般的哭声，挪动身子往后缩。

"不要吗？那算了。"

那人声音里出乎意料的温柔让俊子疑惑起来。因为他现在这样竟让她感觉不到丝毫威胁。

她勾起脖子，拼命想用制服胸口擦掉眼泪，然而那只是徒劳。不过她还是能模模糊糊地看到男人的脸。

啊，她心想。哎？哎？她又想。这男人不错啊，她想道。

她一下就陷入了呆滞。即使在一片黑暗中，她也分辨出了对方不太像日本人的俊俏面孔。而且还很年轻，应该才二十几岁。

瞬间沉默之后，俊子的感情爆发了。她使劲发出呻吟声朝他挪动过去。她努力用目光恳求他撕掉嘴上的胶带。俊子兴奋地想，这是个绝佳的机会，绝对不能错过了。她忘我地朝男人挪过去，希望眼前这个青年能替她撕掉胶带。

"你想我帮你撕掉吗？"青年问道。

俊子忍不住拼命点起头来。她想，自己现在的眼神肯定非常失态吧。然而她并没有顾及脸面的余裕。

他小心翼翼地伸出手，指尖碰到俊子嘴上的胶带，随后又用指尖沿着表面摸索，寻找胶带的切口。可是周围实在太黑，很难找到那个切口。俊子一动不动地等着。他好不容易找到切口，并试图用指甲挑起一角。俊子能清楚感觉到他每一个细微动作。

经过一番努力，他终于挑开了胶带，于是转而用指尖将其捏住，准备将胶带撕下来。刚撕了几厘米，就听见"哧"的一声，贴在脸上那半圈被一口气撕了下来。

剩下的胶带都粘在了头发上，俊子实在怕痛，他就放下了那一截，转而寻找胶带另一头的切口。在耳朵前方的脸颊上找到切口，他轻手轻脚地将其撕了下来。俊子拼命忍住疼痛。虽然撕到嘴唇那里特别疼，但忍耐一会儿之后，她总算能说话了。

"啊……好痛。"

俊子静静地说。

"痛吗？真对不起。"

他说。俊子实在不知说什么好，只得低下了头。随后她扭动上半身，让他帮忙解开捆在身后的双手。男人马上开始替她撕开捆绑手腕的胶带。这回他很快找到了切口，动作略显粗暴地把胶带撕了下来。

双手很快就像做梦一样恢复了自由，可以随意活动了。紧接着，俊子做了一件连她自己都惊讶万分的事。她一下撞在青年身上,把他给推倒了。两人顿时滚倒在冰冷的水泥地面上。

"啊……哎?"

他惊叫了一声。

此时俊子可是拼尽了全力。因为她无论如何都想得到这个男人。她明年就三十二了,每天都被要想办法把自己嫁出去的慢性焦躁折磨着,在看到他模样的那个瞬间,她就开始想要这个男人。为此她甚至有点歇斯底里,甚至想大叫只要能跟这个人结婚,她什么都愿意做。

俊子已经把按部就班的常识抛到了脑后,因为身边的朋友中只剩下她还没结婚。这种时候还讲究矜持注定会输的。如果她能把这个男人当成未婚夫介绍出去,朋友们肯定都会惊讶不已。她们一定会惊得合不拢嘴。想象着那样的光景,她爽快得几乎要失神了。

为了那个,她什么事都愿意做。什么困难都无法阻挡她。就算要她在这里脱光衣服,她也会兴高采烈地照做。

"很痛,很痛啊!"

他大声说。

"啊?哪里痛?怎么了?"

俊子问。虽然她动作有点大,可对方是个男人,应该没怎么受影响才对。

"我身上有伤。"

他说。

"哪里?"

俊子问。

"呃,全身都是。"

他回答。

"头啊，脖子啊，背后啊，还有手臂。到处都有伤。"

他说。

"不过好像没骨折。"

"骗人。"

俊子马上断言道。

"你压根儿就没碰到啥地方。"

"啊？"

他吃惊地说。

"你很缺钱吗？"

俊子问。他没有回答，而是陷入了沉默。过了好久，他才犹犹豫豫地说：

"呃……"

"所以才来抢银行？"

只见他大惊失色，挣扎着想坐起来。然而俊子死死抱着他，不让他推开自己。

"你、你说谁抢银行？！"

他诧异地问。俊子看着他近在咫尺的脸，发现他瞪大了眼睛。

"谁抢银行了？"

他说。

"那身红衣服哪儿去了？脱掉了？"

俊子问。

"红衣服？！"

他的声音越发尖利起来。

"你刚才不还穿着一身红衣服嘛，才过去多久呀。还戴着白胡子呢。"

"什么？你说什么红衣服白胡子？喂，我可不是圣诞老人！"

"你刚才明明就是圣诞老人嘛。"

俊子说。

"谁？我？"

他由于过度吃惊，声音仿佛哭泣。

"对呀。你刚才不就那副打扮？"

"我才没有！没有！你说什么呢，谁是那副打扮了，别拿我开玩笑了！"

听了他的话，俊子笑了笑。因为那副拼命辩解的样子实在太好笑了。

"你这样子要是撒谎可真是太逼真了，简直比演员还专业。"

"胡说什么呢，我没有撒谎。"

"那就是真的啦？"

"当然。真的真的！"

他急切地说。

"还摊上抢银行？快饶了我吧，今天怎么这么倒霉啊！"

"还摊上？什么还摊上？"

"不，那个……跟你没关系。"

他说。

"那你说，圣诞老人到哪儿去了？"

俊子问。

"圣诞老人？"

男人反问。

"嗯。"

"圣诞老人怎么会在这种地方。"

他说。

"我也想问啊。不管怎么说,你见着他没,圣诞老人?"

只见青年对着近在咫尺的俊子使劲摇起头来。

"没看见。"

"你骗人。"

"没骗你。"

"那你说,那男的跑哪儿去了?"

"我怎么可能知道嘛!"

他大声说。

"哼。"

俊子说。

"这说不通啊。"

"我也想说这句话。"

他说。

"他刚才还在这儿呢,怎么可能一转眼就没了。"

"谁,圣诞老人?"

"对呀。"

"我没见过那样的人。"

"你真没见到?"

"真没见到,影子都没见到。"

俊子歪着头想,世界上还真有这种事儿吗?圣诞老人劫匪跑到屋顶撒尿,还没过多久呢。就在这么一瞬间,圣诞老人就变成了年轻男人,而且这个年轻男人还说自己没看到圣诞老人。这种事真能说得通吗?

"你一直在这儿吗?"

俊子问。

"这儿?"

他反问道。

"你是不是一直躲在这个露台上?"

"没有啊……"

他说。

"也对啊,这儿怎么藏得下人呢。我们五点前就锁门了。当时这里确实没有人。"

"对吧?"

男人似乎松了一口气。

"那你到底是从哪儿来的?"

青年露出了思考的表情。他沉默了一会儿,俊子在一旁静静等待着。只见青年犹犹豫豫地开口道。

"我从后门溜进来……"

"不可能,后门上锁了。"

俊子立刻否定道。

"啊?上锁了?"

"没错。我们一到关门时间,就会有人把楼下各个角落都检查一遍,确定没人后关掉所有自动门电源,再把全部后门都锁上。"

"哦。"

男人点点头说。

"因为这里是管钱的地方,才会这么严密。所以说,你究竟从哪儿来的?"

男人再次陷入沉默,俊子等了一会儿,听见他说:

"你说我们两个躺在这儿干什么呢?"

"不行吗?"

"也不是,可是……我们才见面……"

"那有什么关系嘛。"

俊子说。

"为什么?"

"人和人之间总要有第一次见面的呀。"

"话是没错。"

"你脸长得真不错。"

"哈?"

"我已经顾不上那么多了,因为没有退路了。"

"哈啊?"

"人生在世,唯胜负论。"

"哈啊?可是……"

"可是什么?"

"那啥,就是……有点冷。"

"那有什么关系,别在意啦。"

"你刚才不是被捆住了嘛。"

他说。

"那也不值得在意。"

"什么不值得,那可是大事儿啊!"

"别在意别在意,眼前还有更要紧的事儿呢。你从哪儿来?"

只见他慢吞吞地竖起食指,指向了天空。

"哈啊?什么意思。"

俊子说完笑了一下,青年也跟着笑了起来。

"天上?宇宙?"

听了俊子的问题,青年犹豫了一会儿,然后点点头。

"对。"

"真的?天上?"

他又点点头。

"宇宙?真的吗?"

青年这次很肯定地说。

"嗯。"

"哦……"

俊子说。

"那你就是外星人?"

青年又陷入了沉思,然后说:

"对。"

"啊哈哈。"

俊子发出了短促的笑声。

"你是外星人。"

"没错。"

青年说。

"所以才会缺钱吗?因为不是地球人?毕竟你刚刚才来到地球啊,肯定没有地球上用的钱。"

"嗯,没有。"

他说。

"要是我身上有就不是外星人了。"

"那是当然。你这人真有意思。"

俊子说。

"对呀,只能那样解释了,因为这里除了天上没别的路嘛。一楼又都锁着门。"

俊子说完,兀自点了好几下头。

"你是坐飞碟来的吗?我刚才眼睛被蒙住了,啥都没看见。"

"对呀,结果一来就停电了。"

"那可不是,突然来个不得了的东西,停电实在太正常了。"

俊子被说服后贴得更紧了,还把右腿直接搭在男人腰骨上。她知道这样一来裙子就彻底翻起来了,搞不好连大腿根都露了出来。那样正好,现在可是决胜负的时刻。一想到朋友们的目光,她就更加不能放过这样的大好机会了。

"你结婚了吗?"

俊子单刀直入地问。

"结婚?"

"嗯。结了吗?"

这是最重要的细节。

"呃,还没。"

很好,完美!俊子想。这可真是天上掉下来的好机会啊!就算拿命去换,她也要得到这个人!

"你几岁了?"

"几岁?"

"嗯,年龄。"

"二十六。"

比她小五岁吗,嗯……俊子犹豫起来。这会变成最容易受到朋友攻击的软肋。虽然是个重大弱点,但那又如何呢,她肯定有办法防御的。她都已经这个岁数了,早就无路可退。

"你可以随便来哟。"

俊子说完,又把身体贴得更紧了。

"来什么?"

他说。

"你不明白吗?"

"不太明白……"

原来俊子心里想的是，干脆让他在这里要了自己。不管怎么来都行，只是不确定肉体关系，她始终会有种烧心的不安。一旦有了肉体关系，他就是俊子的人了。就算追到地狱尽头，她也会纠缠到底，她打算就这样一路追击，直到两人同居，然后结婚。

如果他有工作，还可以用把她强奸的事捅到公司去这个办法威胁他，只要逼迫他跟自己结婚，接下来就好办了。不管多肮脏的手段她都不在乎，只要能挨到过上新婚生活，她有的是办法补偿。只要尽心尽力就好，她对自己的厨艺非常有自信。问题在于结婚典礼。到时候一定要想办法秀她们一脸，让那帮人瞠目结舌。这种幻想已经成了优先于一切事物的壮举，能够给她带来无尽快感。

"话说回来，你在地球上也没地方住吧？"

俊子问。

"是没有呢……"

他慢吞吞地说。

"得赶紧找地方住了……"

"是吗？那你干脆来我家吧？现在就去。"

青年沉默了。俊子立刻反省，这样果然有点乱来吗？她刚才太直接了。可是没过多久，青年就说：

"好啊。"

俊子闻言跳了起来。

"真的？"

她问道。

"嗯。"

青年低声答道。

"那就这么定了。快起来，我们出去吧。你还要睡到什么时候，保安要来啦。"

俊子说。

"啊？真的？"

"是呀。你在那头街角的迈阿密等我，我马上过去。不，迈阿密不太好啊……那里容易被人看见。还是户越大道上的云雀咖啡店吧，那里很多学生。云雀，你知道吗？"

"嗯，知道。"

"你明明是个外星人，怎么知道那么多呀。"

"嗯，我在天上看到的。"

"哦这样。你身上有钱吗，点餐钱？"

"有。"

"是嘛。算了，等会儿我来付账。你先过去等我。绝对要等我哦，听见没？绝对要等我。知道了吗？"

"嗯。"

"约好了哟，你可一定要等我。"

"嗯。"

"真的真的，你可不能毁约哟。只要你等我，我就不对任何人说你的事情，对警察都不说。"

"警察？"

"我们刚才遇到抢银行的了。"

"啊！"

他瞪大了眼睛。

"不过我绝对不会对任何人说起你。所以你也快点儿离开吧，到云雀去等我。"

"可是抢银行的……"

"就当没发生过。"

"啊?"

"那种事就当没发生过。所以你可要遵守约定,在那儿等着我。听见没?拉钩上吊。"

俊子再三强调了好几遍。

2

走进大楼,俊子让青年在门边等着,自己则脱下鞋轻手轻脚地走进刚才她跟三个男同事所在的房间。因为停电,室内一片漆黑,但她知道那几个人被捆得结结实实,躺在地上一动都不敢动。虽然嘴巴都被封住了,她还是能听见轻微的呼吸声。

为了不刺激到那几个人,她蹑手蹑脚地走到自己桌边,轻轻拉开抽屉,拿出放在里面的一楼后门钥匙。除了圣诞老人劫匪拿走的那串,还有另一套钥匙由俊子负责保管。她平时都放在自己座位的抽屉里。

接着她又蹑手蹑脚地回到走廊,穿上鞋,拉起他的手催促着下到一楼。再不快点保安就要来上班了。

他们平安到达后门,俊子赶紧把钥匙插进去打开了门。紧接着,她把青年推到门外。这里是自行车停车棚,从大路上也看不见,因此不会有人发现。而且现在她更不需要担心,因为周围都停电了。

"听好了,从这里出去。"

俊子指了指右边。

"这条路人比较少。你小心点儿,别让人看见了。"

"知道了。不过这一带都停电了,不会有人看见的。"

"也对。那等会儿见吧,到云雀等我哦。"

"嗯。不过店里应该停电了吧。"

"那里离得远,应该没事。"

"有道理。"

"那你赶紧去吧,绝对要等我哦。"

"嗯。"

俊子关上门,重新上锁,随后转身顺着楼梯跑上三楼。

这回她无须担心发出脚步声,径直走进房间,首先从抽屉里拿出了应急用的手电筒打开。然后她先走向住田系长,撕掉了缠住他双手的胶带。

"系长,你没事吧?"

她边撕边对他说话,以免让他受惊,以为那个劫匪又回来了。

解开系长的双手后,她又转向了年轻的同事小出。毕竟对方是男人,只要双手能动,剩下的应该能自己解决。等他们把自己嘴上、眼睛上和脚上的胶带撕掉,还会去帮同事撕胶带。

"啊,岩木君。"

已经撕掉眼睛和嘴上胶带的系长说。

"你平安无事吗?"

"是的,我没啥事。大家都没事吧?"

俊子问。

"你们没受伤吧?"

系长接着问几个下属。

"没事。"

黑暗中传来小出和细野的声音。

系长撕掉双脚的胶带,从俊子那里接过手电筒站起来,依次打量下属们的脸,确定他们真的平安无事。

"看来都没什么问题啊。没有人受伤真是太好了。"

说完,他又转向俊子问道:

"劫匪呢?"

"已经不在了。"

俊子回答。

"他不知道去哪儿了。"

"是离开了吗?已经逃走了吧?"

"应该是吧,我刚才突然就听不见他的声音了。"

系长好像在黑暗中露出了诧异的表情。

"在哪儿?"

"就在屋顶露台上。"

"露台上?"

"嗯,木栈道上。"

"你不是被带到一楼去了吗?"

"没有。劫匪先生在屋顶消失了。扔下我一个人。"

"他把你留在露台上,一个人逃跑了吗?"

"没错。"

"你怎么把胶带弄掉的。"

"嗯,费了一番功夫。"

"一个人?"

"对呀,一个人。"

她没把那个突然冒出来的年轻人说出来。

"一个人竟然也能弄掉,换成我们肯定没办法的。"

"嗯,人家特别努力来着。"

俊子说。

"不过劫匪干吗要到露台去呢。"

系长低声道。

"去撒尿。"

俊子说。

"撒尿？你吗？"

"不是我，是劫匪先生。"

"哦。他尿了吗？"

"撒尿？是尿了。边尿边说天好阴啊，都没有星星，会不会下雨呀，之类的。结果……嗯？下雨？"

"下雨？"

"是不是下雨了呀，你听见水声没？"

俊子说。

"下雨了吗？话说回来，这里怎么这么黑。"

系长总算问了一句。

"停电了。"

俊子说。

"停电……"

"嗯，就是停电了。劫匪先生撒尿的时候，天上轰隆一声劈了一道雷下来。"

"打雷？对了，我刚才确实听到一声巨响。真是所有事情都凑到今天了呀。"

"就是。然后这一带就黑了。"

"嗯，然后……"

"劫匪先生也不见了。"

俊子说。

"不见了……"

系长说完，在黑暗中愣住了。

"对呀，变得一点儿声音都没有了。"

"那究竟是怎么回事。"

系长问俊子。

"应该是跑到一楼逃出去了吧？"

"一句话也不说？"

"嗯。"

"还把你扔下了？"

小出问。

"对呀，我等了好久，一点儿声音也没有，他啥都不说，所以我就……"

"不过他走的时候说，要把岩木带到楼下去对吧。"

细野说。

"嗯，是说了。所以应该是临时改变计划吧。"

俊子说出了自己的想法。

"嗯，真是个奇怪的劫匪。"

细野说。

"外面好像真的下雨了，我带了折叠伞，你们都有伞吗？这样回去要淋湿的。"

俊子说。

"喂，先等等，你们都准备回去了？"

系长慌忙说。

"嗯，回去了。"

俊子马上回答。

"别跟没事人一样说我要回去了。难道你忘了刚刚来了劫匪吗？我们得报警啊！"

住田系长的声调都变了。

"就当这事儿没发生过吧,系长。从来没有过。"

俊子说。

"当事情没发生过,你这……"

"不过系长,劫匪已经不在了,消失了呀。"

"那肯定是逃走了,理所当然的呀。钱都拿走了,怎么可能一直待在这里。"

"还把枪扔下了。"

俊子说。

"他把枪扔下了?"

小出问。

"嗯,现在还落在屋顶木栈道上呢。"

"枪没拿走?"

细野也问。

"那可真是稀奇了,我头一次听说劫匪把枪留在犯罪现场。"

"快把枪拿进来吧,不然要淋湿了。"

俊子说。

"喂,你管那么多干什么。不管他有没有把枪留下,现在钱已经没了,都被带走了!"

系长说着,把手电筒的光照向金库。里面只剩下被登记了编号的八百万日元。

"那种事就靠系长权限想办法解决嘛。"

俊子说。

"靠我的权限?"

"没错。偌大一个金融机构,肯定有各种办法的嘛。那又不是好几亿日元。"

"别、别胡说!"

系长生气了。

"你知道自己刚才说了什么话吗?!"

"要是报警,我们今晚就别想回去了,得通宵达旦呢。"

俊子反驳道。

"就算通宵,那也是身为银行职员的职责啊!好好工作吧,你们不都领着工资呢吗!"

"可我真的要走了,有急事呢。"

"要走,走到哪儿去?这里的事就不急吗?这可是抢银行啊!"

系长大声说。

"可是保安又还不知道,除了我们没别人知道这件事啊。只要我们四个人不说,谁也不知道有人来抢银行了。这不就跟没发生过一样嘛。"

"确实,我们也没受伤。"

小出也说。

"东西没被弄坏,所以没有物品损毁。劫匪没开枪,所以没有人员伤亡。"

"系长刚才不也说,对银行没那么忠心耿耿嘛。"

俊子说。

"你、你说什么呢,那种时候我只能这么说呀!"

"窗户和门都没有损坏,我们也没被殴打。"

小出说。

"如果被揍得脸肿了,或者牙齿断了,明天肯定会有人问怎么回事,那样就没办法隐瞒了,然而我们都毫发无损。"

细野说。

"对呀,我的贞操也保住了。"

俊子说。

"你会在意那个吗?"

系长说。

"那是什么意思呀?"

"呃,这个……"

"警察做笔录可是很麻烦的,想一个晚上弄完根本不可能。至少要一礼拜以上。"

小出又说。

"啊?真的吗?"

细野问。

"是啊,如果是抢银行,警察绝对会特别重视。而且这次金额还那么大。假设只是丢了一两万,他们根本不会认真做笔录,不过这次肯定要大费周章了,你就等着警察叔叔拿着卷尺来量这间房子吧。"

"那可真是太麻烦了,本来我们年末就这么忙。"

"而且很快整座城都会知道我们被捆得结结实实,躺在地上动弹不得了。"

"去小酒馆肯定要被嘲笑的。喂,受虐狂,要不要我把你捆起来好好疼爱一顿呀,哈哈哈,这样。"

"那是肯定的。有好长一段时间都不能去喝酒了。"

"肯定还会被添油加醋地到处乱说,比如脱光了衣服被绑起来。"

"还有被人拿着鞭子抽,爽哭了之类的。"

"对啊对啊,到时候指不定还有人会开玩笑,要给我们灌肠啥的。毕竟大家的生活太平淡,肚子里又装满了坏水。"

"日本人的一大乐事，就是拿霸凌当下酒菜嘛。今晚可能得搞到凌晨去，要是报了警辛苦协助调查，反倒被人那样嘲笑，我可受不了。这么一想还真有点想替警察省点事情了。"

"其实这也算保守隐私吧？隐瞒丑事本来就是公民的正当权利呀。"

"对啊，保护耻部的权利，生存的权利。"

"没错没错。而且我现在特别担心我老婆，她快生了。"

细野说。

"我想早点儿回家。"

"我也是，还有急事呢。"

俊子也趁机说了一句。

"你到底有什么急事！"

住田系长说。

"我未婚夫说有急事要找我商量。"

"未婚夫！？"

三人齐声大喊起来。

"你竟然有未婚夫？"

"有啊，不行吗？"

俊子说。

"啥、啥时候的事！"

系长难以置信地问。俊子听了很生气，突然想吹牛皮了。

"已经两年啦。那人一直跟我说我俩该结婚了，我已经快没借口拖延了。"

三人哑口无言，一点儿声音都发不出来。

"总之我该走了，不然要被甩掉的。有事明天再说，回见。"

"你、你等等！"

系长说。

"系长,岛金借贷那边处理得还好吧?"

俊子突如其来的一句话让住田系长一下就愣住了。住田欠了私贷的钱,因为他是个死性不改的赌马上瘾者。俊子还听说小出也一样。

此时,走廊传来脚步声。紧接着,门上的磨砂玻璃被敲响了。

"来啦。"

系长应了一声过去开门,把手电光对准地面。

"我是关东警备的人。"

说到这儿,一个身穿制服的男人现出身来。

"周围一带都停电了,你这里没出什么问题吧?"

"啊,没什么,辛苦你了。"

住田系长不假思索地回答道。只见保安对他行了个礼,又消失在走廊深处。

"就这样定了,系长。"俊子说。

住田系长在黑暗中沉默不语。过了一段时间,他才说:

"那你们都打算让我想办法解决啦?!"

几个人在黑暗中纷纷点头。

"真的吗?都想好啦?今后可别变卦啊。"

几个人更坚定地点了点头。住田拿起手电依次照向他们的脸。

"既然如此,我就先走啦。"

俊子见此情景,留下一句话就离开了房间。系长依旧呆站着,一句话都没说。

3

　　从银行后门出来，外面果然飘起了小雨。站在门口时还只是跟雾一样的细碎雨点，她拿出折叠伞打开，走进黑灯瞎火的拱顶商店街后收起了伞，来到另一头再把伞打开，发现雨已经变大了。

　　俊子不禁想：啊，我们这是在雨雾中相逢啊。她为这种浪漫暗自高兴了一会儿。在飘着雾雨的夜里与男性邂逅，那是多么美的画面啊！过去有个电影叫《夜雾逢佳人》，主题曲好像还特别有人气。那是她在母亲借给她的书上读到的。

　　头顶没有遮挡的人行道虽然很黑，但旁边驶过的汽车灯光不时会照亮脚下的路。偶尔还能听见远处传来低沉的隆隆雷声。但雷声已经离得非常远，无须担心再被劈到。

　　周围突然亮了起来，原来她已经走进没有停电的区域了。看来只有一小片区域受到了落雷影响。她歪过伞抬起头，快步走向云雀的招牌。来到门口后她走上台阶，推开门进入店内，发现这里跟平时一样挤满了学生和年轻人。确认好情况后，俊子从包里拿出上半部分染成淡蓝色的太阳镜戴了起来。她之所以没有在外面就戴上，是因为那样太不好走夜路了。

　　随后她甩掉折叠伞上的雨水，把伞叠好拿在手上，慢慢做了两三个深呼吸。走过了三十几年的人生，仔细想来，她经常遇到这种事情。跟在外面遇到的男人相约到一家咖啡厅去，等她费尽心思打扮一番，穿上最喜欢的鞋子走进店里，能够按照约定等她的人却只有一半左右，另外那些时候都是被放鸽子。所以俊子早已对放鸽子免疫了。

　　脸上的墨镜是以前在车站附近的眼镜店花了将近一小时精

挑细选买下来的。这个圆形的粗框墨镜戴在脸上好像能让下巴显得纤细一些。可是墨镜根本碰不到她的鼻梁，只能搭在脸蛋的肉上，所以不能大笑。因为脸上的肉一颤，墨镜就会跟着上下挪动，让人一眼就发现墨镜其实只搭在她脸上。

她戴着墨镜在云雀店内缓慢穿行，寻找刚才在 U 银行屋顶上与自己奇妙邂逅的二十六岁青年。他身上穿着银色羽绒服，应该一下就能找到，可她偏偏遍寻不见他的身影。在店里转了一圈，她开始想，那人是不是不在这里呀。她又被放鸽子了。仔细想想，这次约会其实是最没谱的。虽说两人在楼顶上有过一次奇怪的邂逅，但搞不好那根本就不算邂逅。

她对青年反复强调要在云雀等她，可是细想下来，那人真的在这里等她反倒显得更不正常。名字还没问，也不知道他做什么工作，住在哪里，甚至连电话号码都没留。也就是说，就算她被放鸽子了，也没办法找上门去抱怨。既然如此，放她鸽子应该才是更自然的判断才对。换成她说不定也会这么干。俊子心想。谁叫她是那栋大楼的银行职员呢，对方轻易露面搞不好要被抱怨，甚至有可能被误会成强盗。还是逃得远远的更安全。

三楼露台（虽然从高度来讲，那个部分应该称为二楼屋顶）上了锁，甚至可以认为是密室，他到底是怎么进去的？这点她一直想不通，也没来得及向他本人质问。她只知道那人的年龄以及是否单身而已。

不过那两点对俊子来说是高于其他一切的重要细节。还有就是他的脸长得很不错。相比之下，其他诸如姓名、职业，怎么跑到露台上等细节完全不重要。名字不过是个代号，叫什么都无所谓，只要有就可以了。就算他是强盗也不要紧，只要以后他别再当强盗就好了。

总之，她就是需要一个男人。而且她已经被逼到了不能再等的悬崖边上。身边那些女的全都安排好了自己的人生大事，开始把会客室装饰一新，呼朋唤友地展开茶话会吹牛战争。而她这个尚未把自己嫁出去的人，自然成了那些女人闲话的材料，这点她是知道的。所以她已经没有时间了。

然而，她还是找不到身穿银色外套的男人。难道他走错店了？她疑惑了片刻，但那是不可能的。这条街上只有一家云雀。虽然另有一间郊外餐厅，但那里离得很远，名字也完全不同。俊子叹了口气。仔细想想，希望他出现在这里其实更不切实际。因为他没有任何非要来这里不可的理由。毕竟她不知道他叫什么，也不知道他住在哪里。

俊子失落地耷拉着肩膀，她以为自己对放鸽子已经免疫了，然而并非如此。她觉得这次这个男人是从她手上逃脱的最大一条鱼。因为他长得最好看。就在那个瞬间，有人拍了她肩膀一下。俊子吓得跳了起来，紧接着她耳边又传来一个声音。

"你好慢啊，我还以为自己搞错地方了。"紧接着那个声音又说，"在这边。"

只见他说完就走在了前面，把俊子领到已经占好的座位上。俊子赶紧跟上去，因为太高兴了，她忍不住热泪盈眶。原来他真的在等我，俊子想着，眼泪开始停不下来。她赶紧掏出手帕，推开墨镜擦了擦眼角。

走到地方后，他先坐了下来，随后挪动身子把双腿伸到桌子底下。见俊子站在旁边看他，那人说：

"怎么了？坐下吧。"

俊子闻言一下回过神，犹犹豫豫地坐了下来，然后也挪动身体把座位朝里移动了一些。

他脱下银色外套放在座位上,底下穿着一件黑色毛衣。

"抱歉,我刚才正好去上厕所了。"

说到这儿,他看向俊子的脸。俊子慌忙移开目光。她不自觉地把侧脸转向了那个人。因为她觉得自己的侧脸比正面要好一点。

由于刚才还处在停电的环境中,店里的照明对她来说已经超过了明亮的范畴,显得有些炫目。她觉得店里亮得异常,甚至让她感觉随时都会开始头痛。在这片灯光下,一切都太清楚了。她的一切缺点都会暴露出来,仅有的几分神秘也会消失殆尽。她感到了强烈的悔意,早知道就该约在一家光线昏暗的店里。然而,现在说什么都晚了。

"你是不是没认出我来?毕竟刚才只是在黑暗中看了几眼。"

俊子听到他说话,却看不见他的脸。于是她转过头来,又赶紧把头低下。她保持着低头的姿势说:

"谢谢你到这儿来。"

这是她的真心话。可他却只是应了一声:

"啊?"

然后又说:

"谢什么?"

"你不是没有非来不可的理由吗?可你还是来了,我真的特别高兴,谢谢你。"

"你是大阪人?"

他说。

俊子对他的反应疑惑不解,但还是抬起了头。

"对呀,你怎么知道的?"

只见男人笑了起来。

"那当然知道啦。我觉得没有人会不知道。"

"啊，是吗？总有人一见面就问我，说你是不是大阪人。"

"不过你作为一个大阪人，还挺谦虚的嘛。"

"真的吗？那可是头一次听说。人家总说我是浪速突击女，或者难波猪……啊，不对。"

"难波什么？"

"我老家在十三，从小就在淀川边上长大，在大阪一直待到高中。后来到京都读的短大，阴错阳差地跑到关东的银行来上班了。从女子高中时代开始有两个堪称孽缘的朋友，一个是京都人，一个是名古屋人，身边都是一帮叽叽喳喳的女人，真是烦死我了。不过这些都不值得一提吧。"

"还好啦。"

男人说。

"你是银行的人对吧。"

他说完，俊子点了点头。

"那你一定很想知道我为什么……"

男人刚开口，就被俊子打断了。

"哦，我不在乎那种事！"

"啊？"

男人瞪大了眼睛。

"那对我来说根本不重要嘛。一点儿都不想打听。"

"真的吗？"

"真真的，不骗你。你就是从天上掉下来的。"

男人闻言沉默了。

"没错吧？"

"你一直待在露台上吗？"

他反问道。

"没有一直,刚过去不久。"

"刚过去?那你看见了?"

"看什么?"

"不,我是说你,看见什么了吗?"

"啥都没看见。"

"啊?"

"啥都没看见,眼前一抹黑,真的看不见,因为眼睛被贴住了。"

"对呀,你确实是被捆起来了。说是银行遭抢了……"

"啊,那件事已经被当成没发生过了。"

俊子连忙说。

"被当成没发生过?"

"嗯,没发生过,没见过劫匪。"

"那种事还能当没发生过?"

"可以呀,这是特例。"

"可那是抢银行啊。"

"所以我有个请求,希望你也别把我被捆起来,还有银行遭抢的事情告诉别人。"

只见男人又沉默下来。他在明晃晃的照明下,似乎一直盯着俊子。俊子移开视线,一直看着旁边。正如刚才所说,她觉得自己侧着脸,戴上墨镜的样子稍微好看一些。

尽管如此,她还是默默祈祷那人别总盯着她看。看得这么认真,过于圆润的脸蛋和下巴底下的脂肪就无处躲藏,那她肯定又要被甩了。真是的,刚才就应该找家光线不那么亮的店才对。若两人已经开始交往那还好说,头一次就选这么明亮的店真是太失策了。要是这次再被甩,那便是她一辈子最大的错误。因为她冥冥中意识到，这是上天赐给她的，最后也是最大的机会了。

俊子偷偷瞥了他一眼。连他的脸也一样。刚才在昏暗的露台上看起来如此美丽的脸，放到亮晃晃的灯下面仿佛也变得稍微平庸了一些。

可能因为他声音有点沙哑，但听声音并不能让她产生好喜欢好喜欢的想法。当然，那声音并不难听。而且还是东京腔。这很好。俊子自己一直改不掉大阪腔，却不太喜欢一口大阪腔的男人。坐在这家店里的他不像刚才在屋顶露台上那般让人感觉是酷似好莱坞明星的帅哥。不过这也可能是因为刚才两人走过来时，俊子发现他个子不太高。

想到这里她开始严厉斥责自己，到底在想什么呢！真要说起来，她不是更糟糕嘛。就算用墨镜跟侧脸掩饰，她那张小猪一样的圆脸还是被曝光在光天化日之下——不对，应该是明晃晃的灯光下了呀。就算对方第二眼略显平庸，声音有点沙哑，个子还有点矮，对她来说也是个再过一万年也配不上的大帅哥呀。

"真的没问题吗？"

沉默了一会儿，他开口道。

"不需要报警吗？抢银行这件事我当然可以不说，更何况也没有人可说……"

"拜托你了。这事儿要是被发现可不得了。肯定是重大问题，我们都要被炒鱿鱼的。"

"你对银行的人说起我了吗？屋顶上有个怪人什么的。"

"没说。"

俊子斩钉截铁地说。

"真的吗？你离开银行时没对上司说？"

"没说，我真的一个字都没说。"

"那跟我约好了在这里碰面呢?"

"完全没说,我都保密了。"

只见他露出不可思议的表情。

"为什么?"

"嗯?"

"为什么要保密?"

被他一问,俊子也开始不解。

"对你来说并没有非要保密的理由吧?"

"也对呀……"

俊子抱起双臂说。

"你这么说好像也对。为什么呢?我也不明白。"

"是因为我们在露台上拥抱了一会儿吗?"

"啊啊!"

俊子恍然大悟。那不是演戏,是真的如同醍醐灌顶。

"啊啊对呀,有可能呢。可能我当时真有种悄悄咪咪把男朋友藏在露台上的感觉呢。"

只见他低下头笑了笑,随后一言不发地思考起来。

"那你以后也不要跟银行的人提起我好吗?"

"好呀。你叫我不说那我肯定不说了。可是,别提什么?"

"我的事情。还有我怎么到屋顶上去的。"

"哦。"

"那里不是上着锁吗?"

"是呀,上着锁呢。所以你到底是怎么到那儿去的?"

俊子问。

"我就想让你别问这个。可以吗?"

"好。"

俊子点点头。

"可以呀。"

如果能把男人搞到手,那点小事根本不算什么。

"如果你不问,那我也对你言听计从。"

"啊?你要对我言听计从吗?"

俊子喜不自胜地用力凑了过去。

"嗯,对呀。"

他说完还点了一下头。

"什么都听?"

"嗯,什么都听。"

"真的吗?"

俊子不小心大声叫了出来。她本来很想说那你跟我结婚吧,但转念又想,这才刚见面不到一小时,可能有点过分了。

"我保证不把你的事说出去。绝对不说,坚决不说。可是……"

"可是什么?"

"莫非你干坏事了吗?对我们银行干了不能跟警察说的坏事?"

只见他脸上闪过尴尬的表情,但很快抬起右手摇了摇,这样说道:

"没有没有,我才没有。对银行吗?根本没有!"

他也不自觉地放大了音量。

"那啥,你确定不是银行劫匪先生吧?"

俊子提心吊胆地问。

"不是不是!我根本不知道你那里来了劫匪。所以答应我好吗?向所有人保密。"

"好,我保密,我发誓。就算有人拔我指甲我也不说。"

他闻言微笑起来。正好,服务生也来给他们点菜了。

"你吃东西了吗?"

"只喝了咖啡。我打算等你来了再说。"

"啊,那我也要一杯咖啡。"

俊子说。

"外面下雨了?"

只见他看向背后,一个女孩子正拿着湿伞经过。

"嗯,是下了。"

俊子说完,抓起已经折好放在一旁的折叠伞给他看了看。

"啊,真的?"

他似乎慌了手脚,然后又说:

"我没带伞来啊。"

"没关系,我有伞呀。"

俊子说完,又撒了个小谎。

"而且外面的雨还挺小的。"

然后她问:

"你肚子饿吗?"

"嗯,有点饿。"

他说。

"我本来打算在这里吃点的。"

"这地方一点儿都不好吃。来我家呗,我给你做。"

"啊?真的吗,现在?那太不好意思了。"

"有啥不好意思的,我现在就想做饭。跟你说,我做饭可好吃了。我家有好吃的奶油炖菜,还有葡萄酒呢。"

"可是我们才刚认识……"

"你刚才不是说对我言听计从嘛。"

"啊,是的。"

"快到圣诞节了,我们先到附近的LIFE超市买点东西,回去给你做烟熏鸭肉沙拉吧,然后用红酒炖牛腿肉怎么样?"

"哇,你太厉害了,光听就觉得特别好吃。我都没吃过那么精致的东西。"

他说。

"那就这样决定了。我们走吧。"

"可是喝的还没有……"

"好吧,那就喝完咖啡再走。"

俊子说。

到LIFE买东西时,俊子虽然让他提了篮子,却一毛钱都没让他付。因为平时没人跟她约会,俊子攒下了挺多积蓄,而且也看出来这人其实没什么钱。现在先由她来付账,不给他任何经济负担,让他感觉今后能过上更好的生活,这样才更容易让他产生跟自己结婚的念头,因此俊子特别大方。她坚信,自己之所以到工资相对较高的关东银行上班,一直忍着不去演唱会和旅游,就是为了这样的日子存下一笔钱。

让他提着装满食材的塑料袋,两人撑着一把伞走在回去的路上,他总算说了这么一句话:

"你都不问我叫什么,难道不感兴趣吗?"

"啊?真的可以问吗?"

俊子说。

"你刚才不是说别问。"

"名字还是可以问的啦。"

"我对姓名啊职业什么的一点儿兴趣都没有,也不关心你为什么出现在那里。我感兴趣的只有眼前的你这个人。"

"嗯,那你叫什么?"

他问。

"我叫岩木俊子,在 U 银行工作,B 型血,未婚,无犯罪记录。"

"老家还是大阪十三?"

"对呀。"

"我叫田边信一郎,未婚,O 型血,在富士不动产工作。"

"啊?你就在这个镇上工作吗?"

"嗯。"

"叫田边信一郎?"

"对,听起来是不是有点像花花公子的名字。"

"你是花花公子吗?"

"怎么可能呢。"

信一郎摇着头说。

"那你在哪个公寓住?"

"刚刚解约,目前在父母家蹭吃蹭喝。"

"那就是没有自己住的地方?"

"嗯。"

"是因为不交房租被赶出来了?"

只见信一郎苦笑一下。

"嗯,差不多吧。"

"原来你不是从天上来的呀。"

"哦,不过那有一半是真的。"

"啊?"

"不……没什么。"

"难道你不是日本国籍?"

"不对。我是土生土长的日本人,出生在川崎,曾经是 J 大落研会会员,就职活动全面落败,被 Y 家电辞退,毫无特长,混吃等死,技能全无。"

"J 大不是很好的大学嘛,你真的毕业了?"

"嗯。不过只是个毫无价值的学渣。酒品不好,花心浪荡,嗜好小电影,好色,五音不全,吉他钢琴全不会,没有驾照,没有朋友,没有稳定工作,所有人都嫌弃,没有一点长处。"

"你说真的吗?"

"开玩笑的。不过应该也差不多吧……我可不太推荐,不,根本不推荐自己这样的人。"

"什么嘛,你已经自暴自弃了?"

"有点儿。"

"那很好。"

"哈啊?"

"我就喜欢好女色的男人。"

"哦……"

"赌博呢?"

"啊?呃,有一点吧。我喜欢打麻将,但是很差劲。"

"然后还欠债了。"

信一郎无言以对。俊子的直觉告诉她,这是被说中了。不过她又想,如果没点缺陷,也不会让自己给捡到不是?

"这种人还是早点儿死了比较好。反正活着也没有任何贡献,总有一天要坐班房。"

"田边先生,有人对你说过你长得像什么人吗?"

"嗯,有人说我长得像年轻时的汤姆·克鲁斯。"

"对,真的很像!"

俊子说。

"果然有人对你说啊。"

"那也是过去的事,现在早就没人说了。"

"现在也很像呀。"

"该不会是个子矮这点很像吧。"

"才不是呢,眉毛、眼睛、笑起来的嘴形都很像。"

"真的吗?以前倒是常有人叫我狂露斯亭、糖慕乐什么的。"

"那是啥呀。"

"落语的艺名。"

当天晚上的饭菜非常棒。深夜,两人温存后,俊子躺在床上说:

"我们其实挺配的,你不觉得吗?"

"嗯,O型血跟B型血确实很配。"

"你是什么星座?"

"狮子座。"

"啊?我也是!"

"哦,那还真巧。"

"果然这就是命中注定的邂逅啊。我会加油做菜的。"

"是吗?"

"对呀。所以你要一直待在这里。明天我给你做黑醋栗慕斯,上面还有一层橘子果冻那种。"

"那是啥?听起来特别好吃。"

"是甜品呀。我特喜欢甜品。"

"那饭菜呢?"

"白葡萄酒炖鸡杂怎么样?然后再来一道白身鱼和西洋菜的意式鱼生。"

"哇,我都想不出来那是什么菜,但是听起来很好吃。"

"我可不会让你的味蕾厌倦哦。"

"嗯,那就交给你了。"

"放心吧。我的手艺可是专业级别。"

俊子自豪地说。

"别看我这样,其实也很适合当主妇的,并不是单纯负责搞笑。"

"哦。"

信一郎说。

"信不信我让你过不了多久就得说,没了我不行。"

"哦,真的吗。"

他说。

"话说回来,这是啥?"

俊子指着他赤裸的胸口和肩膀说。

"啊,都瘀了!"

田边吃了一惊,大声说。

"竟然变成这样了,我一点都没发现。"

"怎么了?你是在外面碰成这个样子的?"

"嗯,是碰出来的。"

"碰能碰成这种模样?那得怎么碰呀。"

"算是追尾事故吧。"

"追尾?"

"嗯。像弹子店里的钢珠一样四处乱撞。我都奇怪怎么没骨折。"

"那真是太可怜了。"

"嗯,真的是。到最后还倒在地上被人踩了。"

"哎呀。"

"这可真是打倒在地踏上一万只脚呀。"

说着,信一郎笑了起来。

"你怎么变成大阪腔了。"

俊子也笑了起来。

马车道

1

从我的记录上看,那应该是"SIVAD SELIM"一事结束后不久,一九九一年一月,新年假期刚刚结束时发生的事情。当时御手洗还住在马车道,可能还不算太出名,然而在我的记忆中,那起案件缭绕着一股怪谈气氛,尽管规模相对较小,给人留下的印象却不亚于黑暗坡和龙卧亭。

我跟御手洗住在同一屋檐下的记忆如今已经渐渐被淡忘,再也难以在脑中清晰回忆起来,然而这起案件发生的那天,我却依旧记忆犹新。

当时新年的屠苏酒和各种年饭已经告一段落,我正考虑把食谱改回日常料理,正巧那时候我发现了用电饭锅,也就是自动炊饭器制作甜点这一具有划时代意义的合理性方法,便全身心地沉迷其中。仔细想来,再也没有什么机器比电饭锅更适合制作蛋糕了。

步骤非常简单,要写下做法也易如反掌。我最喜欢的是橘子蛋糕,只要在当时最新式的电饭锅容器内侧抹上黄油,撒一层蔗糖,然后再将切成圆片的橘子摆成十字形状。然后用微波炉加热六十克无盐黄油至软化,在大碗里打散,加入七十克三温糖,用小铲子充分搅拌。而御手洗也说他喜欢橘子蛋糕,还自称偶尔会做来吃，我就把这个步骤交给他来做了。

御手洗好像挺擅长混合液体的工作，只是对搅拌诀窍的说明，他却从来都是左耳进右耳出，完全无心去听。他有个很明显的缺点，就是除了他自己认为有价值的说明，别的不管对他讲多少遍都听不进去。至于我说的话，早已被他划入跟明星八卦相同的等级，为了维持高度脑力，他是不会让那些杂音影响自己思维的。

搅拌完毕后，再分两到三次加入两个鸡蛋与一大勺牛奶混合而成的液体搅拌均匀，之后再筛入一百五十克蛋糕面粉，搅拌至柔滑。

趁御手洗不情不愿地搅和蛋糕原料时，我会把橘子剥好，再将每一片橘子的薄膜也撕掉，切成小小的骰子形状。随后把切好的橘子倒进御手洗搅拌的原料里，再用小铲子继续拌匀。最后将大碗里的东西倒进刚才涂好黄油、撒了蔗糖的容器中。

这时候有个诀窍，就是让中央部分稍微凹陷下去。最后只要按下电饭锅的按钮，就能做出简单又好吃的橘子蛋糕了。我喜欢把做好的蛋糕放上一天，等它完全冷却后再吃，然而御手洗却更喜欢刚出锅热乎乎的感觉。

总之，那位访客应该是一月十日前后上门来的，当时御手洗正忙着搅拌蛋糕原料，玄关的门铃突然响了起来。本来就想从那个单调作业中解放出来的御手洗当时便扔下碗，兴高采烈地朝玄关跑了过去。因为他的消极怠工，那天的蛋糕制作严重滞后了。

我至今还清楚记得那个访客的名字。他叫小鸟游，读作Takanashi。小鸟游身材比较矮小，长着一张很讨人喜欢的、充满亲切感的脸。大大的眼睛很是灵动，把室内看了一圈，然后发表了感想。

"原来侦探事务所长这个样子啊。"

我从墙后面探出头去看了一眼小鸟游,随后把手洗干净,用保鲜膜包住蛋糕原料,开始准备红茶。

"我家应该和别人的不一样。"

我听到御手洗说。

"怎么不一样?"

他说完,御手洗回答:

"别人应该不会在自家事务所做蛋糕吧。"

小鸟游"哦"了一声。

"我们正准备用电饭锅做橘子蛋糕呢。那东西只要三十分钟就能做好。您要试试吗?"

"不,我不太喜欢甜的东西……"

他婉拒了。

"您是新闻记者吗?"

御手洗问了一句。小鸟游似乎吃了一惊,随后他低头看见自己领口的徽章,这才点点头。

"我是港新报的记者,负责刑事案件报道。这次我遇到了可以说走进记者行业后从未见过的大案子,而我弟弟……"

"大案子吗?"

御手洗追问道。

"其实人们很喜欢用那种措辞,然而我很少见到能与用词相符的所谓大案。"

"不,御手洗先生。"

他说着向御手洗凑了过去。

"这次真的是名副其实的大案。甚至可以说。用大案都不足以形容……"

小鸟游激动地说。

"您当记者已经……"

"五年了。"

"唔,那您已经报道了那个案子?"

"当然。"

"我好像没在报纸上看到。"

"因为被砍掉了。编辑部对我说,这里可是报社,你想写恐怖小说麻烦改行到杂志社去。"

"原来如此。"

御手洗点了点头。

"然而死者还在持续增多,我实在忍不住要写出来。所以我就想,如果报纸不让我登,我就真的拿到杂志社去投算了。结果就有人对我说,不如先去找御手洗先生。还说这种案子最适合那个人。"

"是谁说的?"

"我弟弟。"

"令弟在杂志社工作吗?"

"啊,不是的……"

"那在哪里?"

"他是警察。"

"警察?"

"我弟弟是一名刑警。他从小就比我个子大,加入的社团都是柔道社啊相扑社这种。现在他是T见署刑事课的刑警。不过他也是你的大书迷,把你们两位的书全都读了一遍,连执勤中都放不下来,有好几次差点儿被开除了。那小子还说,真被开除了他就去当推理小说作家。"

"不当记者吗?"

"他说不喜欢当上班族,早就受够了上班谋生的生活,所以特别憧憬自由职业。"

"既然令弟是警官,那应该轮不到我出马了。"

御手洗说。

"警方认为那是自杀。他们坚决认定那三个人是连续自杀。然而那是不可能的。因为三名死者都是整个银行最不可能自杀的人。其中两个人还亲口对上司说自己绝对不会自杀,没想到转头上到屋顶就跳下来了。"

听到这里,御手洗闭上了嘴。

"所以我弟弟认为那并不是自杀,无奈警方已经做出了判断,他也无能为力。"

"总而言之,您在成为记者后头一次遇到了难解之谜,对吧?"

御手洗确认道。

"这是我当上记者后头一次,也是有生以来头一次,对我们报社来说,很可能是创建以来头一次遇到的难解之谜。对T见署来说,那搞不好也是史上最难解的案件。所以,对您来说一定也一样。"

"是就好了。"

御手洗冷冷地说。

"所以这一个礼拜我都带着惊人的热情四处取材,把整个T见市都转了一遍,弟弟也帮了忙。然后啊,御手洗先生——"

"嗯。"

御手洗应了一声。

"我越往深处调查,就越是发现这个谜题难解。案件本身已经扑朔迷离了,到底为什么会发生这种事,我真是一点儿都想不明白。到底理由何在?难道在这个二十一世纪即将到来的时代,T见市佛具町突然敞开了地狱大门吗?那不可能。"

"您说哪里?"

"嗯?"

"町的名字。"

"叫佛具町。"

"还有叫那个名字的町?"

"有啊,就在T见市车站附近。不过那个名字太不吉利,现在改成富士见町了。虽然在那里根本看不见富士山。"

"哦,是吗?"

"总而言之,我现在能想到的只有整个町都出问题了。否则那种奇怪的案子真不知该如何解释。如果有人能解释清楚,我倒是想见识见识。绝对要见识见识。因为那一连串案子实在是太奇怪了。"

"那么等红茶泡好了,您可以给我和我朋友讲讲那个不得了的案子吗?"

"当然可以。"

小鸟游说完往沙发上一靠,一本正经地说。

"如果您真的能解开我人生中最大的谜题,那我肯定愿意做任何事情。给您讲一百遍都无所谓。"

"只讲一遍就够了,只要您能涵盖所有要点。"

听到御手洗说完,我就端起放着茶杯的托盘从墙后面走了出来。

"弟弟对我打过包票,说您一定能解开这个谜。您觉得呢?"

"这么说吧,我还没经历过失败。"

"不好意思,我倒是没这么大的信心。不,这并不是怀疑您的能力,而是觉得活在这个世界上的凡夫俗子应该解决不了这个难题。"

"我倒是希望那个谜题能有这么厉害。"

御手洗打断他的话说。

"那我可以保证。因为这确实是个巨大的谜题,完全超越了人类智慧。要是恐怖电影遇到它,也得屁股挂帆逃之夭夭。跟它比起来,埃及金字塔、尼斯湖水怪、三溪园的鸭子简直不值一提。"

我在说得兴起的小鸟游面前放下一杯茶,随后在御手洗旁边缓缓坐了下来。

"不巧的是,自我开始从事这份工作以来,还真听到过好几十次超越人类智慧这样的说法。"

御手洗说。

"哦,然后呢?啊,谢谢您的茶,石冈先生。"

说着,他转过来对我点了点头。

"大部分时候根本不存在什么谜题。基本上都是能够用道理解释清楚的、散文一样的东西。"

"那这回肯定是第一次!"

他大声说道。

"这回可是货真价实的啊御手洗先生。它有可能成为您这辈子能铭记到最后一刻的唯一一个谜题。只是坐在这里跟您说,我就已经按捺不住兴奋了。那个案子绝对不可能解释得通,我可以跟您打赌,一定连您都解决不了。我可以断言,那才是真正的谜案,绝对不是用常识能够说明的东西。"

小鸟游激动地说。

"坐在那张沙发上说出那种话的人，您并不是第一位。既然红茶已经端上来了，就请您开始吧。"

御手洗说完，我紧张地吞咽一下，把注意力都集中到了耳朵上。

"T见市车站附近有一家U银行。里面的三名员工都莫名其妙地从银行楼顶跳下来自杀了。"

记者说了起来。

"死者是两名男性和一名女性。三人都丝毫没有自杀的理由。不仅没有，据说那名女性下个月就要跟一个名叫田边信一郎的俊朗男性结婚，正处在幸福的最顶峰。我还听说，她每天都心潮澎湃，不断向周围的人炫耀，自杀当天接到上司让她去屋顶的命令时，她还对自己的直属上司明确宣称自己绝不会自杀，然后才上去的。结果刚上去不久，她就跳楼了。"

"如果您说的都是真的，那她应该是被别人推下楼的吧。"

御手洗说。

"您也这样想吧？我的想法也一样。可是当时有一名目击证人。根据他的说法，那名女性是自己跳下去的，他亲眼看见了。当时周围一个人都没有，也绝对不可能存在用绳索拉扯的诡计。"

"目击者只有一个人吗？"

"目前是的。"

"那就必须怀疑那个目击者了啊。"

"警察怀疑过了，我也怀疑过了，还去见过了。不过他完全没有动机，而且在下一名自杀者出现时，他还有很确凿的不在场证据。另外，其实隔壁的楼上也有人看见了，虽然看得不是很清楚。他也提供了证词，说虽然距离很远有点模糊，但她确实是一个人跳下去的。"

"嗯。"

御手洗点了点头。

"接着是另一名男性职员，他也没有任何自杀的理由，至于第三个男性，他是上去调查前面两人坠楼原因的，同时他本身也没有什么烦恼，因为他身体健康，生活过得不错，还对上司说'我绝对不会自杀的你放心吧'，说完他就上了楼，没过多久就跳下去了。"

"那三个人都是自己跳下去的？"

"是的。"

"听你的说法，他们好像是对同一个上司说那些话的？"

"是同一个上司，一个叫住田的系长。那三个人都是他的下属。"

"叫他们上楼的人是他吗？"

"不是他，是比他再高一级的富田课长。"

"为什么要叫他们上去？"

"问题就在这里。那座楼的屋顶上摆满了去年去世的女演员大室礼子生前拥有的大量绿植。那些植物都种在花盆里，所有人都说那里面充满了怨念。想必您也知道，她曾是知名演员，但晚景凄凉，最后沦落得连饭都吃不上，再加上整形手术失败，最后在绝望中自杀了。据说那些盆栽曾经就摆在她上吊的那棵松树的底下。"

"那为何会跑到银行楼顶去呢？"

"是这样的，大室礼子去世后留下了大笔债务，U银行出售她的宅邸用于抵债时，某地的电影博物馆馆长提出要接收那些盆栽，便决定将其暂时存放在银行大楼的露台上。然而不久之后，那位馆长突然去世，盆栽也就没了去处。他们就是接到课长命令到楼上给盆栽浇水,然后跳下去的。"

"三个人都是?"

"不,只有两个人。另一个是别人上楼浇完水后,说要上去进行调查,结果跳下来了。"

"嗯?那就是说,还有人浇完水平安无事回来了?"

"没错。一个叫和田的女职员给盆栽浇完水后,平安回到了一楼。在她回来后上去调查的职员细野却跳楼了。他也对上司宣称自己绝对不会自杀,还不顾系长住田百般劝阻,执意要到楼顶去,结果就跳了下来。"

"他不顾百般劝阻,执意到楼顶去,跳了下来?"

我问。

"而且还亲口说自己绝对不会自杀?"

"对啊,就是这样。是不是很奇怪?"

记者对我说。

"那个叫和田的人,跟那个叫细野的人有什么不同?"

御手洗问。

"没什么不同,连年龄都差不多。"

"那不可能啊。"

御手洗说。

"既然有人活着,有人死了,那他们之间必定存在某些差异才对。去把差异找出来吧。您有三名死者的名单吗?"

"都写在这里了。岩木俊子、小出顺一、细野敦。上司叫住田,住田喜朗。"

小鸟游用从上衣内袋里掏出貌似取材笔记的小本子念了一遍。

"那三个人都是住田系长的下属吗?"

"是的。"

"和田小姐不是?"

"不是。"

"那就是说,只有住田系长的下属死了,对吧?"

"确实是这样。"

"然而住田系长却没事?"

"对的。"

"确实很奇怪啊!"

御手洗说。

"是吧,而且奇怪的还不止这些。"

小鸟游说着,又把身体凑了过来。

2

"距离 U 银行不算太远的闹市区有一家拉面店,名字叫满腹亭。"

小鸟游翻着笔记本说。

"叫这个名字是因为量大管饱吗?"

御手洗问。

"据说一开始是的,但最近量变少了,评价也变得很差。再加上店老板又开始做什么独创拉面,往盐黄油味的汤底里加年糕和泡菜,结果丝毫不受欢迎,搞得店铺门可罗雀。"

"嗯。"

"还可以按照客人喜好加入腌萝卜。我去吃过一次,确实不怎么样。然而老板,他叫今西康隆,却是个特别顽固的人,对自己特别自信,把客人的意见和批评都当成耳旁风,丝毫不愿意改变自己的风格。"

"啊,我能理解。确实有那种人呢。"

我用力点头道。

"哦,真的有吗?"

"唯我独尊,自私自利,马耳东风,going my way。"

"对,就是那样。不过他都顽固得把'原创'给打到招牌上了,谁也拿他没办法。"

小鸟游说。

"而且那人还特别喜欢披头士,一直在店里放他们的歌。"

"啊啊,真有那种人!"

我说。

"我越来越能理解了。酷爱披头士,全然不顾及别人,那种人确实存在啊。"

"一天到晚在那种音乐里制作原创拉面。好不容易披头士停下来了,紧接着就是夏威夷风情。"

"夏威夷音乐?"

由于太过意外,我险些大叫一声。

"对啊,总之他的音乐品位简直就是乱七八糟。像现在这个大冷天还在放夏威夷风情呢。然后店里还放着吉他和乌克丽丽,老板则一年到头穿着花衬衫,还是那种蓝天背景下印着一棵椰子树的,特别极端的花衬衫。"

"他不冷吗?"

"店里不太冷,因为时刻都在用火嘛。要是真的冷了,他还会叠着穿。"

"花衬衫吗?"

"是的。"

记者点点头。

"他还有印着椰子树的长袖衬衫呢,真不知道是从哪儿弄来的。"

"好稀罕啊!"

"是的,我还是头一次见到那种衣服。"

"夏威夷风情只在夏天搞不就好了。"

"同感。然而他却是个根本不在乎那些TPO①的疯老头儿。说真的,如果是盛夏,确实可以穿着花衬衫沙滩裤做拉面,要是再找个穿泳装的姑娘往旁边一站,那就是门口排长龙的人气拉面店了。"

"就算里面放的是年糕泡菜。"

"对,就算是年糕泡菜。当然,那样就只有男人会光顾了。不过一般来说,拉面店还是跟演歌更搭配吧。"

"比如《津轻海峡冬景色》之类的。"

我说。

"对,那个不错啊!"

"比如美空云雀这样的……"

"很好啊,云雀是天才!潺潺流水什么的。"

"跟拉面感觉很搭调啊。"

"总而言之,他喜欢夏威夷风情是他的自由,然而我认为,没必要在拉面店里搞那种东西。要是喜欢夏威夷风情,不如去开夏威夷米汉堡店,喜欢披头士,就去开烤牛肉或炸鱼薯条店。那样不就很应景了嘛!"

记者雄辩地说。

"是啊,他为什么要开拉面店呢。是不是特别喜欢啊。"

---

① TPO:Time(时间),Place(地点),Occasion(场合)的缩写。

我说。

"听说他是北海道出身,但不是札幌①。"

"那是哪里?"

"北见。我听他说过以前上的是北见小学。"

"别再谈拉面了。"

御手洗插嘴道。

"马耳东风的事我已经理解了。那么,拉面店老板到底怎么了?"

"哦,我都给忘了。"

小鸟游点点头说道。

"他买了一辆劳斯莱斯。"

"什么!"

我又大叫一声。

"劳斯莱斯?"

"就是啊,而且还是最贵的那种,叫劳斯莱斯幻影,据说是最新车型。"

"哦,原来他很赚钱吗?"

"根本不,因为他的店门可罗雀。不仅如此,那老板还特别爱喝酒,每晚都要喝,不可能存钱下来。他的店应该也是紧巴巴的。"

"莫非他特别喜欢车吗?"

"店里的客人都说,他连丰田跟日产都分不清。"

"结果却买了辆劳斯莱斯!难道是因为他想买全世界最贵的车?"

---

①札幌拉面是比较出名的拉面之一。

"那也有个限度吧,一辆车都够买他一家拉面店了。当然,想不想要还得另算,谁会喜欢他的年糕拉面啊。"

"唔……"

"不过他好像挺喜欢开车的。原本他有一辆拉货用的小轿车,据说已经卖掉了。"

"从小轿车直接升级到劳斯莱斯?难道他现在开劳斯莱斯去采购吗?"

"对。还开那车去澡堂呢。老板现在住的地方好像没有浴室。"

"开劳斯莱斯去澡堂……"

"而且一个酒鬼买劳斯莱斯,你不觉得很奇怪吗?"

"嗯,是有点。"

我点点头。确实没听说过哪个爱车人士是酒鬼。

"不过啊,披头士里不是有那个啥……有个叫什么苹果还是橘子的成员吗?"

"哦,你是说林戈·斯塔尔。"

"对,就是他,还有个叫柠檬什么的……"

"约翰·列侬①。"

"没错就他。那个柠檬不是有辆劳斯莱斯吗?听说拉面老板就是学他的。"

"看来你不太喜欢音乐吧。"

"不是我吹牛,我可是港新报第一音痴。"

"就算再怎么喜欢披头士,想模仿也没这么简单啊,毕竟那可是劳斯莱斯。那东西拿不出一大笔钱可是买不下来的。看来店

---

①林戈(Ringo)跟日语"苹果"的罗马音(ringo)拼写相同,列侬(Lennon)写成日语(レノン)跟柠檬的日语(レモン)长得有点像。

老板存了不少钱，会不会还借债了啊。"

"他没借债，我查过了。没有一点借债的痕迹。"

记者说。

"而且就算要模仿，顶多也是买副约翰·列侬同款眼镜，或者跟他一样的吉他吧。如果不是家里有房，钱多得花不完，每天发愁怎么花钱的人，应该不会学他买车……"

"不过那老板好像是真喜欢披头士，还说每首歌都会唱。据说以前还自己组过乐队呢。"

"那就去买乐器啊。既然钱多得花不完，可以用来买吉他放大器嘛，还有架子鼓，顺便再把鞋子裤子也买了，不然还能买个小录音棚嘛。如果真是喜欢音乐，我觉得不会想到去买劳斯莱斯吧。"

"可能在车这方面也想坚持个性吧。"

御手洗说。

"啊，是吗？"

我说。

"那样就能说通了吗？"

"确实有可能，可他就是因为太有个性，连店铺都经营不下去，都濒临破产了。这种情况真的会去买劳斯莱斯吗？有那个钱都会去重整店铺了吧。不过话说回来，他怎么会有这么多钱。之前都把钱藏到哪里去了？"

小鸟游说。

"真是个乱七八糟的人。"

"你说他喜欢喝酒对吧？"

御手洗确认道。

"对，据说是特别喜欢。他还有经常光顾的小酒馆，几乎每天晚上都要出来喝酒。"

"戒掉不就好了。"

我说。

"他经常光顾的店在哪里?"

"一个叫鸭嘴兽的店,从他的店走过去大概十分钟。听说他经常到那里去。不过那可不是因为店里有美女,虽然他本人好像特别好女色,但那家店里只有个大姐。"

"既然有钱买劳斯莱斯,为啥不干脆把那间店买下来呢。"

我说。

"你别说,还有更奇怪的,其实同一个町还有别人也买了劳斯莱斯。不过离拉面店有点远。"

记者说。

"还有别人?"

"就是啊。同一个町竟然有两个人买劳斯莱斯,太奇怪了吧。"

"那人是干什么的?"

御手洗问。

"开佛具店的。"

"佛具店!"

我又不小心大叫起来。

"佛具店老板买劳斯莱斯?"

"我还没见过这个店主,因为他一直躲着不愿意见我。他姓楢崎,这位楢崎先生也卖了自己原来那辆小轿车,而且那两个人好像都把劳斯莱斯放在月租停车场里。因为车子太大,进不去佛具店旁边那个狭小的停车位。"

"他们买了根本停不进自家车位的车?"

御手洗一脸严肃地问。

"就是啊,这也太不正常了。"

"是不是脑子有问题啊。"

"他们夫人肯定都不答应吧。"

御手洗问。

"所以闹得都要离婚了……"

"那原创拉面那位呢?"

"那位是刚买下劳斯莱斯就离了。"

听到这里我说:

"这也难怪,换作是我也不愿意跟那种任性的人一起生活。那佛具店老板也喜欢披头士吗?"

"根本不喜欢。听说他是个对音乐、绘画这些都不感兴趣的人。跟我一样没有爱好,对车也没有爱好。"

"那他的佛具店赚钱吗?"

"不赚钱。再说了,佛坛这种东西本身就不可能畅销吧。"

"也对,家里如果有曾爷爷那一辈买的佛坛也够用了。"

"毕竟一家只要一个佛坛就足够了。那东西又不是用旧了就该换新的,住公寓的年轻人又根本不会买。"

"佛具店老板跟拉面店老板很熟吗?"

御手洗问。

"一点儿都不熟,他们之间应该不存在交流,而且两家离得也很远。再说两者的爱好和生活方式都完全相反。拉面店老板很健谈,而且喜欢异想天开,佛具店老板却是个沉默寡言脚踏实地的人。他比拉面店老板认真严肃多了。"

"一个认真严肃的人,竟然买了自家停车位装不下的劳斯莱斯?"

我说。

"认真只是别人对他的评语,我还没见过他呢。"

"拉面店老板跟佛具店老板有什么共通之处?"

御手洗问。

"我觉得应该没有。一个卖拉面,一个卖佛坛;一个唠叨,一个寡言;一个乱来,一个认真。"

"那喝酒这方面呢?"

"哦,对了,不过拉面店老板是个大酒鬼,佛具店老板是浅尝辄止。"

"那么说佛具店老板并不是滴酒不沾。"

"并不是。"

"可是既然这样,那两个人就算在酒馆遇见了应该也聊不来吧。"

我说。

"他们之间肯定有共通之处才对。"

御手洗抛开我们的对话往下说道。

"嗯,硬要说的话,就只有那两个人都对汽车没兴趣。"

记者说。

"那不能说是共通点。"

"可他们不是买了劳斯莱斯吗?"

"那反过来看不正是对车毫不了解的证据吗?因为劳斯莱斯和奔驰这些车连老太太都知道。正因为不了解,才会把豪华轿车等同于劳斯莱斯,难道不是吗?要是很了解汽车,应该会选阿斯顿马丁或路特斯那样性感的肌肉车吧。"

"佛具店老板买的也是最新款幻影?"

御手洗问。

"对，据说是的。"

"他对豪华轿车有需求吗？"

"一点儿都没有，反正每天就是卖卖佛坛而已。"

"那他会到鸭嘴兽去喝酒吗？"

"应该说去过那里，但不能算是常客，仅仅是曾经去过而已。毕竟大家都说鸭嘴兽家的小菜好吃，店里的大姐又很好相处。"

"好相处？"

我问。

"嗯……就是我们经常能碰到的那种人啊。"

记者嘿嘿笑着说了起来。

"那个大姐很擅长讲黄段子。虽然长得一点儿都不美，肚子上叠着两层肥肉，看上去像个相扑选手，不过仔细一看就会觉得她脸长得挺可爱，是常去的话搞不好还会让你犯错误的那种人。"

"哦……确实有那种人呢。"

我说。

"对吧？大姐就是那种人。"

"所以拉面店老板才会经常去啊。"

"嗯，还真有那样的传闻，还说佛具店老板也来过。"

"是大姐说的吗？"

"没错。说他跟那些花言巧语的人不一样，闷声享乐。"

记者不愧是打听消息的专业人士，连这么详细的内容都问了出来。可是我也觉得，这好像跟案件调查没什么关系。

"原来他们的共通之处，就是鸭嘴兽的老板娘啊。"

我说。

"硬要说的话应该算是吧。话说回来，町内的怪事还不止这些呢。"

小鸟游说着，飞快地翻起了笔记。

"你查得好仔细啊！"

我佩服地说。

"嗯，因为我这一礼拜除了这事啥也没干。"

记者说。

"就算是这样，也真亏你能打听到这么多町内的传言啊。"

"嗯，还好吧，其实这里面是有诀窍的。我好像还蛮适合这种工作。"

"看起来是的。"

我点头说。因为连我都能体会到那种感觉，面对这个给人感觉轻松随和的人，一不注意就会把什么话都说出来。

"而且到鸭嘴兽和百福这些市井小酒馆去取材就会发现，店里的服务生其实能听到挺多客人谈话的。只要向他们保证一定不透露消息来源，大家就会放下心来跟我说话。因为他们上班时基本都很闲，没别的事情可做。

"然后我又打听到一件事，户越大道旁有一家名叫T见广告策划的广告代理店，那里的课长最近预支兼职工资后被人放鸽子了，而且还连带着损失了一套圣诞老人装。"

"损失了一套圣诞老人装？"

御手洗说。

"没错。他那里有个男的，时不时会做些到商店街举广告牌、派发广告或纸巾的工作，名字好像叫菩提裕太郎。那个人因为工作需要拿走了一套圣诞老人装，然后就再也没回来。本来他应该穿上那身红色装束站在路边给行人发纸巾的。据说那套衣服是特别订购，质量很不错，所以课长都气坏了。"

"拿走圣诞老人装也没什么用吧。"

御手洗说。

"是啊，课长也是这么说的。然而这个叫菩提的人原本是搞柔道的，向来品行不端，嗜酒放纵自甘堕落，T见广告策划也挺提防他。结果到了开始发纸巾的时间，负责人去给他安排的地点检查，发现他果然没来。本来打算这回绝对要炒他鱿鱼的，结果他却再也没到公司露面。于是他们又到菩提在T见市租的房子去找，发现那里已经人去楼空了。"

"他收拾家具细软跑了？"

"不，据说电热被炉、斗柜、音响、电视机、书架和被褥都在，就是不见人。连房东都没听说他搬家了。"

"他是个惯偷吗？"

"不，听说以前不这样。"

"那就太奇怪了。做兼职在路边发纸巾的人不可能扔下音响、电视机这些贵重物品逃跑。"

"对啊，不过那些电器也不怎么值钱。书也基本都是漫画杂志。就连书架和电热被炉都是那种在居住小区的垃圾场随手能捡到的。"

"尽管如此，把那些东西拿去典当还是能换到一两天酒钱。一个手头拮据的人竟然丢下那些东西逃走，其中必须有一定理由才对。"

"真的有理由吗？"

"反正值得调查一番。"

说完，御手洗两手一拍。

"这个案子确实很有意思。且不说有没有谜题，单看这些信息碎片，可以称得上顶级。"

"请等一等，御手洗先生。"

记者举手说了一句。

"什么?"

御手洗问道。

"还没完呢,我还得接着说。"

小鸟游说。

"还有吗?"

御手洗露出了也可以理解为烦躁的表情。

"对,还有。"

"那就麻烦你不要脱离主题,只拣要点来说。"

他冷冷地说。

"好的好的,毕竟这可是突然出现在佛具町的异次元暗幕,其中充斥着不可思议……"

"你写新闻稿用的就是那种标题吗?"

御手洗问。

难怪登不上报纸,我内心赞同道。

"这个嘛,有可能只是一件很小的事,毕竟谁也没真的见过幽灵。然而这依旧很神秘。在连续出现自杀者的U银行隔壁有一座名叫朝日屋的百货商场。听说啊,那座百货大楼四楼的女厕所里时不时会出现幽灵。"

"啊,是吗?"

听到这里,我忍不住凑了过去。因为这类怪谈是我的兴趣之一。

"听说以前有个商场女店员在那里上吊自杀了,因为这件事,有很多女店员都不会去那间厕所。结果就因为没什么人,最近那里开始出现痴汉。"

"哦,痴汉……"

痴汉跟幽灵的组合倒是不怎么常见。

"不是有一种医生用来观察胃肠内部的,叫内视镜的管子嘛。有人把那东西从隔间下面的缝隙悄悄伸到旁边去,偷看里面的女孩子。"

"哦。"

"然后还有别的,就在U银行那些不可思议的自杀事件开始前不久,那个厕所里又发生了奇怪的事。其中一个隔间门被关上,还显示着正在使用的红色标志,但是等了很长时间都没有人出来,于是女孩子们就起疑了,然而那扇门无论怎么敲里面都毫无反应。于是她们就把保安叫了过来一起敲门。可是依旧没有反应,最后实在没办法,好像是把门给破开了。"

"哦,然后把痴汉抓住了吗?"

我问。

"问题就在这里啊。听说门打开的一瞬间,那一带突然停电了。"

小鸟游瞪大眼睛说。

"哦。"

"因为整个楼层都停电了,当时可是非常热闹。店员们都拿出手电筒,点着蜡烛,把四楼的客人领到了楼下去。"

"嗯。"

"女孩子们因为这事有点害怕,还传出了谣言。"

"害怕是因为开门的瞬间……"

"对。为什么偏偏在开门那一瞬间停电。"

"唔,那个隔间里应该没有配电器吧。"

"没有。"

小鸟游断言道。

"别说隔间了,整个厕所里都没有配电器。"

"不过当时肯定很不好办吧,连扶梯都停了。"

"那倒不会,据说一楼和二楼不知为何没有停电,只有三楼以上停电了。所以从一楼到二楼的自动扶梯还在运作。"

"那也好不到哪儿去吧,周围一片漆黑,人们肯定要害怕的。"

"一点儿没错。"

"那个痴汉后来怎么样了?"

御手洗问。

"哦,对了,据说痴汉不在里面。"

"不在里面?"

"对。好像一阵烟一样消失得无影无踪。"

"消失了吗?"

"嗯。我问了当时在场的一个女孩子,她说一开始感觉里面确实有人,因为明显传出了窸窸窣窣的声音。可是破门进去一看,却发现一个人都没有。"

"哦,那可真是怪谈啊!"

我说。

"而且就在那个瞬间,周围突然黑了下来。整个四楼都一片漆黑。结果所有人都吓得尖叫起来。"

"里面的人会不会趁黑逃走了?"

御手洗说。

"那不可能。因为保安进入了隔间,还打着手电筒从天花板到地板都检查了一遍。里面是真的空无一人。于是大家都开始议论,隔间门到底是怎么锁上的……"

"唔,确实很神秘啊!"

我话音刚落，就听到不知何处传来一个电子音。

"啊，抱歉！"

小鸟游突然大喊一声，把我吓了一跳。

"紧急事态，我得马上给编辑部打电话才行。不好意思，能借你们电话用一下吗？"

"哦，可以，就在那里。"

我指了一下放着电话机的桌子。看来刚才的电子音来自他的传呼机。他扑向电话机，拨通编辑部的电话，激动地说了好一会儿，然后转头看着我们，表情茫然地放下话筒，这样说道：

"U 银行出现第四名死者了。据说这回跳下去的是住田系长，又是自杀。"

御手洗猛地跳了起来说。

"走，到 U 银行去！"

说完他便匆匆走进房间拿外套去了。

写到这里，我不禁产生了一个想法。

目前我准备在这段文章末尾书写的某段文字，实际并不包含在原本的计划当中。然而在滔滔不绝的小鸟游影响之下，我已经陷入了某种游戏的心情。

若我一开始就有意挑战，势必会操作得更为狡猾，保留一部分进度信息，去试图隐瞒真相。即便我这么做，从这一类游戏的性质上说，亦不会脱出诚实的范畴。

然而目前对事情发展经过的描写，连本该隐瞒的部分也一一道来，其暴露程度已经超出了必要。在我开始构思挑战书的当下回过头去阅读，发现那实属多管闲事的失策、过犹不及的殷勤，很可能使得这篇杂文成了流于平庸的阅读理解习题。因此我猜测,此前已经读过许多案件报告文章的资深读者们,或许早已看到了真相。

尽管如此,我还是要将这篇鲁莽无谋的格式文章放在此处,是考虑到可能还有许多读者最近才开始阅读拙作,我想通过这些文字告诉他们,传统风格的侦探故事中,也存在着这种永不该磨灭的游戏形式。如此,也是为了这一体裁的未来。

用以推理案件真相的材料已经过剩,甚至远远超出了必要,变得过于一目了然。因此我也担心,下面这段文字会不会反倒成了冒犯。

总而言之,我由衷希望各位读到此处,已经看穿了这个奇妙谜题的真相。

3

我跟御手洗以及报社记者小鸟游乘坐京急线在T见市下车,匆匆赶往U银行的案件现场,只见银行周围现出了一片黑压压的人群。小鸟游记者边走边说:

"请等一下,御手洗先生,我去把我弟弟找来。那小子应该已经在这里了。"

于是他走到人墙后面,沿着外围绕圈子,试图越过围观者的头顶找到弟弟的身影。我则在人缝里看着所有人都在围观的东西。

人行道的石板上铺着蓝色塑料布,下面露出了流淌在石板上发黑的血液。周围还能看见粉笔画的白线。塑料布中间隆起了一块,但底下似乎没有尸体。应该已经被搬走了。

"我弟弟肯定会特别高兴,因为他马上就要见到御手洗先生了。"

小鸟游说。

"要是我这当哥哥的不好好看着,他搞不好会扔下手头的刑警工作呢。啊,找到了!"

他说完便分开人群,躲开路上黏稠的血迹和周围的白线,向一个正在跟制服警官说话的高大男性背后走去,随后猛拍一下他的肩膀。只见那大个子吓了一跳,然后转过身,跟在小个子哥哥后面快步走了过来。

当那个高大的青年从人群里钻出来时,我一眼就对他产生了好感。因为他满脸都是毫无刑警架子的柔和笑容,彻底颠覆了我对那种职业的印象。他那副身板子给人的感觉,就好像一个性格温和的搬家公司工人。

我们四个人找了个远离人群的位置,彼此问候了好几遍。他一来到我们跟前,就一边听兄长介绍,一边轮番看着我俩的脸,点头哈腰地鞠着躬。随后又特别紧张地把两只手往裤子上搓,边搓边兴奋地说:

"啊,御手洗先生,不好意思,我能和您握个手吗?"

他跟御手洗握了手,紧接着又转向我说:

"石冈先生,我想跟您握个手。"

随后他便双手握住了我的右手,又深深鞠了一躬,对我们说:

"真是太谢谢了,能请到两位先生是我的光荣,我是他弟弟,叫小鸟游纯。"

他那乐得直颤的声音听起来异常青涩,就像个少年。

"我是两位的狂热书迷,你们出的所有书我都看过了。"

小鸟游纯说完,御手洗回答道:

"能被现役刑警如此抬爱,是我们的荣幸。"

"哪里哪里……"

大个子把脖子一缩，挠着头说。

"其实还算不上刑警……我才刚刚当上巡查长，结果在刑事课工作的警察学校师兄就把我拉了过去。他说我练过柔道和相扑，抓人的时候能派上用场。不过我还没经历过那种场面呢。"

"好了，御手洗先生很忙的，你赶紧给他说明一下情况。"

记者哥哥说。

"啊，我都给忘了。您应该从哥哥那里听说了大概情况吧。"

"说了说了，都说过了。"

兄长在旁边不耐烦地说。

"那您想必比较了解情况了。这个案子实在很奇怪，让师兄们都不知如何是好。大家都说这太难以理解了……"

我听了点点头。他又抬手指向了银行大楼屋顶。

"人们一个接一个从那上面跳下来。而且最奇怪的是，那些都是不可能寻死的人。他们在一楼对上司信誓旦旦地说绝对不会死，然后就到楼上跳了下来。这个案子发展到现在已经快变成怪谈了。这已经是第四个人了。"

说着，他又指向人群中心。

"是住田系长吧。"

记者哥哥问。

"嗯，那是至今为止最最不可能寻死的人。"

"就是听到前面两个人临死前对他说自己绝对不会死的那个上司吧？"

"对，就是他。"

"他怎么也上去了啊。我去打听消息的时候，银行的人都说系长根本不愿靠近屋顶露台。"

"所以大家都说，那会不会是下属的鬼魂把他招过去的。"

年轻刑警说。

"怎么变成灵异案件了，你身为一个警察说那种话真的没问题吗？"

"在报社记者面前肯定不能说，可是局子里的师兄们都在说这件事呢。啊，不过在此之前，系长好像已经有点不正常了。"

说完，小鸟游刑警又转向御手洗说：

"据说他整个人陷入了神经质状态，似乎连工作都无法完成。这几天每天都是满脸苍白地来银行上班，像个梦游症患者一样摇摇晃晃地走路。"

"真的吗？"

"嗯，听说连对话都有困难了。无论说什么他都听不见。晚上好像还会失眠，周围的人和他的上司都很担心他。因为觉得这样容易出事，大家都特别关注他，可他还是趁人不注意，恍恍惚惚地一个人上了屋顶。然后就跳下来了。"

听到这里，兄长长叹一声。

"这真是太诡异了。"

"什么？"

弟弟问。

"银行啊，这家银行被诅咒了。"

"嗯，好像还有人提议要不要从这里搬走。"

弟弟说。

"嗯，我也觉得最好搬走。这块地是不是不太吉利啊。"

"这块地有问题吗？"

"那我可不知道。要不然就是屋顶上那些大室礼子的盆栽有问题。"

"连坠楼的方式都很诡异。"

弟弟小鸟游刑警对我们说。

"哪里很诡异了？"

兄长又问，于是他对着兄长说：

"你看屋顶那个露台，不是二楼吗？这个银行虽然是三层建筑，但露台部分在二楼，所以那里算是二楼的屋顶。"

"对啊。"

兄长赞同道。

"既然是二楼，完全有可能救回来呀。因为那里并不算高，就算摔下来也可能只是骨折而已。可是那几个人全都死了。因为四个人都是大头朝下栽下来的。"

"嗯，对啊。"

兄长点头道。

"为什么四个人全都是倒栽下来呢？就算其中有一个人脚先落地，最后被救回来，那也一点儿不奇怪啊。"

"你说得对。"

兄长说着，又用力点了一下头。

"所以，他们为什么都是倒栽下来的？"

弟弟抱起双臂，疑惑地说。

"肯定是他死去的下属从那个世界来接他了吧。你也快死掉，到这边来什么的。"

"你们那边的调查有什么新线索吗？"

御手洗打断了他们的对话。

"还真的有。"

小鸟游刑警说。

"什么新线索？"

兄长的声音变得严肃起来，仿佛想说难道自己的调查还有遗漏吗。

"因为家人都不太想说，我们此前一直都不知道。"

"嗯。"

"应该说，他们都刻意隐瞒了。"

"隐瞒什么了？"

"在对死去的系长进行调查后，我们终于查出来，他此前在岛金借贷这个私贷公司欠了钱。好像还没告诉家人，连他妻子都不知情。同时这笔钱的利息已经滚到将近二百万了。"

刑警弟弟说。

"真的吗？唔……"

兄长似乎感到很意外。

"二百万对上班族来说有点麻烦啊，应该很难拿得出手才对。"

"可是，那笔钱却被还清了。"

"哦？"

兄长又露出了惊讶的表情。

"所以他搞到钱了吗？可能是找别人借的。"

"银行里的人没借钱给他，也没发现他在别的私贷公司借钱。"

"不过那种私人贷款，真亏你们能查出来啊。"

"银行里的人好像都知道住田系长是出了名的赌马爱好者。"

"哦，原来如此，难怪会去借私贷。不过银行那帮人怎么没对我说呢。"

"这种事他们只会对警察说的。"

弟弟说。

"是啊。"

兄长无奈地说。

"刚才他夫人接到通知赶过来,现在已经跟车到了医院。不过系长很明显是没救了。"

"是啊,看这一地的血。跟之前那几次一模一样。"

"所以我们马上就向夫人询问了,结果她说根本不知道贷款的事情。"

"嗯,原来如此。"

"那现在问题就成了,他从哪里搞来的钱。"

刑警弟弟说。

"对呀,因为他只是个普通上班族……"

兄长边点头边说。

"上班族的收入支出金额几许,这些基本都是固定的,根本无从隐瞒。"

"嗯,基本上都是固定的。进账来源固定,金额也基本固定,就算有临时收入,其源头也就那几样。"

"可是这回却查不出来吗?"

听了兄长的问题,弟弟摇摇头。

"查不出来。"

"那我也来查查好了。"

"不只是他,另外三名死者好像都有临时额外收入。"

"啊?真的吗?"

兄长瞪大了双眼。

"这次我们重新展开调查才查出来的。小出和细野的家属也都不情不愿地承认了。她们发现银行账户里有钱进账,却不知道那是哪来的钱。"

"多少？"

"所有人都一样，二百万。四名死者每人各有二百万的额外收入。"

"四名死者都是同一个课的上司和下属，对吧？"

御手洗问。

"是的。"

弟弟小鸟游刑警说。

"也就是住田组。而整个银行里只有这个住田集团的成员各自收到了二百万日元的临时收入，我说得没错吧？"

御手洗确认道。

"没错。"

小鸟游刑警点头道。

"住田组周边的银行同事没有额外收入吗？"

"没有。"

"你们查过了？"

"还没来得及取证，不过他们应该没有对警察说谎。因为这种事一查就知道了。"

小鸟游刑警顿了顿，又说。

"调查到这一步，也出现了杀人的可能性。"

"杀人？"

兄长问。

"嗯，那二百万的额外收入有可能是八百万日元四人分赃。那么这笔钱不就有可能是违法所得了吗？"

弟弟说完看向我们。

"这笔钱数量不小，有可能是通过犯罪行为获得，并且有人在那个犯罪行为中得罪了某个外部人员。"

"非第三方，而是第五方吗？"

兄长说完，刑警弟弟点点头。

"对，有可能是那个第五方为了复仇而把那四个人接连杀害。"

"嗯，确实有可能。"

记者哥哥说完，用力点了一下头。然而弟弟的表情却阴郁起来。

"可他究竟是怎么做的？我实在想不到有什么方法。那几个人都是独自坠楼的，都是头朝下。而且还有目击证人。所以现在问题就是，这到底是怎么做到的？"

刑警面向兄长说完之后，稍远处传来御手洗的声音。

"从这里能看到奶糖的大广告牌呢。"

他正抬头看着那块牌子。

"是的，噗力高奶糖。"

兄弟俩齐声回应道。

"那块广告牌超有名的。过去这附近的孩子都会专门跑过来看它。其实我们俩也来看过。"

刑警弟弟说。

"对呀，还是专门坐电车过来的。我经常带着这小子跑到这条路上来，等待霓虹灯点亮的那一刻。不过我们算是最后一批孩子了，年纪大一点的人经历过这块招牌的巅峰时期，离太阳下山还早，这条路上就会挤满了小孩子，等着看招牌点灯的时刻。"

兄长接过话头说。

"等到我们那一批孩子的时候，已经没有这种奶糖了。我都不记得自己吃过。"

弟弟说。

"就你不记得吧？我可是依稀记得的。"

兄长说。

"你记得？哦，真的吗？可我们只差一岁啊。"

"可能是关键的一岁吧。"

"广告人物的脸上开了个方形的洞呢。"

御手洗大声说。由于他长期待在国外，对这块广告牌的热潮一无所知。而我则在外地长大，最近才刚搬到横滨，也对这块广告牌不甚了解。

"那个洞的位置本来是跑者的脸。他一共有三种脸，分别是普通的脸、奔跑中痛苦的脸，以及越过终点后高兴的脸。那几种脸会按顺序出现。"

兄长解释道。

"那三种脸是画在玻璃鼓上面的，中间安装了光源，所以即使从远处也能把脸看得十分清楚。每过一段时间，玻璃鼓就会啪嗒啪嗒地转起来……"

"我们那帮小孩子可喜欢那个机关了。"

弟弟也说。

"可是现在那个位置却什么都没有，只有一个方形的大洞。"

御手洗说。

"啊？什么都没有？"

兄长惊讶地说。

"因为旋转装置坏掉了，脸再也不会转，所以……"

"不，连玻璃鼓都没了，只剩下一个洞而已。"

御手洗将视线转向身边的两兄弟，这样说道。

"是吗，会不会掉了啊？"

兄长说。

"不对啊,之前是停在痛苦的脸那里了。"

刑警弟弟说。可是他兄长却说:

"唉,还真的没有。什么时候不见的?唔,我根本没发现啊。你发现了吗?"

"没。"

说着,弟弟摇了摇头。兄长继续道:

"可能已经锈烂了吧,搞不好连马达都腐朽了,整个机关带着玻璃鼓一块儿掉了下来。"

弟弟抬头看了一眼,赞同道:

"脸真的不见了,我怎么一点都没发现。什么时候掉的?毕竟我们从小看着这块广告牌长大,早就看腻了,根本不会时时刻刻去关注它。"

"那些不可思议的跳楼自杀案开始后,这块广告牌就一直是这种状态吗?"

御手洗问。

"一直是这种状态?"

小鸟游刑警疑惑地反问。

"第一个自杀者是岩木俊子小姐,没错吧?"

御手洗确认道。

"没错。"

小鸟游兄弟齐声回答。

"岩木小姐自杀那天,这块广告牌的面部已经像现在一样变成一个大洞了吗?"

御手洗改用了更详细的问法。

"唔,不知道呢……"

小鸟游刑警望着天,挠了挠一头短发。

"不好意思,我没注意。"

他低下头说。

"喂,你作为一名刑警,这也太不专心了吧?"

案件记者哥哥责怪道。

"不过那很重要吗?"

"我怎么知道啊。"

兄长说。

"你来回答也可以啊,兄长大人。"

御手洗换了提问对象。

"三人连续跳楼期间,广告牌的面部一直都像现在这样,是个方形的大洞吗?"

听了御手洗的问题,记者哥哥也挠起了头。

"不知道呢,因为我没注意看,毕竟不是刑警……"

随后他又说。

"因为没想到要去看。那个很重要吗?"

御手洗换了个位置观察,然后说。

"那块广告牌是不是有点歪啊?"

"哈啊?"

兄弟齐声说。

"有点歪?"

"请过来这边看。"

御手洗说着,招招手把两人叫到广告牌底下。

"你们看,注意广告牌安装在这座大楼外墙上的两个固定部分。上面那个跟墙壁之间有点缝隙。"

"啊,真的吗……"

兄弟站成一排,抬头看着广告牌说。

"下面的连接部分并没有异常,不过上面却出现了一点缝隙。"

"啊,是真的。"

弟弟说。

"嗯?那这就是说……"

兄长问。

"广告牌松了。"

御手洗说。

"唉,那可太危险了。"

兄长说。

"会掉下来的。"

弟弟说。

"迟早的事。"

御手洗说。

"还是趁早把它拆掉更好。虽然它就算掉下来也不会直接落在人行道上,而更可能落在银行屋顶,但怕的是它落地后会反弹,最后砸在人行道上。"

"这可不好,得赶紧叫人把它拆掉。"

小鸟游哥哥说。

"最好在死者数增加前尽快解决。"

御手洗说。

"得联系施工单位才行。这一带是哪里负责的?"

弟弟说。

"那应该一查就知道吧。"

"施工费用怎么办。"

"管噗力高要不就好了。"

"还是先垫付再去请款吧。"

"对,对,就这样。毕竟安全第一。"

兄弟俩飞速地交谈起来。

"站在案发露台上看不见这块广告牌正面吧?"

听了御手洗的话,小鸟游刑警如闻福音。

"对啊对啊。原来如此,难怪我会没发现。"

他说。

"从屋顶现场只能看见广告牌又黑又大的背面。"

"背面没有图案吗?"

御手洗问。

"背面啥都没有。没有字也没有画。"

刑警弟弟说。

"那接下来就去屋顶吧。我想看看露台的情况。"

御手洗说。

"可以啊,我带您去吧。"

刑警弟弟随口答应下来。

"喂,你不用先跟上司汇报吗?"

"他们刚刚都回去了,现在这里只有我一个刑警。我们走吧。"

小鸟游刑警对我和御手洗说。

4

"嚯,这个露台真有特点!"

御手洗站在通往露台的门边,开口说的第一句话就是这个。

"脚下是木栈道啊。"

他缓缓踏在了木栈道上，发出了"咔嗒"的声音。但那并不是御手洗的足音，而是木板的声音。

小鸟游兄跟着他走了上去，我紧随其后，身后则跟着小鸟游弟。

"四周则是盆栽的森林吗……左右两栋大楼外墙上几乎没有窗户。隔着一条马路的大楼则有许多窗户。那些都是目击证人之窗啊。"

御手洗说着停下脚步，回头对小鸟游兄弟问道。

"两位到这里来过很多次吗？"

两人点点头，齐声回答："是的。"

随后弟弟说：

"不过很可惜，我们这些凡夫俗子啥都看不出来。这里看上去就是个很普通的屋顶露台。"

"是吗？"

御手洗意外地说。

"这里明明有这么多别的屋顶绝对没有，只出现在了这个地方的东西。"

只见兄弟俩沉默了一会儿，随后弟弟说。

"哦，真的吗？究竟是什么呢？"

"这次的案子是这个屋顶露台创造的怪谈，没错吧？"

"嗯，没错。"

刑警弟弟说。

"而且这个怪谈十分诡异，我们很想解开其中的谜题。所以才把御手洗先生请了过来。"

"御手洗先生，您看这个能解决吗？"兄长问道。

御手洗马上回答：

"这是个很有趣的猜谜游戏,我目前还没有答案,但有预感能够解开。"

说完,他又把目光转开,整个人正对露台,仿佛要把面前的一切尽收眼底。

"这看起来宛如谜题,接二连三发生的怪谈,若不想用谜题一词,还可以称其为数学方程式。正是存在于此处的各具特征的事物,构成了表达式中的数字和符号。一切都有机结合在一起,形成了如同表达式一般的聚合体。就连那几个相关人员此前的人生也都是一个个小型方程式。这些表达式相互串联在一起,就构成了这个完整的大型方程式。"

御手洗站在木栈道上,缓缓转过身,竖起右手食指解说。

"串联在一起构成的完整方程式……吗?"

小鸟游兄问道。

"正是如此。因为我们确实遇到了难以解释的现象。那正是数学方程式完成运作的表现。"

"各具特征的事物究竟是什么呢?"

小鸟游刑警说。

"你来举个例子吧。"

御手洗把右手向后一挥,提出要求。

"不过,这其中有个非常重要的事实,那就是在这数量庞大的碎片群中,混入了多余的垃圾信息。那些信息若无其事地混杂在其中,妨碍了推理的思维。因此将它们找出来进行排除,才是最重要的前提。"

由于不懂他在说什么,我们都无言以对。

"只要选择正确的碎片,进行正确的组合,这个谜题必然能够解开。"

御手洗断言道。

"真的吗?"

弟弟说。

"能解开?您说这个只可能是诅咒的超常现象竟然能解开,也就是能够得到说明吗?"

哥哥问。

"这不是超常现象,也不是诅咒,仅仅是数学方程式而已。它是个简洁地标明了步骤的方程式,不折不扣,所以能够得到说明。"

御手洗说完又转了半圈,背对我们。

"不会有错,这些数不胜数的有趣元素正不断向我诉说着,告诉我这都是数学方程式的演算过程。若能看透这些碎片群的本质,这个现象必定能够得到说明。来吧,小鸟游先生,你来举个例子。"

"请等一等,御手洗先生。"

记者哥哥举起手说。

"我这个问题可能有点多余。根据您所谓方程式,难道连原创拉面店的疯老头子购买劳斯莱斯之谜也能解开吗?"

"那是最为关键的线索。"

"哈?"

记者两只眼睛瞪得溜圆。

"那种,呃……无聊的事情是关键线索?"

"非常重要。那是至少跟四起离奇自杀同等级别的重大现象。不会有错,那是这个极具特征的屋顶露台元素群所组成的方程式的解。"

"那个,不好意思。"

刑警弟弟也开口了：

"连住田系长还清私贷欠款之谜也能解开？"

"还清欠款之谜，还有其余三人的临时收入，佛具店老板的劳斯莱斯、圣诞老人红制服被盗之谜，这些都是联动在一起的。"

"跟这个露台？"

记者和刑警兄弟不约而同地惊呆了。

"没错。它们都是方程式的一部分。"

"您是在开玩笑吧……"

刑警弟弟小声说。

"我没有开玩笑，小鸟游先生。这一切当然是联动的。我以后可以证明给你看，但不是现在。好了，现在要请你协助我进行思考。请你举个例子吧。"

"数量惊人的盆栽。"

小鸟游弟说。

"没错，这是其中一个。"

御手洗闭上眼，竖起食指煞有介事地点了点头。

"绝对没错，摆满整个露台的大量盆栽，无疑是个非常重要的碎片。"

御手洗边说边在木栈道上缓慢前进。

"如同在水泥平面上人工创造的小小森林。这应该说是极其重要的暗示。"

"还有这些盆栽附带的大明星的诅咒……"

哥哥说完，御手洗猛地抬起手。

"错，那是垃圾信息，不需要。女人的诅咒和超常现象，意念力和外星人，这些全部驳回！根本无须考虑。麻烦你赶紧从脑中清除那些信息。别的呢，还有什么？"

"木栈道?"

"对了!"

御手洗猛地睁开眼,用近乎吼叫的音量说。

"那才是最重要的符号。木栈道!"

御手洗把木栈道踩得吱嘎乱响,甚至跳了几下踢踏舞。

"木栈道?"

刑警又发出了惊讶的声音。

"可是我们已经仔细检查过木栈道了,连背面都没放过。因为一个叫原的银行职员对我们提起过,说会不会有什么机关。可是后来发现什么机关都没有。真的都是普通木板。"小鸟游刑警说。

然而御手洗似乎无视了他的说明,这样说道:

"这里的盆栽实在太多了,所以没办法一盆一盆仔细浇水。必须要像森林里下雨那样,用水管大片大片地洒水。一旦没掌握好度,地面就会被淋湿,并形成积水。所以有人想到了在这里铺木栈道的主意。因为如果不这么做,鞋子就会被弄湿。"

"鞋子被弄湿?"

我一时反应不过来。

"嗯,因为这里看起来排水不怎么好。"

御手洗点点头说。

"这栋楼很老旧,因此地面不会很平。同时也没有朝向排水口或水沟的合理倾斜。你瞧,这一块明明没有排水口,整体却呈现出凹陷的样子。一旦下雨,这里应该会形成一大片积水。一旦水积起来,肯定很难排掉。若不习惯给盆栽洒水也一样。一不小心浇太多,这里就会变成一小片池塘,所以才需要铺木栈道。好了,还有别的吗?"

御手洗像对着学生讲课的老师一样问了一句。然而包括我在内，所有人都沉默不语。

"想不到。"

小鸟游弟喃喃道。然后我说：

"你刚才一直在用力踩，把木栈道踩得吱嘎乱响。"

"没错，石冈君，一点儿没错。"

御手洗立刻回应道。

"这里的木栈道并不稳定。为什么呢？因为建筑物老旧，技术又不太成熟，导致水泥地面不够平坦。所以铺在上面的木栈道一踩就吱嘎乱响。然而最该注意的是这条长长的突起部位。高度约有二十厘米的突起笔直地横亘在露台中央。再仔细一看，这条突起物在中央稍微靠左，也就是靠向朝日屋一侧，呈直线状。这到底是什么？"

听到御手洗发问，小鸟游弟回答道：

"那应该是建筑物的基座。"

"建筑物的？"

我问。

"对。以前这里曾经有个木造的小屋，在露台这一侧。"

他抬手指了指。

"然而小屋渐渐朽坏，现在已经被拆除，只剩下这么一条基座了。所以这个基座其实是一整圈的，一直延伸到那边的栏杆前，相当于一个残缺的长方形。"

"唔嗯。"

御手洗沿着那个基座走起来，慢慢来到露台中央，随后他边走边说。

"这里之所以排水不好，也可能因为曾经存在过一座小屋。

木栈道都是避开这圈基座铺设的。木板以基座为中心，在左右纵向排列。可是这个部分究竟是怎么回事，这块木板直接放在基座上了。"

御手洗走到木栈道尽头，站在栏杆前的那块木板上。他往前一步，马上听到哐当一声，翘起的一头打在了水泥地上。

"你们看，像跷跷板一样了。看来这块地方只能把木板横向摆放，因为刚好只剩下一块木板打横放的空间。"

他在远处大声说着，朝我们这边转了过来。

"木栈道整体呈现十字路的形状，其中间部分还向左右延伸了出去。然后……"

御手洗转身看向上方。

"银行三楼顶上装着一块招牌。"

闻言，我们也从木栈道中间往前走了一些，然后转过身来。

"上面写着 U 银行。因为那块招牌，导致三楼顶上没有露台。上面只有固定招牌的支架。"

"这边外墙上装着梯子。从这里爬上去，就能站在围成一个方框的招牌中间。"

刑警弟弟说。

"应该没必要上去。门左侧装着三台空调室外机。"

"三楼顶上的招牌不是重要信息碎片吗？"

我问。

"不重要。"

御手洗断定道。

"可以无视。"

他稍微提高音量说完，转身朝我们这边走了几步。

"这里还有一个更为重大的要素。那可是最关键的碎片，其重要程度不容忽视。那么,那究竟是什么呢,小鸟游刑警?"

御手洗问。

"是什么啊……"

他喃喃着,随后陷入了沉思。这时,兄长在旁边帮腔了。

"是左右两侧的墙壁吗?而且这两面外墙上几乎都没有窗户。"

御手洗摇了摇头。

"虽然并非毫无关系,但那不太重要。"

"那是水管吗?水管和龙头。给盆栽浇水用的……"

御手洗心不在焉地点了一下头。

"没错,那是必不可少的道具,是支撑这一连串怪事件的重要道具。如果没有水管和水,那四个人就不会死了。"

御手洗摊开双手说。

"然而,那并不是最为关键的。这个案子的关键线索不是那些东西。"

我实在受不了御手洗一直卖关子,便问道:

"御手洗,你已经解开谜题了吗?"

只见他摇了摇头,然后用认真得吓人的表情对我说:

"还没有。不过已经快解开了。目前正在步步逼近,只差一点了,肯定只差一点了。这个谜题很有意思,实在太有意思了。这里面充满了刺激。我的推理正不受控制地往预料之外的方向狂奔。你们没感觉吗?现在我的脑子正在拼命质疑,真的吗?这是真的吗?"

御手洗双手合掌,敲打着脑门儿,紧接着又敲起了天灵盖。他在木栈道上做那些动作,说个不好听的,就像一名歌舞伎演员在通往舞台的狭窄花道上做的疯癫演技。

"哦哦！"

最后他大叫一声，在木栈道上站定下来。我知道，那是他终于得到解答了。

"这是怎么回事！"

他又喊了一声，随后带着茫然的表情缓缓转了过去。让我们看了整整一分钟后背之后，他又缓缓转了过来，张着嘴，表情哑然。

"石冈君，这可是迄今为止最奇怪的案子啊！"

御手洗首先对我说。

"这样的机关简直太惊人了，太奇特了！如果事实果真如此，那我真的要感谢老天让我活到现在。因为我竟然遇到了如此离奇古怪、精妙绝伦的现象。啊啊，谢天谢地！"

御手洗再次双手合十，陶醉地闭上双眼，仿佛摇晃调酒杯一样晃起了双手。

"简直难以置信，难以想象这种事能发生在这个世上。一百多年的推理史上恐怕都不曾发生过这样的案子，至少不在我的认知范围内。啊啊，太棒了！"

说完，御手洗不知为何突然蹲了下去。他把那个姿势保持了一会儿，渐渐发出了笑声。等他重新直起身子，脸上已经泛起了红潮，咧着两排牙齿，笑得嘴都合不拢了。

"哈哈哈！这是神明的恶作剧啊石冈君。为什么会发生这种事呢。这到底出于谁的意志？这，竟然是真的吗？它真的发生在这个世界上了？这个世界上竟然真的发生了如此离奇精妙的事情。看来总是抱怨无聊会遭天谴的！除了笑，我真不知该作何反应。啊啊不行了，我实在忍不住要笑啊！"

说完，他便践行了自己的宣言，毫不顾忌地捧腹大笑起来。

笑着笑着，他又跳起了踢踏舞。

然而，我们在旁边看着却一点儿都笑不出来。因为大家都莫名其妙。我们根本不知道是什么让御手洗笑成这样。

"这可能是巧合啊石冈君，一连串的巧合。如同奇迹般的巧合方程式。这就好像那个，吾欲起篝火，落叶随风来啊。想点篝火的时候，一阵风刚好把点火用的材料吹了过来。不过这篝火可真是太了不得了！你们怎么都一脸严肃地站在那里？"

说完他又扑哧一声笑了起来。他一笑，我们又无言以对，只能像一排稻草人似的站在那里。如此滑稽的场面整整持续了一分钟。

"御手洗。"

我叫了一声，小鸟游刑警也耐不住沉默开口说道：

"御手洗先生，能请您解释一下吗？我们是一点儿头绪都没有。您说的那个最重要、最关键的线索到底是什么？"

然而御手洗笑得太厉害，根本说不出话来。

"喂御手洗，你够了。"

我的语气稍微严厉了一些。

"最重要、最关键的线索到底是什么。快说啊！"

于是他笑着说。

"喂石冈君，你还看不见吗？那东西这么大，就在你眼皮底下，遮挡了整个视野啊。"

说完，他颤颤巍巍地抬手指向我们三人的左上方。

"这还用问，除了它还能是什么！？"

我顺着他手指的方向看过去，发现是那块广告牌。确切地说，是广告牌黝黑的背面。

"噗力高的广告牌？"

刑警喃喃道。

"广告牌?是广告牌吗?喂御手洗,你是说广告牌?"

我替刑警大声问道。

只见御手洗一边笑一边点了好几下头。

"是广告牌没错吧?"

我又确认了一遍。御手洗再次点头。

"噗力高的广告牌,那就是……"

记者哥哥也低声说。

"可是啊——"

刑警大声说。

"从这里根本看不到广告牌上的东西,只有背面。我们只能看见背面啊。"

我和小鸟游兄闻言都用力点了点头。

"只能看见黑乎乎的、油漆剥落的背面。"

兄长说。

"就是啊,只能看见广告牌背面,能看见那个也没用吧。就是个特别大的四方形。除了方没别的可看。又黑又方。"

我也说。于是御手洗停下大笑,转向广告牌的方向。他仿佛被冻上了,好一会儿都没有动弹。我看了他一会儿,不禁想,他这又是闹哪出。

"是啊——"

御手洗总算说话了。

"确实什么都看不见,就是个背面。"

"喂。"

我忍不住说了一声,因为我觉得御手洗又在预谋什么坏事了。

"你现在才发现吗?我们从刚才起就只能看见背面了。"

只见御手洗突然走出去,快速转向左侧。怎么了?他要干什么?我还没来得及思考,就见他"呼"地蹲下去,把水管捡了起来。随后他又拽着水管大步朝右边走去。边走还边说:

"死者们都是这样往盆栽上浇水的。"

御手洗在木栈道上站定,做了个朝前方植物洒水的动作。我们不知该作何反应,呆呆地看着。

"然而这样还不够,因为没法浇到露台边缘的植物。太远了够不着。所以他们就走到边缘去了。然而这样洒水是不行的。石冈君,这是为什么呢?"

御手洗面对栏杆站着,摆出用水管向前方洒水的姿势。

"唉?为什么不行啊?"

我不明所以地说。

"啊,是因为水会洒到楼下的人行道上吧?"

刑警说。

"完全正确。银行职员在上楼浇水前,都被上司千叮万嘱,千万不要把水洒到楼下去。因为那样会浇到路上的行人。要是银行干出那种事,可是会变成大问题的。"

"啊,原来如此。"

我说完,跟站在两旁的兄弟一起点了点头。

"那该怎么办呢?就是这样。"

御手洗说着便走到栏杆边上,转过来面对我们,屁股靠在了栏杆上。随后他把水管对着我们,做了个给脚下植物浇水的动作,同时说:

"这里的栏杆很矮,还不到一米,已经违反了建筑基准法。"

"对,大家都说那个栏杆有问题。因为法律规定栏杆高度必须在一点一米以上。"

小鸟游刑警说完，御手洗点了点头，继续说道：

"这也是重要线索之一。而且来到这个位置……"

御手洗转过脸，看向我们左手边的广告牌。

"就能看见广告牌正面了。只有栏杆边上这个位置才能看见那块广告牌的正面。"

御手洗大声对我们解释道。

"嗯。"

我们齐刷刷地点了一下头，但只有这点说明，还是不足以理解整个事态。

5

下到一楼，我们看见隔墙前站着一个人，正端着水壶往茶壶里倒开水。小鸟游刑警似乎认识他，用随意的语气打了声招呼：

"富田先生。"

只见那人马上转向我们，恭敬地点了一下头说：

"哦，原来是警察先生。几位辛苦了。"

"这位是御手洗先生，他正协助我们调查这起案子。御手洗先生，这位是富田课长。他是住田系长的上司。"

小鸟游刑警说。

"那这位是检察官先生吗？"

富田问了个常人都会想到的问题。

"有点不一样，不过也差不多。"

御手洗随意搪塞道。

"现在您方便谈话吗？虽然站着说话有点那个……"

小鸟游刑警问：

"你要在这里问话吗?"

御手洗略显责备地说。

"是,不行吗?"

被刑警一问,御手洗极不情愿地点了一下头说:

"呃,可以吧。"

"关于此次死亡的住田系长……"

小鸟游刑警刚开了个头,富田马上打开了话匣子。

"住田君非常热心工作,是个很优秀的人才。所以失去他对我们来说是个非常遗憾的事情。这层楼的所有员工目前都沉浸在深深的悲痛中,刚才还在商量要不要给他开个追悼会呢。"

"听说住田先生最近一直处在神经质的状态中?"

哥哥小鸟游记者问道。

"那是因为他责任感很强,比任何人都要关心下属,面对三个下属接连去世这样的悲剧,精神上势必无法承受,对此我们也非常理解。"

"那四个人接连自杀的原因……"

刑警问道。他可能是想让御手洗听听吧。这种问题他们肯定早就问过了。

"银行内部是否存在什么特殊情况呢?"

富田课长吃惊说:

"不可能,根本不存在!"

小鸟游刑警没有回话,只是点了点头。

"那比如说银行内部的氛围……之类的?"

小鸟游兄问道。

"银行内部什么事都没有,氛围什么的都不存在异常。"

课长语气坚定地否定道。

"这点我也跟警方解释过很多遍了，老实说，大家真的不明白为什么。这么说吧，我们银行的职员目前都怅然若失。毕竟大家都在同一层办公，是彼此熟识的伙伴。我们一直都和和气气的，相互鼓励，同甘共苦。当然不存在什么矛盾。"

"关于这次系长坠楼死亡前后的情况……"

"这我也说过了，是的，没有人记得。那时我们刚好没去注意系长的举动，而且通往楼梯的走廊途中还设有洗手间。几位请看。"

课长抬手指向旁边的厕所。

"只是去上个洗手间，没有人会一直密切关注他的。所以我们都在想，他是不是从洗手间出来没有回座位，而是一个人恍恍惚惚地跑到屋顶去了。"

"那系长为何会到屋顶去呢？"

刑警问。

"我听说系长根本不愿意靠近那里。"

"是的。"

"那他为什么要……"

只见课长摇了摇头。

"不知道。可能是追随部下而去了吧。"

"追随？那么课长的意思是，您认为系长是自杀？"

记者哥哥追问道。

"是的。"

课长明确地点了一下头。

"因为他真的是个责任感很强的人，精神上受到的打击也相当大，这个明眼人都能看出来。我们都在犹豫要不要让他回家休息一段时间。如今看来，当时就应该这么做的，所以我现在后悔得很……"

"不过对于之前那三名死者,您都不认为他们是自杀,可以这样理解吧?"

听到记者的问题,课长抬头看向天花板。他把那个姿势保持了一段时间,随后收回目光说:

"老实说,我们都不明白到底是怎么回事。事已至此,也有人在想他们会不会也是自杀。"

"可是我还听说,他们都是说了绝对不会自杀才上去的。"

记者说。

"住田君是这么说的。他说岩木君和细野君确实对他说了那样的话。不过我本人并没有听到,因此也不能断言……"

"住田系长没有说那样的话吗?"

"那样的话是指什么?"

"就是自己不会自杀这种话。"

"住田君吗?他没有说。"

课长摇头断言道。

"住田系长和他的三名下属,也就是只有住田小组全员死亡了,对吧?没有别的死者吧?"

刑警弟弟问道。

"没有。"

课长明确地说。

"关于这个,您有没有什么想法……为什么只有住田组的人死了……"

"没有,一点儿都没有。我真的不明白怎么回事。"

课长说。

"您一点儿想法都没有……"

"一点儿都没有。"

"第一名死者岩木俊子小姐,她很快就要跟英俊的未婚夫结婚了,对吧?"

这是御手洗问的。

"啊,是的。我听说是跟一个很像汤姆·克鲁斯的人。大家都在议论他们俩到底是在哪里认识的。身在幸福之巅的人竟然遭遇那样的不幸,我真是不知该说什么好。目前她父母也从关西赶了过来,我们刚刚才帮忙办完葬礼。"

"最近那个长得很像汤姆·克鲁斯的人去哪儿了?"

"我在葬礼上见过一次,后来也没跟他联系过。"

"我这有他的联系方式,那人好像住在父母家。"

小鸟游刑警在一旁说。

"我们都把信息收集到了。"

御手洗点点头,又换了另外一个问题。

"知道他们相识的地方吗?"

御手洗问。

"这个不知道,一直是个谜。"

刑警回答。

"两人认识的时间也不明确。"

记者说。

"时间?"

"岩木小姐说他们已经交往很久了,可大家都说那不可能……"

"没有交往很久的迹象吗?"

"呃,嗯……"

"也就是说,他们也有可能才刚认识?"

"呃，嗯……"

"那可是非常重要的信息。"

"在这些自杀案发生之前，银行内有没有发生过什么不正常的事？"

"不正常的事？"

"就算是很琐碎的事也请您说出来。比如收支对不上账，出现了不明支出，哪个部门发生了矛盾之类的。"

"都没有。"

富田课长断言道。

"比如抢劫银行之类的。"

御手洗没头没脑地说了一句。

"更不可能了！"

课长尖声说道。

"确定没有？"

"怎么可能有？根本没发生过！"

"我知道了。那有人看到住田先生坠楼吗？"

"没有。"

"据说第一个死者岩木小姐，以及第三个死者细野先生坠楼时都有目击者。"

"啊，是的，确实有。"

"都是谁啊？"

"原和塚田。原就在那边，那个脑门儿比较宽的人。"

富田课长指着一个人说：

"我知道了，那打扰您了。接下来我想去找他谈谈。"

御手洗说：

"好，真是麻烦您了。"

小鸟游刑警说:

"他的话有用吗?"

转身离开课长,刑警边走边问御手洗。

"一点用都没有。"

御手洗说。

"全都是公式化的应对。跟警察一起找银行职员问话,人家肯定不会松口的。不过能打听到原先生这个人也算是收获了。"

"哦。"

"原先生。"

御手洗走过去打了声招呼。

"在。"

原答应一声,目光离开了手头的文件。

"听说你看到岩木小姐坠楼的情形了。"

"啊……是的。"

说着,原露出了略显烦躁的表情。

"不过离得很远,是在通往露台的门口看到的。"

"那样足够了。你看到的是不是这样的情形?"

御手洗拉过放在旁边的折叠椅坐下,往后靠在椅背上,仰着身子把肚子朝向天花板。

原点了点头。

"对,嗯,就是那种感觉。不过身体好像是往一边歪着的……"

"往一边歪着,这样吗?"

御手洗转而把侧腹顶在椅背上,让身体往椅背后方倾斜。

"没错,就是这样,像是以腰部为支点转了一圈掉下去的。"

"我知道了,谢谢你。在这次的连续坠楼发生前,这个银行内部有没有什么奇怪的事情？"

原似乎愣了一下，但马上说：

"没有。"

"那你对四个人坠楼死亡的原因有什么想法吗？"

"没有。"

"我明白了。"

御手洗说。

"接下来我想找塚田先生谈谈。目击细野先生坠楼的是塚田先生没错吧？"

"是的。"

"他在哪里呢？"

"应该在三楼。需要我把他叫来吗？"

"那麻烦你了。"

原拿起桌上的电话机听筒，按了一个按键。那好像是切换成内线的按钮。对方很快就接了电话，于是原对他说，警方的人想找他谈话，让他马上到一楼来。

他放下听筒，指向办公室隔墙的方向。那是我们刚才下楼的地方。

"塚田会从那里下来。"

"知道了，谢谢你。"

御手洗站了起来。他走向原所指的方向，同时对我们小声说：

"他的眼球转向了右上方。"

我惊讶地看着御手洗。

"啥意思？"

"这是我进入银行后头一次看到的现象。到楼梯间再说吧。"

可是等我们走到楼梯口，一个貌似塚田的人已经走下来了。

"是塚田先生吗?"

御手洗稍微提高音量问道。

"对,我就是塚田。"

他一边下楼,一边大声回应。

"据说您看到了细野先生坠楼的情形?"

"啊,是的,看见了。"

他说着,看了一眼小鸟游刑警,想必已经跟警方讲过了吧。

"当时是不是这样子的?"

等塚田来到一楼,御手洗就走向放在走廊上的折叠椅,往上面一坐,又把刚才给原演示的动作重复了一遍。

"对,没错,就是那种感觉。"

塚田也点点头,说了同样的话。

"以腰部为支点转了一圈吗?"

小鸟游刑警问。塚田闻言,歪过头想了想。

"腰部……不,不是腰部啊……"

"是不是仰面朝天翻过去的?"

御手洗问。

"啊啊,对,是那种感觉。"

塚田说。

"然后又感觉好像是挣扎着要站起来一样。"

"也就是说,他是坐在栏杆上,向后仰倒了?"

御手洗问。

"啊啊。"

只见他露出呆然的表情,盯着虚空看了一会儿。

"确实是那种感觉。对啊,原来是这样。我也是刚刚才醒悟过来,可能真是那样。他有可能是坐着的。不过我碰巧经过门口时，他已经快要掉下去了……"

"这样就够了。"

御手洗说着,露出了然的表情。

"住田系长坠楼的情况,你并没有看到吧。"

他又问了一句。

"嗯,没看到。"

他摇着头说完,又略显感伤地补充道。

"死人的情景只看一次就够难受了。"

"那你对四个人接连自杀有没有什么想法……"

小鸟游兄问道。

"比如动机和原因之类的。"

"不,没有。"他想也没想就回答道。

我目不转睛地看着他的双眼,发现他直视着我们,目光并没有动摇。

"那四人连续坠楼的事情发生前,这家银行有没有什么奇怪的事呢?"

御手洗问。

"嗯……没有啊。"

"比如遭到银行抢劫这种事?"

"银行抢劫?"

他吃惊地大喊一声。

"没有啦,这么大的事!"

根据我的观察,他说这些话时瞳孔都没有移动。

"不过我在系长死前不久,曾经跟他在这里擦肩而过。"

他说了句出乎意料的话。

"啊!擦肩而过了?!"

刑警吃惊地问，看来他也是头一回听说。

"是的，真抱歉，刚才我没说。当时我也像刚才那样从三楼下来，而他则顺着楼梯上去了。"

"说什么了吗？"

刑警问。

"系长？"

"不，你。"

"那当然说了，因为我很担心他。我大声叫'系长'，想把他叫住。因为他如果是往露台去，那就糟糕了。"

"嗯，然后呢？"

"他说'我不去屋顶，我不去屋顶，你放心吧'。"

"系长真的那样说了？"

刑警问。

"是的。"

"那他一开始其实并不打算去屋顶啊。"

记者哥哥自言自语一般说。

"有可能中途变卦了。"

"嗯，于是我就看着他上去了，那真是失策。"

"唔……"

刑警沉吟起来。

"因为我还是很担心，就一直在下面看着他。结果系长就转过来对我说，'你放心，我不会死的'。"

"什么？！"

小鸟游兄弟齐齐发出惊呼。

"说完他就上去了。"

"你怎么不早点儿告诉我们呢。"

小鸟游刑警责备道。

"对不起。"

说着，塚田低下了头。

"因为我很自责，实在说不出口。我一直在想，要是当时把他硬拉回来就好了。本来想把这事一直埋在心里，可还是忍不住说了出来。不过这样一来我心里也舒服了不少。真对不起！"

他说完，又一次低下了头。

宣称自己不会死，随即从楼上跳下的人，已经变成三个了。

6

随后我们又来到了外面的街上。走到住田系长坠落的位置，附近已经看不到围观的人，蓝色塑料布被撤走，血迹也已经洗干净了。路上行人兀自从那里走过，仿佛什么事都不曾发生。在我看来，那就像是因为附近的人都已经对这种事见怪不怪了。

御手洗将目光锁定在噗力高奶糖的大广告牌上，沿着银行大楼边缘朝那边走了过去。我也学他抬头看着招牌走了几步，随着与广告牌距离的缩短，青年跑者脸上的方形黑洞也越发逼近，想到那四个人在屋顶露台的离奇死亡，让我不禁觉得那是通往异次元或黄泉之国的骇人洞穴。

我收回目光，发现左手边的朝日屋百货也越来越近了。来到U银行与朝日屋百货的分界点，御手洗停下了脚步。这两栋老旧的大楼之间，有一道宽度仅一米左右的狭窄缝隙。我听说要是在江户时代，这点缝隙也会被当成一条巷子，然而这里却不具备穿行的功能。因为里面堆放着无数瓦砾和铁管，深处还能看到一面墙壁，黑乎乎的，看不见对面透过来的光，应该是个死胡同。

停下来后也一直抬头望着广告牌的御手洗不知在想什么，一言不发地侧过身走进了那条缝里。因为地上满是瓦砾和铁管，他每走一步都会发出咔嚓咔嚓的声音。

两座大楼紧挨的墙面肯定脏得要死，搞不好还布满蜘蛛网，所以我就没进去，免得待会儿出来还得费劲把衣服拍干净。想到这里，我干脆远离了那条缝隙，决定等御手洗出来。然而御手洗偏偏喜欢在这种时候想起我来，从里面叫了一声：

"石冈君，别犹豫了，快进来吧。"

我心想，开什么玩笑，干脆装作没听见。然而御手洗不知为何格外执拗，又叫了我一声。

"石冈君，这里面有很重要的东西，你别怕脏，快进来啊。这东西真的很重要，我想让你也看看。"

"我才不要。"

我说。

"我就怕脏。而且这么窄的缝里怎么会有重要的东西呢，你可别骗人了。"

我盯着御手洗脚下说。

"没骗你。"

御手洗说。

"这个谜案的所有解答，都在这个缝隙里。"

"可我正在看你脚下呢。明明什么都没有。"

我说。

"谁说那东西掉在地上了。不在下面。"

说完，御手洗似乎放弃了坚持，决定改叫刑警进去。

"小鸟游先生，我朋友派不上用场了。因为他很神经质，又有细菌恐惧症。能麻烦你过来一下吗？"

刑警闻言,马上勇敢地侧过壮硕的身躯,一步一挪地挤进那条缝里去了。我内心突然感到强烈的不自在。我并没有细菌恐惧症,而是对屋尘过敏。

"你瞧,就是那里。"

我听到里面传出熟悉的声音。因为担心他又要叫我进去,我躲在了U银行墙角,决定只听他说话。小鸟游兄则光明正大地正对窄巷,看着那两个人。

"广告牌已经腐朽,底下烂了个洞。"

"啊,真的呢。"

我又听到刑警回应的声音。

"那这块广告牌真的要拆掉了,这么危险。"

小鸟游兄也说。

"那上面烂了好多大大小小的洞,确实很危险。前面不远处有个电话亭,最好马上给施工单位打电话,叫他们立刻派辆吊车来检查广告牌。"

"然后明天就拆掉吗?"

"要看检查结果。不过最好今天之内先做些应急措施,否则那东西搞不好今晚就要掉下来。"

"什么!真的吗?"

刑警吃了一惊。

"当然是真的。"

御手洗淡然道。

"不过该做什么应急措施啊……"

兄长问。

"至少要把重物先拆出来,让广告牌变轻。"

"重量大且危险的零件吗,比如马达和变压器什么的?"

刑警问。

"还有更重的……"

"比如把那些一直往下漏细菌的危险大洞填起来怎么样。"

我大声说。

"如果是应急措施,至少要把洞堵上吧。"

我刚说完,就见御手洗两手一拍,赞同道。

"那确实是个好想法。要是不快点堵起来,搞不好又得漏下来一辆劳斯莱斯。"

他说。

"什么?!"

我说。

"那是什么意思?"

虽然只有我问了这个问题,但已经回到人行道上的刑警和等在那里的报社记者两兄弟都疑惑不解。

"总而言之,这块广告牌在强度上已经达到了极限。"

御手洗窸窸窣窣地从墙缝走出来说。我不禁想,他又不是专家,怎么会知道这个。

"百货大楼这边的墙壁也老化严重,让人难以置信广告牌竟然还能挂在上面。"

"那我先找认识的建筑公司谈谈吧。"

小鸟游刑警说。

"最好如此。还要请他们立刻派一辆吊车过来。"

"吊车?现在要?"

刑警惊讶地问。

"没错。要让他们到上面亲眼看到真实情况,这样对方才会理解事态的严重性。"

"哦,那我这就去打电话。"

刑警说。

"现在正是新年时期,对方应该会推托。但你一定要告诉他,广告牌随时都会掉下来,事态紧急。一旦坠落有可能导致大量行人受伤,甚至出现死者。所以务必请他们今天之内做出行动,一定要抓紧时间。"

"可万一他们急急忙忙赶过来,发现我们在说谎……"

"这不是说谎。只要坐在吊车的吊篮里升到上面去,他们就会理解事态的严重性了。如果可以的话,我甚至想请你封锁这条人行道。"

"真的吗?"

"我保证。最好再叫四五位警察过来,让他们跟吊车一起到达。然后我还需要厢式货车和防水布。"

"用来运送招牌吗?这些东西施工方应该有的。"

御手洗闻言点点头。

"嗯,那也可以。总之请你语气强硬一些,要求他们必须今天之内过来处理。"

"我知道了。"

听完御手洗的话,刑警转身走向不远处的电话亭。

"啊,石冈君。"

他看见我在一旁,就说。

"原来你还在啊,我以为你已经回去了。"

"我差点儿就回去了,总比被你拽进那个垃圾堆里要好。"

"那里面是公共场所。"

"公共场所?"

我说。

"你在说啥呢?"

"就是'urine passage'。"

"哈啊?那是什么。"

"这个用日语怎么说呢。不过为了照顾你的情绪我还是不翻译了,免得把你吓晕过去。你没进去是正确的。好了,小鸟游先生,鸭嘴兽跟原创拉面,哪家距离这里更近?"

"原创拉面。"

记者马上回答。

"要去吗?"

"看小鸟游刑警的交涉结果如何。如果吊车五分钟就能来我们就不去了,要是几个小时后才来,我们就去吃碗年糕泡菜拉面吧。"

"那个啊……"

记者不知为何一脸苦涩地低声说道。

"虽然还没到晚饭时间,但是吃碗拉面也挺好,你说呢,石冈君?"

我犹豫了一会儿。虽然年糕和泡菜我都不讨厌,但不太确信把这两种东西放进拉面里能好吃。

"呃嗯,好吧。"

我不情愿地说。要是我说不愿意,有可能被提前打发回家。

我们三个走到电话亭边上,正好刑警也打开门走了出来。

"怎么样?"

御手洗问完,刑警就点点头。

"他们说会来。"

"太好了。"

御手洗说。

"不过他们说吊车派到箱根去了。"

"派到箱根了?"

"对,是箱根。等那边工作结束,吊车会直接开到这里来,不过就算紧赶慢赶也要花三到四个小时。这样没问题吧。"

"三四个小时……那就得等到七点了吗?"

"最晚是到那个时候。也有可能会提早。"

"但愿广告牌能撑到那个时候。"

"啊?有那么危险吗?"

"不知道呢……只是目前情况无法乐观。没办法,我们还是去吃原创拉面吧。"

"呃——"

小鸟游刑警脸色突然阴沉下来。

"怎么了?"

"没什么,我对那家拉面有点……"

刑警说。

"要是不喜欢拉面,不如吃煎饺吧?"

"那里不卖煎饺。有也只是在拉面里放两个。他家的饺子就是为这个才做的。"

"啊,在拉面里放饺子?原来不只是年糕、泡菜和腌萝卜啊……"

我说。

"嗯,谁叫他是原创呢。"

我不禁想,那到底是什么拉面啊!啥都能往里放吗,那不就成了相扑火锅了?

"那个老板的风格就是爱吃吃不吃滚吧。"

记者哥哥说。

"那别的拉面……"

我试着问道。

"没有，只有他这款原创拉面。"

"算了，我吃炒饭就好。"

刑警说。

"那我也吃炒饭吧……"

我也说。

从广告牌走路到满腹亭拉面只需五分钟左右。店面招牌上虽然写着满腹亭几个字，但"原创拉面"的字号却比它要大两倍。笔锋还甚为狂野。

我们走进店门。

"欢迎光临！"

迎接我们的是一声劲喝。只见一个胡子花白，身穿蓝色花衬衫的男人正颠着大炒锅做炒饭。店里地方挺宽敞，却只有吧台座位上坐着一名中年客人。

"两份原创拉面，两份炒饭。"

小鸟游刑警坐到吧台高脚凳上，对老板说道。他话音未落，小鸟游兄就连忙修正道："不，三份炒饭。"

愿意挑战拉面的只剩下御手洗一人，我们都选择了炒饭。

"好嘞！"

老板又大喊一声。

"哦，这不是 Gibson J-160E 嘛。"

御手洗看到店里展示的原声吉他[①]，说了一句。

[①]原声吉他（Acoustic guitar）：即木吉他，该名称是相对"电吉他（Electric guitar）"的说法。

"哦，你懂这个？"

老板闻言马上回应道。

"那当然了，这可是约翰·列侬往年爱用的吉他。"

说完他站了起来，朝那把吉他走去，随后一脚踏在高脚凳的搁脚上，抱着吉他拨了一下。

"久等了。"

老板把炒饭递到那位客人面前。

"你知道 *If I Fell* 吗？"

御手洗突然问了一句。

"什么知道不知道，告诉你，我以前可是专业的。"

老板说。

"那就请你负责上声道吧，我负责下声道。"

说完，御手洗就突然弹唱起来。进入主旋律，老板也大声加入了高音。

他们组成了意外好听的和声。老板的英语发音并不完美，有的地方还略显敷衍，但音程很准确。也难怪他会夸耀自己以前是专业的。

唱到最后，两人相互称赞，并鼓起掌来。客人也拍起了手。御手洗把吉他放回原处，同时说：

"嗯，声音非常不错。"

"因为我每天都在弹它啊。对了，还得给你们做炒饭和拉面！"

老板猛然想了起来。

"披头士的歌你都能唱吗？"

御手洗问。

"嗯，都能唱，当然像 *You Know My Name* 这样的另当别论。"

"我连那个也能唱。"

御手洗说。

"不过现在已经把歌词忘得差不多了。过去我们还招了个左撇子给他一把 Hofner①,搞过一阵披头士的模仿乐队。我扮演约翰。当时在赤坂跟六本木演奏,好多店都请我们过去,特别赚钱。比现在赚钱多了。"

老板一边往炒锅里倒麻油一边说。

"不过我的目的根本不是钱,而是女人。我一心只想受女人欢迎。但凡有点正经的行动,我的动机必定是这个,全部都是。我的人生就这么简单,simple is best。"

我转头一看,发现小鸟游兄弟都在齐刷刷地点头。

"不过你也不错啊。老实说,我以前真不觉得能有人比我强,现在也一样。所以我也极少夸人。不过我得说,你是真不错。音乐在哪儿学的?"

"我在美国搞过一阵爵士乐。"

御手洗说。

"哦哦,爵士乐。嗯,那真够厉害的。我原来在六本木一边搞音乐一边打工做拉面,想成为顶尖乐手,结果却失败了。反倒是做拉面的名气上去了。"

我见两兄弟面面相觑。他们那是在问彼此,这里的拉面很有名?

"还是因为女人失败的。六本木不是好女人一大把嘛,因为这个我进了号子,同时也因为写不出原创的曲子来。"

---

①这是在模仿保罗·麦卡特尼。

"进号子？你到底干了什么啊？"

兄长问。确实，那种地方不是什么人出于好奇就能进去待待看的。

"没什么大不了的，就是年轻气盛，又遇上坏茬了。"

"打架斗殴吗……"

"嗯，差不多吧。每次人家说让我干，我基本上都会失败，因为太兴奋了。说到底，我老婆跟我离婚可能也因为那个吧。被她抛弃以后，我越想越觉得有可能了。"

小鸟游兄弟一言不发，似乎不知道如何回应。

"六本木真的很可怕哦，你们都要小心点儿。"

老板说。

"可怕的根本不是六本木吧……"

小鸟游兄低声说。

"听说你买了最新款的幻影啊。"

御手洗似乎想换个话题，突然问了一句。

"对，对，我是买了。你怎么知道的？"

"这事在周围都传开了。"

记者说。

"有这么厉害？"

"该不会像约翰那样把车涂成吉卜赛大篷车了吧。"

御手洗问。

"你别说，我还真想涂。"

老板一边炒饭，一边大声说。

"不过没人愿意做那种涂装。而且那种花纹早就不时兴了。"

"那你有在开那辆劳斯莱斯吗？"

"完全没有。就是每天端个板凳去停车场看看。因为我爱喝酒，一不小心就酒驾了。更何况劳斯莱斯这么显眼，开不了多远就得被警察拦下来。"

"那何必买回来呢，直接去展厅看不就好了。"

御手洗说。

"可这附近没有展厅啊。要是不到世田谷或六本木那一带，根本找不到代理商。"

"你是去那里买的吗？"

"不，只是碰巧遇到一个卖车的。那人问我要不要买，价格可以优惠。老兄，那可是大名鼎鼎的劳斯莱斯，怎么能像萝卜一样卖呢。"

"推销员到店里来了？"

"人家劳斯莱斯的推销员怎么会到这种拉面店里来。"

老板说。

"所以你就买了吗？"

"因为我想要啊！那可是我学生时代就有的梦想。那时我就想，约翰开的是英国高级车啊，我也好想开啊！"

我看了一眼御手洗，发现他竟很是赞同地点了一下头。

"不过你哪儿来那么多钱啊？"

记者问。

"原来这家店这么赚钱。"

"哪里，捉襟见肘。"

老板马上说。

"啊，那你……"

"这种有什么好说的。因为这玩意儿，老婆不跟我过了，蓄电池也整没电了，连孩子都高高兴兴地对我说'爸爸再见'。"

"都走了吗？"

记者毫不客气地问。

"嗯。"

"那你现在一个人?"

"对,从那间两房两厅的公寓搬出来,住在木造出租屋里。你有好女人介绍给我吗?我发现女人都不愿意坐劳斯莱斯。那种车真泡不到妞,她们该不会以为我是黑社会吧。"

"女孩子们可能不知道劳斯莱斯吧,所以不懂得那是好车。"

记者说。

"没办法在朋友面前炫耀。"

御手洗解释道。

"啊,是吗?那可真是没办法了。好像又回到了用廉价录音机听披头士磁带的学生时代。这要是不喝酒让人怎么受得了!"

"在鸭嘴兽喝?"

御手洗问。

"对,现在我的人生就是这里和鸭嘴兽两点一线。是不是特别单纯?其实拉面店可是很忙的,根本没时间出去开辟新生活。而且那里还能给我打折。"

"干脆卖掉劳斯莱斯如何?"

刑警弟弟提议道。

"嗯,我确实想过。可是听说车子这种东西一旦转手价值就会减半。那也太可惜了。"

"啊,是吗……"

"听说你有额外收入?"

兄长问。

"对,没错。额外收入!"

"老板,你在炒股吗?在牛市大赚了一笔?"

"我没炒股。"

"中彩票了?"

"算是说对了。那种事就别在意了嘛,世事沉浮,总会有各种境遇的。"

老板大声说。

"听说这个町还有个人买了劳斯莱斯啊,开佛具店的。"

御手洗一问,老板马上回答:

"啊,那家伙是个白痴。真正的大白痴。"

"为什么?"

记者问。

"一个开佛具店的,根本赚不到几个钱,还买了辆连自家停车位都装不下的幻影。除了脑子进水,我实在想不到别的说法。"

"不,可是……你不也……"

记者小心翼翼地提出异议,却听老板马上说:

"可是我一开始就没有停车位啊。"

听到这里我们都无语了。我总感觉那应该也说不通吧。

"而且我还有披头士这个原则。我要跟披头士过一辈子。"

"哦!"

御手洗发出了真心诚意的感叹。

"所以我买劳斯莱斯是理所当然,不对吗?还有那把Gibson,这不就证明我的人生属于披头士吗?相反那个佛具店老板,你跟他说披头士,他都不知道那是个啥。所以我就热情细致地给他从头开始讲,结果他说什么,哦,原来是GS[①]啊!我都

[①] GS(Group Sounds):是日本二十世纪六十年代后半期以吉他为主、由数人组成的摇滚乐队种类,简称GS。自一九六六年披头士到日本公演以后,一边演唱一边演奏电吉他等乐器的乐队在日本不断兴起,以年轻读者为主的娱乐杂志《周刊明星》把这些乐队和音乐统称为"Group Sounds"或"Group Sound",其后被广泛使用。

快气死了！"

原创拉面老板难以掩饰脸上的怒容。

"现在哪还有人说GS啊，那早就变成死语了！不是吗？他竟然把大名鼎鼎的披头士跟日本那帮奇形怪状的小屁孩相提并论！这种人买劳斯莱斯干什么！对吧？不是吗？难道我说错了？"

"完全没错，太有道理了。"

御手洗面不改色地迎合他，让我感到异常奇怪。

"对，太有道理了。"

实在没办法，记者也顺着他的话说。

"我说得很在理吧？可开佛具店的偏偏不明白这个道理。所以说他是个白痴，脑子进水了。"

"不过，你跟佛具店老板在鸭嘴兽一起喝过酒吧？"

御手洗问。

"嗯，喝过这么一次两次吧。不过我跟你说，那家伙太适合开佛具店了。那简直是他的天职。"

"为什么？"

刑警问。

"那家伙太阴沉了。真的，就好像一年到头都在办丧事的人。喝了酒也快活不起来，就坐在那儿也不说话。有时候又絮絮叨叨地抱怨老婆。我就曾经对他说，你来喝酒到底是为了啥？"

"不过你们还是一起回去了吧？"

"一起？可能有这么一次吧，因为回家方向是一样的。不过那种事我早就忘了。久等啦，你们的炒饭。原创拉面再稍等哦。我这就给你做份厉害的。那种拉面啊，整个东京只能在我家吃到，你可别吓坏咯。"

"那个,老板啊……"

一直在旁边听老板说话的我开口道。

"咋了。"

"你是什么星座?"

"星座?"

"该不会是射手座吧?"

"嗯,就是射手座。你怎么知道的?"

"啊,果然如此。"

我说着,心里暗自下了结论。他这种性格果然来自星座啊。老板在知性和涵养上虽然不如御手洗,但除去女人这方面,他俩的生活原理其实是共通的。应该说,这两个人明显是同类。

7

走出满腹亭,御手洗说:

"吊车还要过段时间才来吧。"

"确实。"

小鸟游刑警看着手表说。现在太阳已经开始西斜了。

"你刚才不是用公共电话联系过吗?那边说几点?"

兄长问。

"施工单位那边说六点半,所以还有不到两个小时。"

小鸟游刑警刚才用满腹亭里装的公共电话联系过施工方。

"你一直不回警署没问题吗?"

记者兄长又问弟弟。

"嗯,因为我刚才顺便给警署打了电话。师兄们也是六点半过来,在此之前我可以继续调查。好了,御手洗先生,接下来我们去哪儿？"

"不如去佛具店吧，我也还没见过那个老板呢。"

记者哥哥提议道。

"佛具店的优先级降低了。"

御手洗冷冷地说。

"啊？为什么？"

记者不满地追问。

"那不是好像一年到头都在办丧事的人嘛，那种人问不出什么东西的。"

"那肯定不会像刚才那个憨老头一样——"

"刚才那位是嘴比脑子动得快的性格。"

刑警说。

"他都是先说话再思考的。"

兄长说。

"可是，你从刚才那个大叔那儿打听到的信息足够了？"

我问。

"嗯，当然把很多事实都确认过了。除了必须隐瞒的事，他对一切都是有啥说啥。"

"除了必须隐瞒的事？"我问。

小鸟游兄弟也抬头看着御手洗，似乎跟我有同样的疑问。

"是的。不过他的小秘密我早就知道了，所以没必要问。"

"他隐瞒了什么事？"

"到鸭嘴兽你们就知道了。好了小鸟游先生，麻烦你带路吧。"

"去鸭嘴兽吗？你真的要去？好吧，走这边。"

记者哥哥说完，带头走向马上就要被暮色笼罩的T见商店街。随后他又很是感慨地说：

"不过那老板的蠢样还真是一点儿没变啊。说佛具店老板是大白痴，他就没想想自己吗？"

"老婆孩子都跑了，他还是坚持要买劳斯莱斯。对吧，老哥？"

刑警说。

"可不是嘛。我真想说你才是真白痴。买辆劳斯莱斯扔在风吹雨打的露天停车场，还把蓄电池给搞没电了。居然每天只是搬张小板凳坐在那里看，那可不是一般的白痴能做到的。"

"超级白痴，大写加粗的。"

"既然如此买个车模不就好了，不然买个壳子也行，反正他又不开。我听说佛具店老板至少还会开他的车，佛坛跟劳斯莱斯其实还蛮配的。"

"至少比拉面要般配得多。"

"劳斯莱斯这种车吧，其实转念一想也挺像一座会跑的佛坛。"

兄长说。

"嗯，不过真要那样说，至少也得是会跑的帕台农神殿吧。"

弟弟说。

"有什么区别吗？总而言之，他怎么能忘了自己拉面店老板的身份呢。开劳斯莱斯，怎么也得是白桌布、肉派和法式全餐，怎么就不能动脑子想想呢。"

"反正不会是放了年糕的拉面。"

"肯定不是。如果是葬礼跟劳斯莱斯，倒还有点相称。"

"如果说佛具店老板好像一年到头在办丧事，那个大叔就是一年到头在搞沙滩派对了。"

"对啊，脑子都被太阳烤坏了。对了御手洗先生，你从那个白痴大叔那儿打听到什么了？"

"没什么。"

御手洗敷衍了一句，换来兄弟质疑的表情。

"我已经没什么需要调查了，因为都知道了。刚才只是过去确认一下。"

"确认什么？"

"各种事情。首先，他对披头士的狂热是真的。从他的歌词和唱功可以看出，至少他过去曾经努力尝试去理解披头士。那并不是撒谎。"

"嗯，确实。那当然了，毕竟他能把英文歌唱得那么好。你想啊，那种大叔会唱英文歌吗？那个样子应该连日文都不怎的，怎么看都像是唱演歌的人吧。"

记者说。

"大叔虽然是笨蛋，却没有撒谎。"

"因为撒谎需要脑力。"

刑警说。

"不过御手洗先生，你为什么要去鸭嘴兽呢？那里比佛具店还重要吗？"

"我想去见识见识那个让人犯错误的大姐。"

御手洗说。

"那里可能还没开门呢。"

刑警弟弟看着手表说。

"不，应该已经在准备了，至少能见到人。"

兄长说。

"对了，御手洗。"

见他们的谈话已经告一段落，我便问了个自己一直很好奇的问题。

"原创拉面好吃吗？"

御手洗茫然地看着我。

"拉面？"

"喂，你刚才不是吃了嘛。"

御手洗面露难色。

"是吗……"

"所以我在问你味道怎么样呢。"

"记不得了啊……"

他边走边抱起双臂。

"你明明吃下去了。"

"是吗？我当时在想事情，完全没注意味道。好像没什么特别的，再说我本来期待值也不高。"

他说。

我们来到鸭嘴兽，正如小鸟游记者所料，店里还在营业准备中。

"大姐，我是T见署的，又来找您了。"

刑警一把拉开玻璃门，大大咧咧地走进去，朝店里亮出了黑色证件。只见老板娘擦着手从里面小跑出来。

"来啦来啦，欢迎光临。"

"这位是协助我们调查的御手洗先生。这位是石冈先生。至于这个大叔，你认识的吧。"

"认识。《港新报》的记者先生。我订了你家报纸哦。"

她说。

大姐看上去五十几岁,但是皮肤很有光泽,双眼下方和下巴上虽然堆积了鼓鼓的脂肪,却见不到皱纹,笑脸和灵巧的动作让她显得很年轻。她以前应该是个美人,偶尔露出的好奇表情很是可爱。

"承蒙您关照了。"

记者哥哥点点头说。

"那上面的连载小说很有意思呢。我就喜欢那种带点色气的恋爱故事。特别爱看。"

"啊,是嘛。那报道呢?"

"那个不怎么看。今天来有事吗?"

"今天也想找您问点问题。"

"你哪次来不是要问问题?这次要问什么?不过我可要把丑话说在前头,毕竟做着这种生意,有些话是不能说的。"

"保密义务,像医生那样?"

"我想知道那个英国汽车的女推销员叫什么名字。"

御手洗张口就来,把我们呛得无言以对。

"女推销员?英国汽车?"

记者在旁边问。

"你是说劳斯莱斯?"

"喂,你怎么突然问这个啊。"

我说。

"御手洗先生,这种问题是不是该循序渐进……"

刑警也说。

"浅田奈美子。"

老板娘的回答又把我们呛了一跟头。

"她叫浅田奈美子,还是推销员?推销劳斯莱斯的?"

"嗯，没错。她在六本木英国自动车工作，卖各种英国车。"

"六本木英国自动车啊。"

说着，御手洗点了点头。老板娘又说：

"既然你都查到了，我也没必要隐瞒。不过也只能说到这里了。毕竟人家应该也有公司机密吧。她是我老公的远房亲戚，所以我不能多说，你得理解。再说了，我俩都是女人，自然有女人之间的事。其实她的情况我也不是不知道，但正因为如此，才想护着她一点儿。"

"鸭志田女士，我很理解。"

御手洗说。

"这只是秘密调查，还没发展成案件。所以浅田女士不会被当成嫌疑人的，而且她的名字也不会被报道出来。我只是在这里问问，事后不会去找她。当然，如果实在有不明确的地方，那就不得不到她店里去了。"

"啊，既然你这么说……"

她说。

"我只是在确认一些细节，浅田女士并不是主要调查对象。何况这位记者先生也有为信息源保密的原则。不管您说什么，我们都不会把您的名字泄露出去。"

"真的吗？"

"嗯，当然是真的。"

刑警说。

"我们绝对不会透露这是鸭嘴兽的什么人说的。"

"我也发誓，绝对不会告诉任何人，也不会写在文章里。毕竟大姐您是做客人生意的，这关系到信誉问题嘛。我们都很理解。对天发誓，一定替您保密。"

记者哥哥也跟着说。

"所以您放心,有话直说。只要拿到我们想要的信息,保证不会再来打扰您。"

刑警弟弟说。

"而且这只是细节确认。我经过调查基本上掌握了所有真相。现在只是取证而已。"

御手洗说。

"既然警察先生都说到这份儿上了,这要是让别人觉得我是个管不住嘴的女人,在客人那儿可就失去信誉了。"

"那是当然,我很理解。"

御手洗说。

"干这一行啊,就算不情愿也会知道客人很多秘密。"

"是啊。浅田女士经常到这里来?"

"嗯,有时候是带熟客来,有时候跟上司一起来。偶尔也会过来看看我老公。她住在田园调布,开车的话还挺近的。"

"她出行都会开车吗?"

"开的还是捷豹呢,特别帅气的车。而且又懂得穿衣打扮。"

"她很漂亮?"

记者问。

"每个人欣赏的眼光不一样嘛,不过她身材很好,两条腿又细又长,毕竟以前当过模特啊。"

"以前当过模特……"

"她跟那个原创拉面的老板在这里喝过好几次?"

御手洗问。

"对,有四五次吧,就在那边吧台。拉面店老板每天都来。"

她指了指背后的吧台座位。

"他是浅田女士的常客啊。"

"对呀。"

"然后就谈起了那种生意……"

只见她脸上殷勤的笑容消失了。

"呃,那个……我可不能多嘴啊,警察先生,请你理解。"

她对御手洗说。

"女人干那种事,是犯法的吧?"她露出恳求的目光问道。

御手洗用力摇着头说:

"我们不负责风纪调查。那些琐碎的事情我们不会多管。当然,要是涉及毒品则另当别论。"

"哦,那倒是没有。"

她断言道。

"那就没问题了。我们会严格保守证人和信息源的秘密,请您尽管放心。"

"你可千万不能说这是我说的。"

"撕了我的嘴都不会说。"

"何况那种事情明眼人一看就知道了。他们就在这儿喝了几次酒,没几天那人就开上劳斯莱斯了。那么大那么显眼的车。那还不一下就明白过来了。"

"佛具店老板也是吧。"

"好像是,我都吓了一跳,他们哪儿来的钱啊。"

我们几个也点了点头。

"我从老公那边听说过,那人确实在做那种事。可是我想,她卖的都是那么贵的车,想必也很发愁自己的业绩吧。更何况那还不是正规代理商,我都有点同情她了。相比之下,我的工作简直太轻松了。"

"拉面店老板跟佛具店老板也一起喝过几次吗?"

"嗯,只有两三次吧……"

她边想边说。

"每次都是一起回去的?"

"应该一起走过,我记得的。"

"那佛具店老板跟浅田女士呢?"

"一起喝酒吗?嗯,有过几次。我是不太希望她在我店里干那种事,但也说不出口啊。那个人啊,见着什么人都会去推销她的高级车。好像还跟我老公提过。不过我们有那辆卡罗拉就够了。平民百姓哪里开得起进口车啊,再说保养也是一笔不小的开销。"

"好的,这样就够了。感谢您的配合。"

御手洗干脆地说。于是她又说了一句:

"那就真是拜托你了。要是让人发现这些话是我说的,这店就开不下去了。"

"我知道怎么做,请您放心。"

我们都跟着做了一通保证,随后向她行了礼,走出店外。

"你怎么知道那是个女推销员,还知道来这里问?"

我问。

"原创拉面的大叔不是说了嘛,他的生活就是满腹亭跟鸭嘴兽两点一线,还说劳斯莱斯的推销员根本不会走进拉面店里。既然如此,就只能是这家店了。"

"那你怎么知道人家是女的,还用那种方法推销……"

"那大叔自己说的啊,一旦有什么行动,动机必然是女人,还屡战屡败。他可真够老实的。"

"哦……"

我有点明白了。

"那就是说,他这次也失败了?"

刑警弟弟问。

"你们刚才不是一直在说嘛。佛坛跟劳斯莱斯更般配,放年糕的拉面不行。把这么贵的车扔在风吹雨打的停车场,还把电池耗完了,每天只是搬个小板凳过去欣赏,为了这种事连老婆孩子都跑了,真是大写加粗的超级白痴。这不叫失败叫什么?"

"啊啊,原来如此。简而言之,又有女人对他说,可以随便上……"

记者哥哥说。

"不过只能是最贵的幻影,别的不行?"

弟弟问。

"就算是捷豹和 MG 也不行。"

御手洗点头道。

"于是拉面大叔想也不想就买了最贵的车,一心只想上女人。所以他老婆才会抛弃他。"

御手洗更用力地点了一下头,然后说:

"正是如此。后来他还搬离自己的公寓,住进了廉价木造出租屋。"

听到这里,兄弟俩深表赞同。

"原来是这样啊,我总算明白了。那家伙果然是个蠢货。真是太蠢了,难怪会混成这样。什么个性原创啊,简直笑死人了。"

"可他的钱是怎么回事?全新幻影要两三千万吧。还是更贵?他从哪儿来的这么多钱?"

"那个浅田还真够贵的啊,竟然要两三千万?"

"人家以前可是模特,应该就是那个价,而且还送辆车啊。

那可不光是肉体的价钱。"

"这还算赚到了？我有点想看看她长什么样了。"

"可大姐不是说脸长得有人爱有人不爱嘛。"

两兄弟争论起来。

"你怎么知道那个大姐姓鸭志田的？"

我问。

"那家店柱子上贴着小小的名片。因为姓鸭志田，所以店名就取了鸭嘴兽吧？"

"可你为啥要专门强调大姐的姓呢……"

"为了让她觉得我们调查得很深入。那样一来她就愿意说话了。快到六点半了，各位，我们该出发去朝日屋百货了吧。终于到揭晓谜题答案的时刻了。"

御手洗说完，迈开步子走向暮色渐临的街道。

8

来到朝日屋百货大楼门前，我看见四个面相略显凶恶的男人站在旁边的人行道上，应该是T见署的刑警了。他们旁边还停着应该是从警署开来的黑色厢型车。

御手洗一边朝他们走去，一边抬头看着噗力高广告牌，喃喃了一句：

"太好了，还没掉下来。"

小鸟游刑警走到师兄们身边行了个礼，然后开始介绍我们几个。刑警们只是微微点了一下头，并露出了这种时刻经常能看到的那种散发着威严的不快表情。因为他们坚决不愿意承认业余侦探这样的存在。

"你确定这事值得我们跑一趟吧。"

其中一个人故意用挖苦的口吻对我们说。

"我们可没你想的那么清闲。"

另一个人说。

"再说了,拆块广告牌至于叫警察吗。"

"我说,这根本不需要来四个人吧。"

那个面相尤为凶恶的人转向小鸟游弟,开始说教。

"小鸟游啊,你得挑一挑身边的朋友了。别看你这样,现在也算是正式的刑警了,给我注意点。你忘了吗?不要去掺和那些闲杂人等的侦探游戏。你都这个岁数了,该学乖了吧。不然你以为你永远都是学生吗?这回要是啥事都没有,你这辈子就别想往上爬了。想好了吗?"

小鸟游弟略显慌乱地看了御手洗一眼。

御手洗不紧不慢地笑着说:

"那就是说,如果这是大案子,你就能当警部了。"

"御手洗先生,你可别乱说啊。"

兄长忧心忡忡地说。

"我也快被报社炒鱿鱼了。这下可好,兄弟俩一块儿失业。记者和警察根本没法干别的行业啊。难道得去便利店收银吗?"

小鸟游兄说完,整个人都蔫了。

"老哥,干脆我们俩一起开便利店吧。"

弟弟说。

看一眼手表,已经六点半了。看来吊车要迟到一些。我们站在几个刑警旁边,彼此都不说话,度过了一小段略显尴尬的时间。此时吊车总算绕过不远处的红绿灯路口,慢悠悠地现了身。

"啊,来了来了!"

小鸟游兄弟齐声欢呼，兄长甚至举起右手挥舞起来。然而这里是少有的不需要那个动作的现场。毕竟是曾经闻名全国的噗力高牛奶糖大广告牌底下，从很远的地方就能看见了。

"要确认广告牌与墙面的连接部分对吧？检查那里是否短时间内会松脱……"

小鸟游刑警问御手洗。

"没错。然后马上将危险重物卸下来。"

刑警点点头。

大型吊车在嗖嗖超越的计程车流中缓缓减速，停在我们等待的人行道旁。位置就在警车后方。小鸟游刑警跑到驾驶席窗边说明了情况，并向司机传达了御手洗的要求。

吊车两侧用于固定的脚架被放到地面上，把车身稳住了。随后一个身穿施工服的年轻男子从副驾走了出来。吊臂被解锁，前端吊着垃圾桶状作业台的吊臂随着油压的噪声上升了一些。紧接着，又有一个中年男人从驾驶席走了下来。

我和御手洗并肩站在路旁观望那个场景。来往的行人似乎对此毫无兴趣，并没有放慢脚步。看这个情形，周围应该不会聚集人群。

身穿施工服的年轻男子离开吊车朝这边走过来，向刑警们询问道：

"吊臂一旦伸到广告牌那里，行人就不得不从底下穿过去了。为了避免危险，最好把那一段人行道封闭起来，让行人从机动车道绕过吊车通行。"

"嗯，那样比较好，就这么办吧。"

一名刑警同意道。

"那我去把安全锥跟禁止通行的警示牌拿出来，不好意思，能帮个忙吗？"

"喂，你叫我们也动手吗？"

刑警嘴上抱怨，但还是跟了过去。

我们也一起帮忙把安全锥和警示牌从车里拿出来，将人行道封锁后，再用安全锥引导行人从吊车旁边绕过去。所幸这里的机动车交通量并不大，虽然被我们划走了一整条车道，也没有出现拥堵的征兆。

这些工作结束后，中年男人爬上吊车尾部，从工作台里拿出一个连着电缆的小盒子开始检查，看那样子应该是操作器了。那个貌似助手的年轻男子则站在旁边看他作业。不一会儿，中年男人走进工作台，操作那个小盒子把工作台升高了一米左右。

"最好两个人一起上去吧。"

站在路边看的御手洗说。

"再带上防水布。"

于是小鸟游刑警便把他的指示传达给了年轻的施工人员。他点点头，拿上蓝色防水布也走进了工作台。但中年男人并没有马上操作吊臂上升，而是在调整什么东西。

"哦，是中丸厨师。"

小鸟游刑警在旁边说了一句。我顺着他的目光看过去，发现马路另一头的人行道上站着一名中年男子，正呆呆地看着这边。

"他怎么了？"

御手洗追问道。

"没什么，他是这个朝日百货五楼餐厅的大厨。"

刑警用手指着大楼，低声解释起来。

"我在这附近一家叫'响'的酒吧问讯时听说的。那个人向来只喝三得利白标加水，有一天突然就开了唐培里侬香槟王。就算是威士忌加水,也换成了山崎单一麦芽①,不知为什么还喝起了路易十三。于是我就到那个酒吧去了好几次,好不容易碰到他,可是无论我问什么他都缄口不言。于是我就赖在吧台那儿等他喝醉,可算是从他嘴里套出话来了。不过啊,他说的话也太奇怪了。"

"他说什么了?"

小鸟游刑警苦笑着说:

"他说,圣诞老人从朝日屋顶上下来,给了他一百万。"

"哦。"

御手洗说。

"可是朝日屋的屋顶根本上不去。我亲自上去看过了,通往屋顶的门锁得死死的。不仅门上锁了,前面还装着很厚的三合板墙壁,所以绝对不可能有人到屋顶上去的。"

"麻烦你立刻把他带过来,我想问话!"

说完,御手洗便冲了出去。他横穿车道,朝那个男人一路飞奔过去。我先是吓了一跳,然后才匆忙追了上去。

小鸟游刑警也跟在后面,边跑边向师兄们大声说:

"元木前辈,甲本前辈,平山前辈,小野前辈,那家伙,快把那家伙抓住!"

原本呆站在路旁的人受到惊吓,转身朝左侧跑去。因为他看见道路另一头有几个面相凶恶的人齐齐冲出车道朝他跑了过来。左右驶来的车辆见此情景纷纷猛踩刹车让出道路。

御手洗头一个到达对面的人行道,然而那个厨师已经跑得挺远了。刑警们也一个接一个冲上他身后的人行道,但是谁也抓不

---

① 一瓶七百毫升的山崎单一麦芽比四升花生油瓶装的三得利白标贵两千日元左右。

住他。我跑在了警察身后,小鸟游兄弟则紧跟在我后面。

被一群男人追赶的厨师拼尽全力逃跑,但不知为何,他突然降低速度走了起来。那是因为一名年轻刑警跳上了他前方的人行道。年轻刑警走向厨师抓住他的手臂,剩下几名警察跟御手洗也很快追上来围住了他们。

"这到底是怎么回事,突然这么大一群人来追我。"

厨师愤然说道。

"是因为你要跑啊。"

刚刚追上来的御手洗说。

"我只是想问你几个问题。好了,我们先回朝日屋吧。"

所有人把厨师围在中间,浩浩荡荡地走回吊车旁。来到能看见广告牌的地方,抓着厨师手臂的小鸟游刑警说:

"上次你在响酒吧跟我说的事,现在请对这些人再说一遍。这是调查需要用到的信息,麻烦你配合。"

"啊?我跟你说过话吗?"

"说过的吧。"

"不记得了。我都说了啥?"

他说。

"你说圣诞老人送你一百万日元。"

"圣诞老人?一百万?"

那个叫中丸的厨师瞪大了眼睛。

"你在说什么呢!我可没说过那种话。"

"那你应该记得自己开了唐培里侬吧?"

刑警问。

"唐培里侬?那是啥?"

"喂,别装傻了,那是最高级的香槟。"

"我不是很懂酒这种东西。就算我对你说过什么,那也是因为喝醉了。"

"眼球转向右上方了呢。"

御手洗说。

"朝日屋餐厅的大厨不懂酒?"

"不骗你,我真的不懂酒,虽然很懂做菜。要是真的说过什么,肯定是因为喝醉了。"

"就算喝醉了,也是你自己开口要的香槟王和人头马。"

"我不记得了。干吗,那样犯法吗?"

"就算你不知道叫什么,也知道那些酒很贵吧?所以你知道自己能喝得起那些酒。换句话说,就是身上有钱,对不对?"

"废话,身上没钱怎么去酒吧。"

"我说的是你身上有巨款。从圣诞老人那儿得到的。"

"啊?我从圣诞老人那儿拿到钱了?"

"好了,够了。"

御手洗抬手打断了他们的对话。

"既然他已经切换到狡辩模式,干脆你来告诉我他都说了什么吧。"

"哦……"

小鸟游刑警说。

我们已经走到吊车边上。随后,我们又绕过吊车,来到可以看见噗力高广告牌的那一侧。

抬头一看,装了两个人的工作台已经升到很高的地方,停在广告牌旁边。他们正把头凑过去检查广告牌与朝日屋外墙连接的部分。

小鸟游看着两个人的作业,开始解释道:

"这人说他当时在五楼餐厅的厨房里。他站在窗边做菜时,看见圣诞老人从楼顶下来,经过他所在的窗户边上,放下了一沓钞票。"

"哈啊?"

"喂喂——"

刑警们纷纷发出惊叹,还有人失声笑了出来。

"于是他就打开窗把钱收下,还对圣诞老人道了谢。然后就拿着那些钱去酒吧喝香槟王了。这都是你对我说的,还记得吧?"

听到小鸟游刑警的问话,中丸大厨一脸茫然。

"喂,你忘了吗?"刑警问。

只见大厨把头摇得如同拨浪鼓似的。

"不知道。"

他回答说。

"我说过那种话?不知道,不记得了。"

"喂,你别装傻了,真的忘了?你想说你当时喝醉了吗?"

"应该是喝醉了吧,反正我不知道。毫无印象。"

"莫非那一百万是你偷偷存的私房钱吗?"

御手洗问。

"嗯,藏在衣柜底下,每月存一点儿。"

"右眼往上瞥了,你在说谎。"

御手洗说。

"喂,小鸟游,那位大叔当时喝得烂醉吗?"

一名刑警问道。

"虽然是喝醉了,但还能正常对话,没有烂醉。"

"要是圣诞老人随便就能发一百万给我们,那谁还会成天辛苦工作啊。"

中丸说完,刑警们笑了起来。

"那可不是。"

其中一个人说。

"圣诞老人不是给小孩子发礼物的吗?他才不会管我们这种大叔呢。再说我们也不想要巧克力牛奶糖那些东西。"

"所以发的是现金啊。"

一名刑警笑着说。

"我可没听说过。"

中丸说。

"就算真的没那种事。"

小鸟游刑警说。

"你平时只喝廉价威士忌,怎么突然灌起了香槟王?那种酒很贵的啊。"

"别看我这样,偶尔也想喝喝那种高级酒啊。"

"什么偶尔,酒吧老板跟我说,你已经连续喝了一个星期。"

"那浑球儿……"

中丸阴沉地说。

"一个酒吧老板竟然对别人透露客人隐私,简直太没职业道德了。下次绝对不去他那儿喝。"

他突然发起脾气来。

"那是刑警的问讯,他也没办法不是吗?总之我再问你,那些钱是从哪儿来的?"

中丸闻言沉默下来。

"如果没有额外收入,你根本喝不起那种酒吧?"

大厨还是一言不发。

"你有额外收入吗?"

中丸依旧不理睬。

"于是我就到朝日屋去,想看看屋顶的情况。结果发现上不去。后来我去问百货管理者,他说由于屋顶游乐场设施老化,现在已经关闭了,还进行了一些改造,无论客人还是职工都上不去。楼梯当然是封起来了,电梯也无法上到那一层。安装在建筑物外墙上的逃生梯,自五楼以上也都被铁丝网封住了。若非电力施工,那里绝对不会开启。"

说了这么多,中丸还是不说话。

"所以无论是圣诞老人还是别的什么人,都不可能跑到朝日屋楼顶上去。"

小鸟游刑警又补充了一句,大厨还是沉默不语。可是没过一会儿,他突然歇斯底里地喊了一声。

"我不知道!反正我没干坏事。我没犯法!"

小鸟游刑警似乎拿他毫无办法,现场沉默了一会儿。

我抬头看向正在高处作业的两个人。他们已经检查完广告牌和百货外墙的连接处,把工作台又升高了一些,开始检查广告牌顶部。

"那个圣诞老人后来怎么了?"

我听到那个叫元木的刑警提问。

"中丸先生,圣诞老人去哪儿了,请回答我。"

小鸟游刑警也对大厨问道。

"那个圣诞老人后来到哪儿去了?又回到屋顶了,还是飞到天上了?"

元木刑警问。

"到底去哪儿了?"

小鸟游刑警也问，然而他就是不说话。御手洗见这样下去要没完没了，便对小鸟游刑警说：

"请把你听到的都告诉我。当时他喝醉后，对你说了什么？"

小鸟游刑警不太情愿地开口道。

"说他悄无声息地飘进广告牌里面了……"

闻言，几个刑警炸开了锅。

"飘进广告牌里面了？"

一个刑警大声说。

"圣诞老人飘进广告牌里面了？难道那里是圣诞老人的家？"

他笑着问。

"住哪儿不好，非要住广告牌里。"

刑警们纷纷开起了玩笑。

"大叔，你说圣诞老人给你发了一百万，然后跑到广告牌里了？他住在里面？"

说完，另一个刑警也笑了起来。

"圣诞老人悄无声息地飘进广告牌里了？"

御手洗也问。

"对，没错，悄无声息地飘进去了。"

大厨回答。

"眼珠朝左上方移动，他在说实话。"

御手洗话音未落，厨师突然大声说：

"总之那天晚上店里实在太忙了！突然大片停电，五楼餐厅一片漆黑，连饭都没法做，客人们都闹了起来，店里的人手忙脚乱地找到蜡烛和手电筒，到外面走道上分头引导客人离开。那天晚上这么多事，我哪里还记得这些！"

"什么啊，说了这么多，原来你都记得嘛。"

甲木调侃了一句。就在此时,上空突然传来一声大喊:

"喂!出大事了!"

所有人同时抬头望去。

发出喊声的原来是工作台里的中年男人。

"怎么了?"

一名刑警大声反问。

"里面有个圣诞老人!"

站在高空的人大惊失色地喊道。

"什么?!"

刑警们齐声大喊。

"什么意思?!"

"里面有个圣诞老人,就在广告牌里!"

"里面?广告牌里面?"

"对啊。"

"那里面怎么会有人?还活着吗?"

元木问。

"怎么可能!已经死了。死人身上穿着圣诞老人的衣服!"

他大叫道。

"什么?!"

刑警们又喊了起来。

"那是怎么回事,这到底是……"

我瞥了一眼御手洗,发现他在混乱的人群中显得格外冷静,嘴角还浮现出笑意,意味深长地点了点头。

"果然如此。"

"怎么办?!"

施工人员大声向下方询问。刑警们哑口无言,一时不知该如何是好。

"当然是用防水布包好,把他抬下来!"

发出这个喊声的,是我旁边的御手洗。

"两个人应该够吧?那可是很重的。"

"圣诞老人吗?"

元木说完,又大声喊道。

"喂,那广告牌顶部什么情况?!"

"漏了。顶上开了个大洞!"

施工人员喊了回来。

"那厨师没说错啦?"

一个刑警说。

其他刑警瞬间便把中丸围住了。

"快说,你是怎么知道的?事到如今我劝你最好什么都别隐瞒!"

果不其然,他们的警官样子又回来了。

甲本又转向御手洗问:

"我问你,这到底是什么意思?如果你知道,能解释一下吗!"

御手洗吃惊地看向他。

"你想问的就是这个?"

说完,他笑着继续道。

"意思就是,小鸟游刑警离荣升警部又近了一步。"

甲本表情僵硬地闭上了嘴。

"等尸体被放下来,麻烦各位把他装到警车上。与此同时还要控制交通,避免让行人看见尸体。只有这么点儿人,可能要辛苦各位了。"

"我们会想办法的。"

小鸟游刑警说。

"死者名叫菩提裕太郎,在T见广告企划打工。不用记到笔记本上吗?动笔是最有效的学习方法哦。"

御手洗极尽嘲讽地说。

屋顶的诅咒

11

"系长,系长!"

楼下传来叫声。

住田系长正在恍恍惚惚地往楼上走。他停下来,看向楼下,只见塚田站在楼梯口,正抬头死死盯着他。这让他感到莫名的烦躁。

因为他很清楚塚田在想什么。他在想,住田系长会不会跑到屋顶去,所以想对他说,不要到屋顶去。那种事情,根本用不着他来说。

他已经有三个下属跳楼死掉了。所以塚田很担心他这个上司也会跳下去。他看了一眼塚田的脸,正如他所料。在担心的神色背后,还透着一丝恐惧。

"系长,您要去哪里?"

他一脸严肃地问。

"我不去屋顶,我不去屋顶,你放心吧。"

住田不耐烦地说。

塚田一言不发。他沉默着,没有任何回应。看来是在犹豫要不要阻止自己。

不过他最后还是决定不多管闲事。住田想,这样最好。只见他缓缓转过身，朝一楼办公室走去，身影消失在墙角。

住田看着他离开后，左手扶着墙壁磨蹭着缓缓走上楼梯。由于他浑身无力，若不用手摸着周围的什么东西，就连楼梯都走不上去。他时刻都感觉身体重心不稳，摇摇晃晃。

没走几步，他的双脚就沉重起来，紧接着腿部肌肉开始酸痛，让他抬不起腿来。于是他只能在通往二楼的台阶转角处停下来休息一会儿。

他的呼吸很急促，让他不得不弓起身子挣扎着喘息。明明只上了十几级楼梯，甚至还没到二楼，为什么身体会如此痛苦。这一定是精神作用。他现在精神上非常脆弱，只是就算很清楚这一点，他也想不出什么办法来解决。

他又迈开步子，穿过转角的平台，再一次踏上台阶。仅仅是如此简单的动作也让他痛苦得无以复加。可是他必须上去，因为坐在一楼座位上只会比这还要痛苦。头痛，眩晕，身体不受控制地摇晃。那些可怕的记忆不断被唤醒，让他无法思考。一直坐在椅子上也很不舒服。抬头看天花板，会因为一点污渍和纹路感到胃里翻江倒海，很快就得移开目光。然而荧光灯的冰冷形状又让他胸口发闷，为了不看到那东西，只能让视线四处乱转。

转换心情这种事简直想都不能想。一听音乐，他就感到一股类似呕吐感的憋闷。别人来找他说话会让他受不了。至于自己主动找别人聊天，他是想都没想过。说话时，他听不见对方说的单词，也无法思考回应的话。他只希望所有人都别来管他，然而那样也并不能让他好过一些。

他站起来打算泡杯茶。迈开步子之后感觉稍微好了一些，然而还是头重脚轻，抬不起头来，只能盯着脚下的地面向前走。一旦听到同事的说话声，他又会产生强烈的不适感。

他去上了个厕所，回过神来，自己已经在上楼梯了。他本打算再也不上这个楼梯，因为三楼的屋顶会让他产生难以抑制的强烈恐惧。然而不知为何，现在这个令他肉体痛苦不堪的举动，却让他感到了些许救赎。因为他觉得，一楼实在待不下去了。

一开始他只打算走到转角就折返，可真正到了那里，目标又自然而然地变成了走到楼上，于是住田便给自己加油打气，朝楼上走了过去。他想不到别的事情可做。从一开始他就没考虑过银行业务，所以一直处在心不在焉的状态。脑子里一片空白，这个状态是最好受的。他知道，自己正在给肉体施压，故意制造那种状态。等他回过神来，已经到了三楼。刚才让他感到高不可攀的三楼，如今却来到了他脚下。

他摇摇晃晃地走过短小的通道，站在通往露台的门前。神情恍惚地打开门，用力一推，让门开到最大。随后他左手摸着门板，看向露台，眼前现出一片陌生的异境。脚下的地面被低矮的植物掩盖，如同矮人国的森林。

呆滞的脑子里突然冒出安住淳太郎这个名字，让他吓了一跳。那到底是谁呢，他呆站着想了一会儿，随后回忆起来，那是这个盆栽群的创作者。脚下这片覆盖了露台地面的盆栽群，都是一个叫安住淳太郎的盆栽艺术家的作品。他早已遗忘了这个信息，直到现在才想起来。他是个很有问题的盆栽艺术家。

安住属于盆栽家里的异端分子，因为幼年时在中国居住，对盆栽有着独特的想法。他管盆栽叫"盆景"，在松树脚下放置看起来像山岩的石头，还会制作小河，在岸边摆放人偶。还会摆放伐木工人的小人，制作松树被砍伐的型破盆景。

这种艺术引来了世人议论。一个爱好盆栽的老人前来参观安住在银座举办的发布会，气急败坏地大叫：

"这是谁做的？！盆栽在哭泣啊！"

老人甚至对坐在展室一角的安住举起了拳头，两人扭打在一起，最后不得不叫来了警察。安住把老人打得住进了医院，而那位老人又是在盆栽界颇有潜在影响力的大人物，因此，安住就被逐出了那个世界。

其实安住的主张也有道理。盆栽本来就源于中国的盆景娱乐，而盆景的本质便像安住的作品那样，是用人偶等道具对自然景观进行模仿。不过在走上独自发展道路的日本盆栽界，安住的创作已经超越异端的范畴，成了不可原谅的悖德行径，甚至被看作企图破坏正统的狂妄。无论哪个世界，其中都存在政治。

安住被驱逐后，出于叛逆心理表现出了更加悖德的创作态度。他开始大量利用跳舞的小丑创作马戏团场景，或是创作令人毛骨悚然的异世界，后来甚至在松枝上设计上吊用的绳索，最终自己也上吊自杀了。因为再也没有人买他的盆栽，没人请他去演讲，又是独身一人，他的生活走上了绝境。

他是女演员大室礼子的崇拜者之一，初期还经常用形似大室的人偶制作惹人喜爱的盆景。因为这种缘分，他的盆景遗作全都被大室买下，放在了自家庭院里。

然而没过多久，大室的生活也开始捉襟见肘，最后她也在这些盆栽的环绕下，吊死在后院松树上。再然后，由于各种阴错阳差，这些不吉利的盆栽全都被搬到了这栋楼顶上。如此一来，继安住和大室之后，住田的下属们也一个接一个被它们夺去了性命。所以它们才会被说成被诅咒的盆栽。

"您怕不是老花眼了呗？"

耳边突然响起岩木俊子高亢的声音。

岩木虽然一点都算不上好女人，工作也根本做不好，但是个特别有意思的关西人。在她的影响下，住田组所有人都被带成了关西腔。这女人工作能力算不上强，影响力却十分惊人，大家都说她来银行工作真是进错行了。

脑中又浮现出小出的脸。那家伙一开始十分积极地找他问了许多赛马的事。他还在读书时就是个麻将迷，特别喜欢赌博。可以想象他轻易就迷上了赌马，在外面借了不少钱，成了住田的难友。

紧接着他又想到细野的脸。他是个很能干的人，工作态度积极，又不抵触加班，信念和持久力都不错，但是真的让人搞不清楚他到底是认真还是不认真。

住田感到，那几个人如今就在这个露台上，并且在呼唤着自己。他清楚意识到这很危险。那三个人在齐声呼唤着自己，说三个人实在太寂寞了，要把上司也一起带到黄泉之下——

虽然很对不起他们，但他还不准备死。住田认为，只要他保持这个意识就不会有事。待在一楼太痛苦了，让他有时也会想，死了会不会好受一些。可是来到屋顶，被暖洋洋的阳光一照，他反而不想死了。现在离退休还有好一段时间，他不想就这么死掉，让家人失去经济来源流落街头。

尽管如此，他还是认为自己该留在门口。毕竟他不知道究竟会发生什么事。大家都说自己绝对不会死，最后还是死掉了。他不该踏上如此危险的露台。然而住田还是毫无抵抗地走上了木栈道，凝视着脚下的盆栽缓缓前进。因为他产生了幻觉，看见下属们都站在这片盆景之上。

这片盆景里渗透着安住对目光狭隘的老一辈人的怨恨。由于中介方都在议论这个，植物下摆放的小丑人偶全都被拿走扔掉了。现在从外表上看，这些都是普通的盆栽。然而它们原本是安住这个异端创作者表现出来的异世界。或者说，是通往异世界的入口。所以住田相信，已经离开人世的那三个人，如今就存在于这个小小的异世界中。

他猫下腰，盯着盆栽下的泥土和苔藓缓缓向前走，慢慢地腰开始痛了，于是住田干脆四肢着地跪在了木栈道上。随后他便用那个姿势向前爬动。眼前出现了水管一头，他顺着管子看过去，找到了连接水管的龙头。

住田摇摇晃晃地站起来，两手抓住眼前的水管。他抓到的是水管中间，便双手拉着管子走到了与水龙头相反的那头。抓起末端一看，理所当然地没有水流出来。只是走回去拧开水龙头实在太麻烦了，他就端起不出水的管子左右摆动，做起了洒水的动作。他一边摆动水管，一边在木栈道上漫无目的地走动。靠近露台边缘，他发现这样浇水会让水滴落到楼下的人行道上。富田课长总是会格外注意提醒浇水的人注意这点。为了避免把水淋到楼下去，就要保证出水口不对着马路。无论再怎么注意水的压力和方向，只要身体对着道路就难以避免危险。最安全的办法，就是背对马路，也就是一直走到露台边缘，把身体转向通往露台的门，让水管对准那个方向来洒水。

意识到这点后，他首先走到了露台边缘，然后在栏杆前转身，整个人背向楼下的道路。随后他就站在那里，左右摇晃水管，假装给距离栏杆非常近的那些盆栽浇水。先从脚下开始，逐渐往远处延伸。到这里来浇水的岩木俊子，还有小出顺一，肯定都做过这样的动作。

呆站了一会儿，他感到身子一晃，视线变得有点模糊。因为脚下不稳，他怎么都稳不住自己。于是他把两腿稍微叉开一些，用力撑住。这样一来，身体就不那么摇晃了。然而一旦他习惯了那个姿势，重心又会晃动起来。

于是住田伸出右手，向下摸索栏杆。指尖触碰到扶手，随后握住了，接着他小心翼翼地坐了下去。臀部马上就要碰到扶手时，住田放下了心，整个人都靠在栏杆上。没问题，他很谨慎，住田想。这样就不会死了。

他在栏杆上坐了一会儿，整个背部沐浴在阳光中，感觉自己一点一点变得好受了。他曾经听说，对抗抑郁的最好办法就是一日三餐、运动、阳光和整夜熟睡。果然晒晒太阳对精神有好处。他在一楼办公桌旁感到的那种地狱般的痛苦正在逐渐消退。头痛有所缓解，视野也清晰起来。他开始产生希望，照这样下去，他的精神或许能提振起来。

就在那个瞬间，他突然感觉到了视线。那是如同针刺在脖子上一般强烈的视线。

嗯？他心里一惊，疑惑随之涌出。这里应该没人啊。若露台上除了他还有别人那还好说，可他正一个人坐在栏杆上，不可能被谁看到。两边大楼的墙上几乎没有窗户。百货商店的屋顶被封起来了，马路对面的大楼虽然有很多窗户，但毕竟隔了一段距离。这里是高楼间的深谷，被人遗忘的地方。

住田转头看向右边，因为他觉得那股视线就来自那个方向。然而可疑的感觉并没有消散。右边是朝日屋百货的方向，那边应该没有人能看见他。

然而，住田很快便发出一声小小的惊呼。他眼前是悬挂在空中的噗力高奶糖巨型广告牌。这他当然知道。可真正让他感到意外的，是他竟然看到了广告牌正面。

U银行屋顶只能看见噗力高奶糖大广告牌的背面。他此前一直是这么想的，但没想到坐在屋顶栏杆上竟能看见正面。这便是让住田发出惊呼的原因。

油漆大片剥落的古董广告牌，冲过终点线的青年那身白色运动服仿佛成了流浪汉的破衣烂衫。不知他们还要把这种废品挂多久，但从这一点上，就能看出噗力高食品管理层的不力。银行的人就爱关注企业的这些方面。

这块大广告牌虽然只是把奶糖包装盒无限扩大，但有一段时间，它被当成了日本工薪阶层应该追求的勤勉的象征。当然，那个时候还没出现工作狂、住在鸽子笼里的工作中毒症这种自虐性的言辞。住田小时候还是这种带玩具奶糖持续受欢迎的时期，他虽然对那种为垄断资本服务的思想毫无感触，还是经常会吃这个奶糖。

虽然跟奶糖毫无关系，他长大成人，大学毕业后就进入这家银行工作，自己也像个工作中毒患者一样工作起来。因为每天都无聊透顶，没有任何乐趣，他染上了赌博的毛病，但自认为结果并不算惨淡。比他下场更惨的人应该有不少。住田觉得，他无论从金额还是别的方面来看，都算是真正的小打小闹。

自从染上这个恶习，他挪用了银行两百万现金。也不知挪用这个词是否妥当，那是他与三名下属平分后得到的数额，拿走五千七百万这个大头的是那个劫匪，跟他们没有关系。他们不过是跟着蹭了点油水而已。这点金额与他拿走的钱相比简直不值一提。不过他是真没想到，挪用银行的钱竟然如此简单。这件事果然到现在都没人发现。因为在银行界，填补投机资金漏洞的秘密系统非常发达。

那天晚上他对劫匪说的话，这些钱里有八百万登记了号码，最好不要拿走——那些话都是真的，丝毫没有虚假。不过首先要有一个前提，就是他们事后去报警，成立抢夺现金案件的调查。

如果不去报警，就无须在意号码是否被登记。只要不存在调查追踪，那些钱怎么花都不会引起问题。

　　报案后随之而来的令人咋舌的麻烦，几个下属的劝告，以及自己在私贷欠钱的事实，最终让他决定中饱私囊。正如他预料的那般，这个行为并没有引发任何问题。虽然没有引发问题，却发生了意想不到的事件。各自拿了两百万的下属们不知为何，一个接一个离奇死去了。他们仿佛在忏悔自己挪用公款的罪孽，接二连三地从楼上跳了下去。现在这个挪用公款小组，只剩下自己还没死了。

　　住田长叹了一口气。也不知那个劫匪现在怎么样了。他是否已经逃到很远的地方，每天喝着高档酒水，被美女环绕在中间，过上了怡然自得的生活呢。如果是，他不禁感到有些嫉妒。因为他觉得，自己现在所处的状况实在太残酷了。

　　或许那个人也像广告牌上永远冻结在痛苦一刻的跑者那样，在世界的某个角落里饱受折磨呢——

　　住田摇摇头，决定不再想下去。他心想，这不可能。那只是他自己一厢情愿罢了。这个世界上根本不存在因循果报。得到最多好处，最幸福的永远是坏人。

　　他沿着青年的身体向上看去，目光落在他脸上时，住田全身都僵住了。他眼睛瞪得几乎要掉出来，仿佛天灵盖被雷劈了一样。他看到了不可能存在的东西。

　　那天晚上的银行劫匪化身为跑者，正居高临下地看着自己。他戴着圣诞老人的红帽子，脸上挂着白胡须，然而在那雪白的眉毛下面，一双眼睛正死死盯着自己。他刚才竟与那人对上了目光。

　　住田忍不住张大了嘴，过于强烈的打击让他全身僵硬。他发出了声嘶力竭的惨叫。他看见了亡灵。

啊啊，他终于醒悟，原来自己一直都被监视着。就在那一刻，他的臀部滑到了栏杆外侧。住田仰面朝天，反射性地想撑起上半身。他在空中拼命挥舞双手，想找到可以稳住自己的东西，指尖所到之处却只有虚空，无法触碰到任何物体。住田的身体向地面坠落下去。

苦行者

4

"再不出来我可要破门进去了。要不然就翻进去!"

听到保安的吼声,信一郎感到眼前一黑,仿佛全身血液都被冻住了。他变得浑身无力,瘫软一般靠在了小窗下的墙壁上。

他把额头靠在交叠的手背上等待自己复原,但力气始终恢复不过来。他眼前出现了双手被手铐扣住,在众目睽睽之下被人推搡着走过百货卖场的自己。

随后,他又看见自己被押进警署,被闻讯赶来的一大群记者拍照,照片刊登在第二天的报纸上。他看见到警署来看他的母亲哭泣的样子,然而警方并不允许他们交谈,而是把他带进了拘留所。

那种绝望和强烈的恐惧让他的嘴角不自觉地扭曲,胸中涌出无法抑制的呜咽。他慢吞吞地撑起身子,全身如同痉挛般战栗。心脏好像一直在嗓子眼里剧烈跳动,呜咽则从疯狂起伏的心脏旁挤了出来。

他抬起手,发现自己的手颤抖无力,什么都抓不住。泪水模糊了视线,几乎什么都看不清。

"喂!"

听到男人粗哑的吼声,信一郎的双腿反射性地一蹬。那个瞬间没有任何理由，只是单纯的恐惧。迫切要逃离的心情令他的肌肉突然爆发，他不管不顾地跳了起来，肚子撑在窗框上。

他一动不动地待了一会儿，听到隔间门被用力摇晃的声音，泪流满面地缩起右腿攀上窗框，紧接着又缩起左腿，变成了蹲着的姿势。为了看清周围的东西，他抬手擦掉了眼泪。

就在那个瞬间，背后传来一声巨响，整个隔间都晃了起来。信一郎吓得缩起了脖子，险些发出尖叫。他完全搞不清楚发生了什么。

原来是保安在撞门。巨响之后，脆弱的隔间剧烈晃动起来，来回抖动的声音竟拖得很长。

瞬间的静寂过后，又是一声让人惊跳起来的巨响。这次的撞击声更厉害，整个隔间震动的声音也比刚才大了。

接着又是两三次撞击，每一次声音都愈加巨大。保安正在逐渐使出全力撞门。每一下撞击都会让隔间发出震颤声，最终变成了撕裂破碎的声音。固定门锁的螺丝开始松动了。

如此猛烈的撞击如果持续下去，构造简单的隔间门和五金配件撑不了多久。它们很快就要被撞坏了，已经没有时间再犹豫。

信一郎惊恐万状地把两条腿依次伸向窗外，变成了两腿悬空坐在窗框上的姿势。背后的撞击声毫不停歇，暴力的巨响一次又一次无情地在背后响起。

他又战战兢兢地从窗框上滑下去，两脚一点一点向下伸，最后踩在了朝日屋外墙上横向安装的塑料管道上。此时他的右手还抓着窗框。他背部紧贴着大楼粗糙的水泥外墙，胆战心惊地往旁边挪动。他想尽快远离那扇窗户。

如此一来，他用余光勉强能看到的噗力高奶糖大广告牌从他左侧渐渐靠近。再往下看，距离脚下很远的地方是U银行屋顶露台。太阳已经下了山,他无法看得很清楚,但那里的木栈道上好像站着两个人。其中一人穿着一身奇怪的红色装束,在靠近栏杆的露台边缘背对自己站着。另一个人好像是个女职员。她穿着银行制服,一动不动地站在靠近建筑物的一侧。

他想,要是跳下去肯定会死的吧。就算不死也会骨折。然而他已经别无选择。如果在这里被当成痴汉抓住,照片和姓名被登上报纸,让家人也跟着蒙羞,那他情愿去死。

他依旧紧贴着墙壁,一寸一寸地在空中挪动。冷风打在脸上,大广告牌离他越来越近了。

一阵让人脏腑震颤的隆隆声把他吓了一跳,他猛地抬起头,发现前方黑暗的天空边缘无声地闪过了雷光。他盯着那里看了一会儿,又听见了低沉的雷鸣。

就在那个瞬间,突然一声巨响,紧接着窗户里又传来了物品落地的声音。那是厕所门被撞开,门锁被撞飞的声音。隔间门猛地转了半圈,狠狠砸在内侧墙上,再次发出令人绝望的声音。那个声音响起的同时,信一郎摇摇晃晃地弯曲膝盖,左手扶着肮脏的广告牌,闭上眼,跳了下去。

他仿佛在空中坠落了很久很久。

落在屋顶的瞬间,他记得自己听见了"咣当"一声强烈的破坏音。身体被反弹起来摔向一边,砸在了木板上,紧接着疾速滑动,一头撞在建筑物墙壁上。然后,他就什么都不知道了。

马车道

9

刑警们把防水布包裹的菩提裕太郎的尸体装进车里运走,吊车施工人员完成收尾工作后,我和御手洗,以及小鸟游兄在刑警弟弟热心的催促下走上了U银行屋顶。这趟上去是为了听御手洗的解说。

由于屋顶没有专用照明,光线比较昏暗,不过周围大楼窗户里透出的灯光,以及广告牌霓虹灯的照明还是让这里笼罩在一层光晕中,我还能看见站在木栈道上的御手洗有点怕冷的表情。

施工人员在搬出菩提的尸体后,又把广告牌里的马达和齿轮一类的机械部件全都拆卸下来运走了,看样子他们应该认为广告牌还能撑上一段时间。既然如此,广告牌整体拆卸完全可以让噗力高食品来负责,经过一番商量,决定由小鸟游刑警负责联络。在这里竖立了将近半个世纪,曾经有过许多故事的大广告牌,很快就要迎来历史的终点。

"这个案子真令人难以置信,其惊人程度在我们那微不足道的事件簿中可以说是数一数二的了。"

御手洗站在广告牌下方说。我和小鸟游兄弟三人在昏暗的光线中纷纷点头。

"整个案子正如大家所见这般。"

御手洗说。

"正所谓百闻不如一见。应该没有什么需要我说明的东西了。天气这么冷,我们就少说废话吧。石冈君,你有什么要问的吗?除去你的所见所闻,如果还有问题就尽管问吧。我就针对你的问题进行一些补充说明好了。"

我想了一会儿,有点犹豫地开口道:

"那个叫菩提裕太郎的,他为什么会从朝日屋顶上下来,跑到广告牌里去的?那样肯定很麻烦吧,那他为何要故意这么做?"

御手洗闻言把头一垂,做了个意气消沉的动作。我实在想不到他那种态度的理由,感到疑惑不解。再看小岛游兄弟,他们都表情严肃地盯着御手洗,看来都跟我一样困惑吧。

"石冈君,你为什么会那样想呢?"

御手洗低声问道。

"因为朝日屋餐厅的大厨是这么说的⋯⋯"

我说。

"实际上他人也确实在里面。"

御手洗烦躁地接过话头。

"而且还死了。那难道说,他在广告牌里自杀了?"

"我们想问的就是那个啊。"

"他为什么非得在广告牌里自杀。那座百货的屋顶可是上不去的。而且从屋顶到广告牌得用绳索爬下去,我们却没找到绳索。"

"会不会掉到下面去了。"

"那条巷子里也没有绳索。喂,石冈君,我真的很冷啊!你确定要在这个冷风飕飕的屋顶上问那种无聊问题?不如找间暖和的咖啡厅,进去喝热乎乎的红茶吧?"

"我也想喝啊,所以你赶紧解释。"

"那也没必要从如此初级的事情开始解释吧?等我说完天都亮了,会冻感冒的!"

"你们大家都这么想吗?"

我问小鸟游兄弟。只见二人惶恐地点点头,弟弟还说:

"真不好意思,我们也不太明白。请御手洗先生解释清楚后,我还得回去向师兄们报告呢。所以麻烦您了,就当在对小学生做说明,从头开始……"

"石冈君。"

他恼怒地问我。

"你看看这个露台,是否发现了某个异常现象?"

说着,他右手指向自己后方。

随后御手洗稍微挪动位置,看向身后。遗憾的是,我眼中看不见任何答案。

"异常的东西太多了吧……"

我辩解一般地说。

"哦,到底有什么异常,你说来听听。"

御手洗命令道。

"比如这块巨大的广告牌……"

"我说的是露台。你要把范围限制在露台内!"

御手洗烦躁地说。

"盆栽。数量惊人的盆栽。"

我说。

"这还差不多,还有呢?"

"还有盆栽上女演员的诅咒。"

"那种东西不重要。还有呢！"

"周围的楼都很高，只有这栋楼非常矮。如果仅限露台，这里才两层楼高。仿佛山谷一样的形状，这个有点特别。"

"不是那个，还有呢？"

"没有照明。"

"不对，还有呢？"

"还有什么啊……"

我说着看了一眼小鸟游兄弟。他们也歪着头想不出来。

"石冈君，你怎么这么坏心眼，专门避开正确答案说。那不就在你眼前吗？就是这个。"

说着，御手洗往地上蹬了两脚。

"木栈道？"

"没错！"

御手洗说。

"然后呢，木栈道的什么？"

他又问。

"什么什么……"

我完全不明白他在说啥。

"可是我们检查过木栈道了。连背面都没有任何机关。"

"根本不需要什么背面的机关，这东西一开始就在这里了。"

御手洗说着大步走了出去，最后，他站到栏杆前那块像跷跷板一样的木板上。我们也一言不发地跟着走了过去。

"只有木栈道末端的这一块木板，被架在了以前曾经存在于此的建筑物基座上。其他木板全都沿着这个基座向左右两边排列得整整齐齐，铺到这个末端刚好剩下了一块木板的空间。然而不巧的是，这里偏偏有建筑物的基座，所以这最后一块木板就只能架在基座上了。如此一来，这块木板就成了现在这个跷跷板的样子。"

听了御手洗的解说，我们纷纷点头。

"而菩提裕太郎则像这样站在木板一端，面朝这边痛快地撒起了尿。对准其中一个盆栽。怎么样？明白了吗？"

我们呆站着点点头，接着又问：

"然后呢？"

"什么然后，然后你们不都知道了吗？"

御手洗惊讶地说。可我们还是一脸茫然。

"不明白，然后怎么了？"

听了我的话，御手洗张大了嘴。

"你还问我然后怎么了？当然是汤姆·克鲁斯从四楼窗户那儿跳下来了呀。"

"跳下来了？！"

我大吃一惊。

"为什么？"

"因为他不小心进了女厕所，还被当成了痴汉呀。保安被叫过来，在一群女性包围下猛敲他的隔间门叫他出来，他实在没办法只好钻了窗户，沿着管道向旁边移动，走到广告牌旁边跳了下来。他当时已经决心一死，不要命了。最后他就掉在了这里，跷跷板另一头。"

即使听了他的说明，我还是觉得脑子一片混沌。因为我一时无法理解那究竟意味着什么。

"他跳下来，然后……"

我说完，御手洗点了一下头，然后说：

"没错，很好，你明白了吗？"

"不明白,那到底是……"

御手洗露出了大吃一惊的表情。

"喂喂,难道你要我做实验吗?那我可办不到。他从一层半的高度跳到了跷跷板另一头,当时站在跷跷板这头的菩提就'嘭'地弹到了天上。然后他就从半空中划过,还绊到了好几根电线,最后脚朝下掉落在噗力高奶糖的大广告牌顶上。"

"啊?!"

我们大喊一声,齐齐往后退了一步。

御手洗看到我们这个样子,露出了惊疑的表情。

"你们干吗这么吃惊!"

御手洗难以置信地问了一句,但我们实在过于惊讶,都大张着嘴陷入了呆滞状态。

"然而广告牌顶端早已被锈蚀,变得脆弱不堪,所以一踩就穿了。也就是说,圣诞老人砸穿顶部,掉进广告牌里面了。画着三张脸的玻璃鼓和马达等旋转机关全都被圣诞老人踩得掉落下去,菩提本人则因为那一连串撞击和触电,一落到那上面就休克死了。"

"啊?!"

我们又大喊一声,往后退了一步。

"不仅如此,他的脸还正好对着显示跑者面部表情的那个窗口。"

"啊?!"

我们又大喊一声。

"你们怎么每次都这么吃惊啊。"

御手洗无可奈何地说。然而我们除此之外无法做出任何反应。如此受惊我也没有办法。就算是曾经无数次听御手洗解谜的我，也从未遇到过如此惊人的剧情。我感觉自己仿佛是个听完解说只会尖叫的无能之辈。

"可是这个露台虽然与广告牌近在咫尺，却只能看见背面。所以没有一个银行职员发现圣诞老人的脑袋从方形洞口伸了出来。然而……"

说着，御手洗走到栏杆边上。

"这里只有一个地方能看见跑者的脸，那就是这个栏杆边上。为了避免把水浇到楼下人行道上，浇水的人会选择坐在这道低矮的栏杆上，也就是背对道路，而且又在露台最边缘，从这里看向右侧的广告牌，竟能够看见正面了。也就是说，也能看到跑者脸上那个洞。"

"啊啊——"

我此时才领悟到他的意思。

"这样一来你就明白了吧？往那里一看，就会跟正好露出一个头的圣诞老人尸体对上目光。"

"哦哦……"

我震惊地说着，即使在冷风中还是感到背后一凉。

"那真是太吓人了……"

"银行职员们受到巨大惊吓，因此坠楼了。"

御手洗结束说明后陷入了沉默。由于事实过于惊人，我们谁也没有说话，谁也不知道该说什么。

御手洗弓起背，瑟缩着说：

"说到这里应该够了吧，那就……"

"请等一等。"

小鸟游刑警举起手说。

"这件事实在太惊人，让我一时不知如何是好。老实说，我们这辈子还是头一次遇到这种案子。不过仔细一想，其中还有很多不明白的地方。"

"哪里不明白？长话短说。"

御手洗说。

"一个叫和田的职员也到这里来浇过水，可她没有掉下去。"

"她是个近视眼，远处的东西看不清。还有吗？"

御手洗火急火燎地说。

"受到惊吓这个我赞同，但怎么会四个人全都掉下去了呢……"

小鸟游记者说。

"没错，应该不仅是受到惊吓而已。还有那个从厕所跳窗出来的汤姆·克鲁斯。就算不跳窗，应该也有别的办法应付过去。可他非要跳窗，那四个银行职员也全都从这掉下去了。"

"那是因为？"

刑警问。

"背后肯定有原因的，这个你得去调查。肯定有原因。真相都已经如此清楚了，剩下的调查应该很轻松。"

御手洗说。

"那菩提先生跟那个原因……"

"毫无疑问肯定有所关联。比如圣诞老人其实是银行劫匪，而遭到打劫的则是住田组那四个人。"

"什么？！"

我跟小鸟游兄弟又同时发出了惊呼。

"后来那四个人又利用那起劫案，自己也贪污了现金……"

小鸟游兄弟愣愣地站在那里，哑口无言了好一会儿，后来是弟弟先开了口。

"你这个想法的依据……"

"当然是有的——"

御手洗正要往下说,却被我打断了。

"等,等一下啊御手洗。"

"怎么了?"

"银行劫匪,就是到银行抢钱的人对吧?"

"自从世界上有了银行,就成了你说的那样。"

"那钱到哪儿去了?死在广告牌里的圣诞老人虽然有个口袋,但里面可是空的,一分钱都没见到啊。袋子里没有礼物也没有钞票。"

御手洗闻言点了一下头。

"是的。"

"为什么?"

"因为变成了劳斯莱斯。"

"什么?!"

我们三人又同时大喊一声。

"为什么?!怎么变的?!那是什么意思?!"

由于惊讶过度,我大吼着问。

"那种事根本不值得说明啊。"

御手洗嫌麻烦地说。

"钱从袋子里跑出来,落到广告牌底下,可是广告牌底下被锈穿了很多洞,成捆的钞票就掉到小巷子地上了。就是U银行大楼和朝日屋百货大楼中间的那条巷子。"

"哦,那里啊。然后呢?"

我说。

"原创拉面店老板和佛具店老板两个大叔在鸭嘴兽喝完酒出来,酩酊大醉又想小便,就钻到那里面去了。尿着尿着发现,脚下竟然有四五千万巨款。于是他们就把钱捡走,没有交给警察,而是自己瓜分了。"

"什么!那些人怎么能这样!"

记者哥哥愤慨地说。

"啊啊……"

刑警弟弟也叫了一声。

"于是他们就用那些钱……"

御手洗点了一下头。

"为了跟鸭嘴兽认识的卖劳斯莱斯的女人上床,而买了劳斯莱斯吗?"

"没错。"

御手洗又点点头。

"拉面店老板跟佛具店老板都……"

"对,两个都是。因为碰巧在那里一块儿小便,都成了能买得起劳斯莱斯的人。"

"还附赠前任女模特的肉体。"

记者哥哥补充道。御手洗点头赞同。

"那你说的那个公共场所是指……"

我问。

"哦,那条小巷成了这一带的公共厕所。"

御手洗说。

"你上回跟我说的是什么来着,那句英文。"

"Urine passage,小便巷子。那里面有股浓浓的尿味。"

"呕,还好我没进去。"

我说。

"那朝日屋餐厅的大厨……"

"香槟王!"

记者接过话头说。

"可那是……那么大厨究竟是怎么……"

刑警弟弟问。

"恐怕是圣诞老人从空中划过时,口袋里掉出了一捆百万日元钞票,正巧落在了朝日屋餐厅的厨房窗边吧。于是他就打开窗户,感恩戴德地收下那笔钱,到响酒吧去喝心心念念的香槟王了。"

"这帮人捡到钱都不交给警察的吗!太过分了!"

小鸟游兄再次愤慨地说。

"利令智昏。"

御手洗顺着他们的话说。

"可是圣诞老人在飞行中撞断了空中的电线,导致百货大楼三层以上全部停电。这附近应该还有几个地方同样受到了影响。"

"原来如此,竟然是这样!"

记者大声说。

"那后来电力公司应该派人来修过电线,当时难道没人发现广告牌里的圣诞老人吗?"

刑警弟弟问。

"因为当时是深夜,没发现很正常。毕竟他们不是来修广告牌的。"

"是不是都想早点儿结束工作去喝一杯啊。"

哥哥说。

"原来那不是落雷导致的停电啊。"

"请等一下,御手洗先生。我们白天过来的时候,那个洞口看不到圣诞老人的脸啊。"

刑警弟弟说。

"今天住田系长坠楼后，将大广告牌固定在外墙上的两处连接点中，上面那个因为老化而无法承受圣诞老人的重量，与墙壁之间形成了一点缝隙。广告牌因此变得略微倾斜，里面的尸体也就滑下去了。这么一滑，尸体的脸就跑到了洞口下方，所以我们才没看见。"

"原来如此，是这样啊。"

刑警弟弟缓缓抱起胳膊说。片刻沉默过后，我说：

"你在这里看到这块木板后就意识到真相了吗？"

"我在这里建立起假说，听了香槟王大厨的话以后便确定了。"

御手洗说。

"哦，那你说眼球什么的究竟是啥意思？"

我问。

"这是自古流传的看破他人谎言的方法。如果说话时眼球向左上方转，在神经生理学上，那是为了激活视觉皮层，在试图调出过去的视觉体验时往往会做出那种动作；换句话说，那个人说的就是真实发生过的事情。如果往右上方转，是为了激活大脑负责创造的区域，证明那个人在想象自己从未见过的光景；换句话说，就是在编造谎言。而普通朝上看这种人类行为，则是不愿意激活身体感觉时做出的反应，比如在尝试忘却疼痛时，会出现那样的动作。"

"哦，那是必然的吗？"

"那不一定，经过训练完全可以避免自身做出那种反应。总而言之，大厨的眼部动作让我确信，他说圣诞老人消失在广告牌里确实是真的。"

"那你是说，大厨当时看见了？"

御手洗缓缓点了一下头。

"但是他没有说出来……"

"其实厨房那样的地方非常吵，关上窗就几乎听不见外面的声音。再加上他只是眼角余光瞥到，自己也半信半疑，又擅自收下了那一百万日元，心里多少会有顾虑，所以才隐瞒了吧。"

"原来如此。"

小鸟游刑警说。

"一开始觉得不可能说通的诡异案件，原来也是能说通的啊。御手洗先生，我真是太感动了。你跟书里一样，不，甚至比书里还要厉害。"

他感慨地说。

"那么岩木俊子……"

"她就是在这里认识了从那上面跳下来的汤姆·克鲁斯。"

"屋顶的邂逅吗。可是她为了面子，坚持说两人已经交往了很久。"

"大概就是这样吧。"

"原来真有名侦探这种人啊！"

兄长也说。

"不过能把这里闹停电，真是个让人无话可说的圣诞老人啊。先抢了一趟银行，再让这一带大停电，这份圣诞大礼简直太惊人了。在朝日屋五楼等着上菜的客人们肯定都气坏了，不得不收拾残局的店员也是。"

他说了一番很符合记者身份的话。

"所以为了表示歉意，他送上了香槟王厚礼。还给拉面店老板和佛具店老板一人送了一辆劳斯莱斯。"

御手洗说。

"好了，已经可以了吧？我们赶紧找个暖和点的地方坐下好吗?"

御手洗边说边急匆匆地招呼着我们走向楼梯间。我们也马上跟了过去。因为实在太冷了。

"可是不能放任那些人不管吧。"

刑警喃喃道。

"因为圣诞老人没有给我们送礼。"

记者哥哥也发起了牢骚。

"他给弟弟送了一个离奇死亡的尸体,也就是他自己。另外又给你送了一篇专栏报道哦。"御手洗说。

"这种事真能写成报道吗?"记者说。

"会不会又被砍掉啊。"御手洗说。

我们快走到门口时,记者突然停下来,转身看向那块巨大的广告牌。他凝视了好一会儿,又转回来对我们说:

"不,话不能这么说。如果把主题设定为那块广告牌的一生,肯定能做成一篇专栏。一旦广告牌被拆掉,就意味着日本一个时代的终结。那个象征物的消失,也代表了以工作狂为美谈的那个时代的结束。"

"那是当然。"

御手洗说。

"那么就请你写一篇好文章出来吧。"

说着,御手洗笑了起来。

"既然如此,今晚就由我请客吧。虽然请不起香槟王,稍微便宜点的香槟还是没问题的。"

小鸟游记者说。

OKUJOU NO DOUKETACHI
© Shimada Soji 2016
All rights reserved.
Original Japanese edition published by KODANSHA LTD.
Publication rights for Simplified Chinese character edition arranged with KODANSHA LTD.
through KODANSHA BEIJING CULTURE LTD.Beijing CHINA
Simplified Chinese edition copyright: 2019 New Star Press Co., Ltd.
All rights reserved.
本书由讲谈社正式授权，版权所有，未经书面同意，不得以任何方式作全面或局部翻印、仿制或转载。
著作版权合同登记号：01-2019-2478

图书在版编目（CIP）数据

屋顶上的小丑／（日）岛田庄司著；吕灵芝译．——北京：新星出版社，2019.7
ISBN 978-7-5133-3481-5

Ⅰ.①屋… Ⅱ.①岛… ②吕… Ⅲ.①长篇小说-日本-现代 Ⅳ.①I313.45

中国版本图书馆CIP数据核字（2019）第030676号

屋顶上的小丑

（日）岛田庄司 著；吕灵芝 译

责任编辑：王　萌
责任校对：刘　义
责任印制：李珊珊
装帧设计：Caramel

出版发行：	新星出版社
出 版 人：	马汝军
社　　址：	北京市西城区车公庄大街丙3号楼　100044
网　　址：	www.newstarpress.com
电　　话：	010-88310888
传　　真：	010-65270449
法律顾问：	北京市岳成律师事务所

读者服务：010-88310811　service@newstarpress.com
邮购地址：北京市西城区车公庄大街丙3号楼　100044

印　刷：三河市文通印刷包装有限公司
开　本：910mm×1230mm　1/32
印　张：11.25
字　数：152千字
版　次：2019年7月第一版　2019年9月第二次印刷
书　号：ISBN 978-7-5133-3481-5
定　价：48.00元

版权专有，侵权必究；如有质量问题，请与印刷厂联系调换。